*Etta e Otto e
Russell e James*

EMMA HOOPER

Etta e Otto e Russell e James

Tradução de Santiago Nazarian

FÁBRICA231

Título original
ETTA AND OTTO AND RUSSELL AND JAMES

Copyright © Emma Hooper, 2015

O direito moral da autora foi assegurado.

Todos os direitos reservados.
Nenhuma parte desta obra pode ser reproduzida ou transmitida por qualquer forma ou meio eletrônico ou mecânico, inclusive fotocópia, gravação ou sistema de armazenagem e recuperação de informação, sem a permissão escrita do editor.

"April Showers" – letra e música de Buddy De Sylva e
Louis Silvers – © 1921 (Renovado) Warner Chappell Music Inc e
Redwood Music Ltd – Todos os direitos reservados –
Redwood Music Ltd (Carlin) Londres NWI 8BD.

FÁBRICA231
O selo de entretenimento da Editora Rocco Ltda.

Direitos para a língua portuguesa reservados
com exclusividade para o Brasil à
EDITORA ROCCO LTDA.
Av. Presidente Wilson, 231 – 8º andar
20030-021 – Rio de Janeiro – RJ
Tel.: (21) 3525-2000 – Fax: (21) 3525-2001
rocco@rocco.com.br
www.rocco.com.br

Printed in Brazil / Impresso no Brasil

CIP-Brasil. Catalogação na fonte.
Sindicato Nacional dos Editores de Livros, RJ.

H756e   Hooper, Emma
            Etta e Otto e Russell e James / Emma Hooper; tradução de
        Santiago Nazarian. – 1ª ed. – Rio de Janeiro: Fábrica231, 2016.

            Tradução de: Etta and Otto and Russell and James.
            ISBN 978-85-68432-48-8

            1. Romance canadense. I. Nazarian, Santiago. II. Título.

15-28555
CDD–819.13
CDU–821.111(71)-3

Para C & T
sempre e sempre
incessantemente

I

Otto,

a carta começava, em tinta azul:

Parti. Nunca vi a água, então parti para lá. Não se preocupe, eu te deixei a caminhonete. Posso andar. Vou tentar me lembrar de voltar.

Sua (sempre),
Etta.

Debaixo da carta, ela deixou uma pilha de cartões de receitas. Todas as coisas que sempre fez. Também em tinta azul. Então ele saberia o quê e como comer enquanto ela estivesse fora. Otto sentou-se à mesa e os arranjou para que não houvesse dois repetidos. Colunas e fileiras. Pensou em botar o casaco e os sapatos e sair para tentar encontrá-la, talvez perguntar a vizinhos se eles tinham visto para onde ela foi, mas não fez nada. Apenas se sentou à mesa com a carta e os cartões. Suas mãos tremiam. Colocou uma sobre a outra para acalmá-las.

Depois de um tempo, Otto ficou de pé e foi pegar o globo deles. Tinha uma luz no meio, dentro, que brilhava pelos paralelos e meridianos. Ele acendeu o globo e apagou as luzes da cozinha. Colocou-o do lado mais distante da mesa, longe da carta e dos cartões, e traçou um caminho com o dedo. Halifax. Se foi para o leste, Etta teria 3.232 quilômetros para cruzar. Se para oeste, para Vancouver, 1.201 quilômetros. Mas ela iria para o leste, Otto sabia. Ele podia sentir o aperto na pele em seu peito puxando naquela direção. Notou que seu rifle não estava no armário da frente. Ainda faltava uma hora mais ou menos até o sol nascer.

★ ★ ★

Otto cresceu com catorze irmãos e irmãs. Quinze ao todo, contando com ele. Isso foi quando a gripe veio e não ia embora, e o solo estava ainda mais seco do que de costume, e as margens viraram do avesso, e todas as esposas dos fazendeiros estavam perdendo mais crianças do que conseguiam manter. Então as famílias se esforçavam, para cada cinco gravidezes, três bebês, e para cada três bebês, uma criança. A maioria das esposas dos fazendeiros estava grávida a maior parte do tempo. A silhueta de uma bela mulher na época era a silhueta arredondada pelas possibilidades. A mãe de Otto não era diferente. Bela. Sempre redonda.

Ainda assim, os outros fazendeiros e suas esposas tinham receio dela. Ela era amaldiçoada, ou abençoada; sobrenatural, diziam uns aos outros entre caixas de correio. Porque a mãe de Otto, Grace, não perdeu nenhum de seus filhos. Nenhum. Cada robusta gravidez levando suavemente a um infante rubicundo, e cada infante a uma criança de orelhas de abano, enfileirada entre irmãos em pijamas cinza ou cinza desbotado, alguns segurando bebês, alguns de mãos dadas, apoiando-se na porta do quarto de seus pais, ouvindo fixamente os gemidos de dentro.

Etta, por outro lado, tinha apenas uma irmã. Alma, com o cabelo preto retinto. Elas viviam na vila.

Vamos brincar de freiras, disse Etta uma vez depois da escola, mas antes do jantar.

Por que freiras?, quis saber Alma. Ela estava trançando o cabelo de Etta. O cabelo de Etta normal como bosta de vaca.

Etta pensou sobre as freiras que elas viam, às vezes, na periferia da cidade, movendo-se fantasmagoricamente entre as lojas e a igreja. Às vezes no hospital. Sempre limpas em preto e branco. Ela olhou para os próprios sapatos vermelhos. Fivelas azuis. Soltas. Porque elas são belas, ela disse.

Não, Etta, disse Alma, freiras não podem ser belas. Ou ter aventuras. Todos se esquecem das freiras.

Eu não, disse Etta.

Enfim, disse Alma, talvez eu me case. Talvez você também.

Não, disse Etta.

Talvez, disse Alma. Ela se inclinou e afivelou o sapato da irmã. E quanto às aventuras?, ela disse.

Você tem antes de se tornar freira.

Daí precisa parar?, perguntou Alma.

Daí precisa parar.

2

O primeiro campo que Etta atravessou na manhã em que partiu era o deles. Dela e de Otto. Se tivesse havido orvalho ali, ele ainda estaria nos ramos de trigo. Mas apenas poeira se espalhava em suas pernas. Poeira quente, seca. Levou um instante para cruzar seus campos, seus pés ainda nem mesmo acostumados às botas. Dois quilômetros completos já. O campo de Russell Palmer era o próximo.

Etta não queria que Otto a visse partindo, por isso partiu tão cedo, tão silenciosamente. Mas ela não se importava com Russell. Ela sabia que ele não poderia manter o passo dela mesmo que quisesse.

A terra dele era 200 hectares maior do que a dela, e sua casa era mais alta, embora morasse sozinho, e quase nunca estivesse lá. Esta manhã ele estava de pé na metade do caminho entre a casa dele e o final de suas terras, em meio aos primeiros grãos. De pé, olhando. Levou quinze minutos de caminhada até Etta chegar a ele.

Uma boa manhã para procurar, Russell?
Apenas o normal. Nada ainda.
Nada?
Nada digno de nota.
Russell estava procurando veados. Ele era velho demais agora para trabalhar em sua própria terra, a equipe contratada fazia isso. Então, em vez disso, ele procurava veados, desde antes de o sol nascer até uma hora ou mais depois, e de novo de uma hora antes de o sol se pôr até pouco depois. Às vezes, ele via um. Geralmente, não.

Bem, nada exceto você, creio. Talvez você os tenha assustado.
Talvez. Sinto muito.

Russell olhava por todo lado enquanto falava, para Etta, ao redor dela, sobre ela, para ela novamente. Mas agora parou. Apenas olhava para ela.

Sente muito?

Sobre o veado, Russell, só sobre o veado.

Tem certeza?

Tenho certeza.

Oh, tá bem.

Vou seguir agora, Russell, boa sorte com o veado.

OK, tenha uma boa caminhada. Mande um alô e meu amor para Otto. E para qualquer veado, se você os avistar.

Claro, tenha um bom dia, Russell.

Você também, Etta. Ele pegou a mão dela, venosa, velha, levantou-a e beijou. Manteve-a em seus lábios por um, dois segundos. Estarei aqui se precisar de mim, ele disse.

Eu sei, disse Etta.

OK. Adeus então.

Ele não perguntou para onde está indo, ou por que está indo. Ele se virou para ver onde o veado poderia estar. Ela seguiu caminhando para o leste. Em sua bolsa, bolsos e mãos havia:

Quatro pares de roupas íntimas
Um suéter quentinho
Algum dinheiro
Alguns papéis, a maioria em branco, exceto uma página com endereços e uma página com nomes
Um lápis e uma caneta
Quatro pares de meias
Selos
Biscoitos
Um pedaço pequeno de pão
Seis maçãs
Dez cenouras

Um pouco de chocolate
Um pouco d'água
Um mapa, num saco plástico
O rifle de Otto, com balas
Um crânio pequeno de peixe

★ ★ ★

Otto, de seis anos, estava verificando a tela do galinheiro por buracos do tamanho de raposas. Uma raposa poderia entrar em qualquer coisa maior do que seu punho fechado, mesmo por baixo da terra, mesmo bem alto. Ele encontraria uma abertura e pressionaria sua mão gentilmente contra ela, fingindo ser uma raposa. As galinhas correriam para longe. A não ser que Wiley, cujo trabalho era jogar grãos às aves, estivesse com ele. Mas desta vez Wiley não estava lá, então as galinhas tinham medo do punho de Otto. Sou uma raposa. Otto envolveu com o polegar os dedos flexionados e o mexeu como se fosse uma boca. Sou uma raposa, me deixe entrar, pressionando gentilmente, mas duro como uma raposa, como a boca de uma raposa. Estou com fome. Vou comer vocês. Otto estava com fome. Quase sempre estava. Às vezes, ele comia pedacinhos dos grãos das galinhas. Bom de se mastigar. Se Wiley não estivesse lá.

Ele havia verificado três lados e meio da tela quando Winnie, de três anos e meio, chegou, vestindo um macacão sem camisa. Otto havia colocado uma camisa nela naquela manhã, mas estava quente, então ela a havia tirado. Jantar, ela disse. Perto o suficiente para que ele pudesse ouvir, mas não perto demais; galinhas a assustavam. Otto, ela disse. Hora de jantar. Então ela partiu para encontrar Gus e dizer o mesmo a ele. Esse era o trabalho dela.

Assim como um nome, cada criança na família de Otto tinha um número, para que fosse mais fácil rastreá-las. Marie-1, Clara-2, Amos-3, Harriet-4, Walter-5, Wiley-6, Otto-7, e por aí vai. Marie-1 era a mais velha. A numeração era ideia dela.

1?
Sim.
2?
Sim.
3?
Oi.
4?
Sim, oi.
5?
Sim, sim, oi, oi.
6?
Presente.
7?
Sim, por favor.
8?
Presente.
9?
Oi!
Todos sempre estavam presentes. Ninguém nunca perdia o jantar, ou a ceia.
Então, disse a mãe de Otto, estão todos aqui. Todo mundo está limpo?
Otto assentiu com veemência. Ele estava limpo. Estava faminto. Todo mundo assentiu também. As mãos de Winnie estavam sujas, e todos sabiam disso, mas todos assentiram, incluindo Winnie.
Tá bom, então, disse a mãe, a concha escorada contra a barriga redonda, sopa!
Todos correram para a mesa, cada um em sua própria cadeira. Exceto que hoje não havia cadeira para Otto. Ou melhor, havia, mas havia mais alguém nela. Um garoto. Não um irmão. Otto olhou para ele, então se esticou, na frente, e pegou a colher dele.

É minha, ele disse.
Tudo bem, disse o menino.
Otto agarrou a faca. É minha também, ele disse. E isso, ele disse, agarrando a tigela ainda vazia.
Tudo bem, disse o menino.
O menino não disse mais nada, e Otto não sabia o que mais dizer ou fazer. Ficou atrás de sua cadeira, tentando não derrubar todas as suas coisas, tentando não chorar. Ele conhecia as regras. Você não incomodava os pais com coisas de crianças, a não ser que tivesse sangue ou envolvesse um animal. A mãe de Otto estava vindo, criança por criança, com a panela e a concha, então Otto, de pé com suas coisas, chorando silenciosamente, teria de esperá-la chegar até eles. O outro menino apenas olhava para a frente.
A mãe de Otto estava pondo exatamente uma concha de sopa na tigela de cada criança. Uma para cada, exatamente, até que, uma pausa, e,
Acho que você não é o Otto.
Não, também não acho.
Sou o Otto, bem aqui.
Então, quem é esse?
Não sei.
Sou do vizinho. Estou faminto. Sou Russell.
Mas os Palmer não têm filhos.
Têm um sobrinho. Um sobrinho. Eu.
A mãe de Otto parou. Clara-2, ela disse, pegue outra tigela do armário, por favor.

* * *

Até pouco tempo, os pais de Russell moravam na cidade, em Saskatoon, e até pouco tempo, Russell morou lá também, com eles. Mas, cinco semanas atrás, os bancos anunciaram que tudo estava completamente quebrado, bem lá no papel, para qualquer um que ainda não tivesse notado por si só, e três semanas atrás o pai de Russell, que tinha uma loja bem no meio do centro, uma loja que vendia de tudo, com alicates, bala de limão e fileiras de rolos de algodão estampado, havia ficado um pouco branco, então um pouco tonto, daí teve de se sentar, daí teve de se deitar, então, depois de suar e suar, e Russell pegar muita água fria da cozinha, carregada no maior jarro de bronze, levantando-o pelas escadas, abraçando-o junto a si, muito frio por causa da água dentro, e levando-o ao quarto onde seu pai estava deitado, inicialmente sozinho, logo depois com o doutor e o padre ao lado, enquanto a mãe de Russell cozinhava para todos e lidava com toda essa maldita papelada até que, duas semanas atrás, enquanto Russell carregava o décimo segundo jarro da cozinha, tão frio contra a barriga e o peito, quase queimando de frio, o pai de Russell desistiu e morreu. Sua mãe suspirou e colocou o vestido preto, aquele com o colarinho duro de renda, antes de fechar a loja de vez e ir trabalhar como datilógrafa em Regina.

Russell seguiu parte do caminho com ela no trem. Nunca havia estado num trem antes. As vacas magrelas-magrelas zumbiam rapidamente. Russell queria se inclinar para fora da janela e abrir os olhos o máximo possível, para que todo o ar os atingisse e secasse, para sempre. Mas as janelas não se abriam. Então, em vez disso, Russell percorreu com os dedos de cima a baixo o colarinho da mãe, seguindo o caminho sinuoso da renda, e deixou seus olhos ficarem molhados. Quase exatamen-

te no meio do caminho entre Saskatoon e Regina o trem parou, e Russell saiu, e sua mãe não. Você vai gostar da fazenda, ela disse. Fazendas são melhores.
OK, disse Russell.
São melhores, ela disse.
OK, disse Russell.
E te vejo logo, sabe, ela disse.
Sim, disse Russell. OK.
O tio e a tia de Russell esperavam na plataforma. Haviam feito um pequeno letreiro com a lateral de um caixote de leite. BEM-VINDO AO LAR, RUSSELL!, dizia. Apesar das tentativas, eles não tiveram seus próprios filhos.

Naquele mesmo ano, no ano em que Etta tinha seis anos, não choveu, nenhuma vez. Isso era esquisito, isso era ruim, mas o que era pior era que não havia nevado também. Em janeiro, ela podia caminhar para fora da cidade pela grama alta, e tudo parecia verão, sem gelo, sem neve fresca, mas, se você encostasse, ou se um pássaro tentasse pousar, os caules de grama se desfaziam, congelados e secos. Alma havia levado Etta para dar uma caminhada lá fora, onde ficava o riacho, quando havia um riacho. Estavam olhando esqueletos de peixe, todos dispersos pelo leito do rio, as coisas mais brancas. Se um besouro ou minhoca tivesse furado qualquer um dos ossos, elas os levavam para casa e faziam colares. Os crânios, é claro, já tinham buracos, mas a irmã de Etta não gostava de usá-los como joia.

Eles podem voltar à vida quando tocam sua pele, ela disse. E começar a falar. Deixe esses aí.

OK, disse Etta. Mas, quando Alma não estava olhando, ela enfiou crânios menores em suas luvas na parte de cima das mãos, para que ainda pudesse dobrar os dedos.

Suas orelhas estão frias?, Alma perguntou.

Um pouco, disse Etta. Mesmo não estando nada frias. Estava segurando as mãos enluvadas nas orelhas para ver se podia escutá-los, os crânios de peixes. Para ver se estar contra a pele de seus dedos era o suficiente para despertá-los, para fazê-los falar. O vento estava ruidoso naquele dia, mas, se Etta pressionasse bem firme sua pele contra a lã e contra o osso, havia algo. Havia cochichos.

Que língua os peixes falam?

Alma estava espanando poeira de uma bela costela, quase transparente; não levantou o olhar. Provavelmente francês, ela disse. Como a avó.

Etta pressionou as luvas nas orelhas e cochichou: Devo ser freira?

O vento soprou, e o interior das luvas disse: *Non, non, non.*

3

Etta cantava enquanto andava. Nunca se esquecia das palavras.

Nos sentamos e olhamos planícies além
perguntando por que a chuva não vem
e Gabriel em seu trompete solta:
"A chuva passou que passou deu a volta."

Ela se afastou das estradas, entrando pelos primeiros campos. Ela sabia que os fazendeiros não iriam gostar, mas na estrada cada caminhão iria querer parar e dizer olá e para onde vai e o que está fazendo, então ela caminhou pelos campos, tentando não esmagar muito nenhuma vegetação. Era amplo e basicamente vazio ali, salvo por um gado ocasional, então ela cantou tão alto quanto quis.

Parou para comer no café da parada de descanso em Holdfast. Eles haviam mudado as mesas e cadeiras desde a última vez que ela esteve lá, com Alma. Menos cor, mais limpo. Ninguém a notava vindo à cidade e ninguém a notava partindo, exceto pelas garçonetes e o garoto no caixa.

Depois de comer enroladinhos de repolho, dois pedaços de pão branco com manteiga e uma fatia de torta de ruibarbo, e pagar por eles, Etta partiu com dez sachês de ketchup e oito de relish verde enfiados no bolso do casaco. Relish era vegetais e açúcar, e ketchup era fruta e açúcar, e ambos podiam sustentá-lo se você precisasse.

Estava apenas começando a escurecer quando, pouco a pouco, as plantações passaram a rarear, o solo começou a ficar arenoso e então areia pura. Daí, logo que o sol se pôs no laranja que se estendia no horizonte, Etta parou de caminhar; seguiu até um lago, até a água, apenas longe o suficiente do avanço das ondas para ficar seca. Ela sabia, é claro, que encontraria obstáculos de águas menores antes de chegar a Halifax. Ela ouvira dizer que Ontário estava cheia deles. Mas não esperava nada tão cedo. Sentou-se na areia, a alguns metros da beira molhada. Era gostoso se sentar. Ela pensou em nadar. Quanta energia seria necessária; quão longe uma pessoa poderia ir sem precisar parar. Inclinou-se de volta na praia e escutou as ondas, um novo tipo de som. Etta fechou os olhos.

Ai, meu Deus. Aposto que é alguém morto.
Não!
Talvez.
Bem, vai verificar?
Venha comigo.
Claro.
Eu te amo.
Eu te amo. E, olhe, não está morto. Respirando.
Ouvi que às vezes eles fazem isso, depois da morte.
O quê, corpos? Respiram?
É.
Não.
Talvez.
Não.

Etta acordou com os passos dele, estremecendo pela areia em direção a ela, mas manteve os olhos fechados para escutar enquanto o casal se aproximava. Respirava raso. No sono, suas pernas haviam se enterrado na areia, e grande parte de seu torso também. O peso contra ela era reconfortante. Podia senti-lo estalar, depois se recompor, enquanto ela inspirava e expirava. Se eu abrir meus olhos, eles vão me perguntar quem eu sou, ela pensou. Mas se não os abrir, vão pensar que estou morta. Provavelmente chamar a polícia. Ela puxou pelos pensamentos, tentou abrir a mente, ainda com os olhos fechados. Areia. A sensação de areia. Cansaço nos quadris. Noite. Vozes. Vento leve. Uma irmã com cabelo preto. Uma casa na cidade. Papel pautado. Papel.

O casal ainda falava, distraído. Mantendo os olhos fechados, Etta alcançou o bolso do casaco para pegar o papel, tateando em meio aos sachês do restaurante, provocando cascatas de areia. Nada sutil, nada discreto. E lá estava. Dobrado. Ela o pegou. Desdobrou. Eles devem ter percebido agora que não estou morta. Devem estar esperando. Ou com medo. Ela abriu os olhos. Como estava escuro, ela teve de segurar o papel bem perto do rosto.

Você:

dizia

Etta Gloria Kinnick da fazenda Deerdale. 83 anos em agosto.

Etta Gloria Kinnick, sussurrou para si mesma. Tudo bem. Certo, tudo bem.

Não estou morta, ela disse para os dois jovens de pé ao lado dela, encarando-a. Sou Etta Gloria Kinnick. Uma pessoa não pode continuar respirando depois de morta.

Meu Deus! Quer dizer, que bom! Quer dizer, olá, disse o menino.

Viu? Eu te disse, falou a menina.

Você está bem?, perguntou o menino.

Sim, sim, estou bem.

Ah, legal.

...

...

Precisa de ajuda para voltar para casa?

Não estou indo para casa. Então, não. Não, obrigada.

É uma sem-teto?
George!
Bem, ela não parece sem-teto, só isso.
Não sou sem-teto. Só não estou indo para casa.
Para onde está indo?
Leste.
Mas isso significa depois de Last Mountain Lake.
Ou ao redor dele.
Mas é bem longe, certo?
Não sei. Talvez.
É sim. Temos um mapa no nosso chalé. É sim.
...
...
Ei, podemos te ajudar a se levantar?
Molly e George, os jovens que encontraram Etta, vinham de uma festa; eles haviam se esquivado silenciosamente, um de cada vez, com sete minutos de intervalo, então haviam se encontrado uma centena de metros à frente, na praia atrás da cabana de pesca de Lambert. Estavam voltando para a festa, mais ou menos meia hora depois, quando encontraram Etta. E agora que eles a haviam encontrado, e confirmado que ela não estava morta, e a ajudado a ficar de pé, e a tirar a areia de suas pernas e costas, estavam seguindo de volta para lá, para a festa, ambos com cheiro de rede de pesca ressecada, o padrão quadriculado marcado nas costas e barrigas.
Ei, sabe de uma coisa?, disse Molly.
O quê?, disse George.
O quê?, disse Etta.
Você devia vir com a gente. De volta para a festa. Vem com a gente.
É?, disse George.
É?, disse Etta.
É!, disse Molly, já pegando as mãos de Etta, já se movendo em direção à praia, em direção aos ruídos e à luz.

Querido Otto,

Estou num barco. Um barco pequeno, inflável e barato, o que é bom, porque não estou certa de como ou se serei capaz de devolvê-lo a seus donos, as irmãs gêmeas mais novas de um garoto que conheci na noite passada em volta de uma fogueira na praia do lado oeste de Last Mountain Lake. *Estávamos numa festa.* Uma menina disse que eu era como a avó dela, já morta. Eu disse a ela que não sou avó de ninguém e não estou morta, e ela disse que isso era perfeito.
Estou usando um remo que encontrei na praia. Não sabemos de quem é. Acho que as gêmeas nunca quiseram ir longe o suficiente para precisar de um remo.
Quando eu atravessar, vou colocar o remo no barquinho e empurrar de volta no lago, com um bilhete escrito: Barco: propriedade das gêmeas McFarlan. Remo: proprietário desconhecido. *Já escrevi, num guardanapo.* Tenho outro, papel de verdade (como este), mas não quero gastar tão rápido.
Assim como o barco e o remo, os jovens também me deram duas cervejas e meia garrafa de uísque. É bom caso eu fique resfriada, disseram. Eram jovens bem bacanas. Alguns deles eram namorados.
Lembre-se de usar um chapéu e comer o espinafre quando brotar.

Sua,
Etta.

Otto recebeu a carta cinco dias depois que Etta a datou. Estava limpando o forno, seguindo instruções escritas à mão num cartão amarelado de receita...

Necessário:
Soda cáustica e água.

Instruções:
Aplique, espere, remova.

... quando a carta chegou, no correio da manhã. Etta partira havia uma semana. No primeiro dia, ele tentou passear pelas lavouras, como de costume, mas não conseguiu parar de olhar para trás, em direção a casa. Como Russell, com seu veado. Pelo resto da semana, Otto trabalhou na horta ou na casa. Seu estômago doía sempre que ele ia mais longe do que isso. Ele revirava o solo e o arava, então fazia o mesmo no dia seguinte. Marcando as fissuras do ancinho com exatidão, fileira a fileira. Ele não iria plantar nada, espinafre nem cenoura nem rabanete nas fileiras, até que Etta chegasse a Manitoba.

★ ★ ★

Na fazenda de sua família, quando menino, a tarefa de Otto antes do jantar era verificar a tela do galinheiro. Depois do jantar, ele procurava pedras. Novamente, usava seu punho. Se uma pedra era menor do que seu punho, ele a deixava. Se era maior, ele a colocava num saco de farinha que arrastava atrás de si, até que estivesse quase pesado demais para arrastar, mas nem tanto. Então ele o levava até o limite da terra deles, até o canal que a separava da terra dos Palmer, e jogava as pedras lá. Isso era Rocksvalley, e aos domingos, quando não tinham tarefas a fazer, Otto e seus irmãos e irmãs, e agora Russell, brincavam de Jornada Traiçoeira lá. Se uma pedra fosse muito grande, grande demais para ele levantar sozinho, tinha de chamar ou correr e trazer Harriet (4) e Walter (5), cujo trabalho era afogar as marmotas que de outra forma iriam escavar, escavar e escavar, abrindo caminho por todo o solo da fazenda. Harriet e Walter também trabalhavam nos campos, e tinham braços mais fortes que podiam levantar pedras maiores. Porém, a maior parte do tempo Otto podia levantar o que encontrava. Especialmente agora que Russell vinha com ele. Era apenas cinco meses mais novo do que Otto, então a mãe de Otto se acostumou a chamá-lo de Russell-7½. Ela disse a ele, você é bem-vindo para comer aqui, Russell-7½, eu certamente não me importo; aposto que é solitário lá, tão sozinho; mas se você está aqui, terá deveres a fazer também. Certo?

Certo, disse Russell. Ele soou assustado. Isso fez Otto feliz, mesmo que significasse que Russell estaria grudado nele agora, ficando em seu caminho.

Sua tia e tio não têm trabalho para você na fazenda?, disse Otto, seus olhos examinando de um lado a outro o chão na frente dele como uma foice, um sistema que ele havia inventado para encontrar todas as pedras. Russell caminhava alguns passos atrás, caso ele perdesse alguma. Esse era o sexto dia de Russell como ajudante.

Não. Eles não acreditam em crianças trabalhando, disse Russell, alguém poderia se machucar.

Hum. Como você vai aprender a cuidar da fazenda então, mais tarde?

Não sei se vou. Além do mais, vou à escola, disse Russell.

Por estarem caminhando da forma que estavam, um à frente do outro, tinham de dizer tudo meio gritando. O vento soprava poeira vegetal em suas línguas e no céu da boca. Otto havia ensinado Russell a cuspir para limpá-la, a cada dez minutos mais ou menos.

Nós vamos à escola também, disse Otto. Menos no verão, como agora, e na colheita, e no Natal, e na Páscoa. Podemos contar até dez de trás para a frente. Até Winnie pode. Mas isso não te ajuda a evitar que uma raposa coma todas as suas galinhas, e ninguém tenha ovos para o café da manhã ou um bolo.

Bem, disse Russell, não temos muito bolo. Ele chutou uma pedra pequena demais. E gosto da escola, ele disse.

Russell, em essência, tornou-se um dos filhos dos Vogel. Ele trabalhava com eles, comia com eles, faltava à escola com eles e cresceu com eles. Algumas das crianças mais novas se esqueceram ou mal sabiam que ele não era irmão deles, apesar de ele geralmente sair às cinco da tarde para ir à casa dos tios para jantar, rezar e dormir. Sempre havia uma bolsa de água quente pronta na cama dele, mesmo a água sendo escassa e sua tia ter de reaquecê-la, esvaziando e voltando a encher a bolsa, noite após noite. Tirando isso, Russell era um Vogel. Motivo pelo qual foi tão chocante para o resto deles quando souberam que ele nunca estivera num trator.

Tudo bem nunca ter dirigido um. Não podemos dirigir até termos dez anos para as meninas, ou doze para os meninos.

Não, não apenas dirigir. Ele nunca esteve num.

Nunca?

Nunca.

Isso era Otto e Walter. Fizeram uma pausa em suas tarefas para pegar água na casa para si mesmos e para Russell e Harriet, que continuaram no campo procurando pedras e tocas de marmota, respectivamente. Estava quente. Era meio do verão, pouco depois do Dominion Day, e estava empoeirado e seco e quente. Walter usava um chapéu grande demais para ele. Otto sempre esquecia o seu, então não estava usando um. O sol queimava, como sempre, a faixa de pele onde seu cabelo se repartia. Mais tarde, ele teria de cutucar as partes que descascavam entre seu cabelo, odiaria ter que fazer isso, iria procurar o chapéu até encontrá-lo, e o colocaria no canto de sua cama para nunca mais esquecer, mas esqueceria novamente. Muito mais tarde esse pedaço de pele simplesmente ficaria vermelho de maio até setembro, mesmo quando seu cabelo estivesse branco e ralo. Os vizinhos iriam usar isso como um tipo de calendário de longo alcance, plantando espinafre quando aparecesse pela primeira vez, cobrindo seus tomates quando começasse a se apagar.

Pobre Russell, disse Walter.

Eu sei, disse Otto. Apesar de ele, na verdade, estar feliz.

Harriet!

O que tem ela?

Ela já tem idade! Já tem idade para dirigir, certo?

É... mas acho que não deveríamos. Não há nenhuma tarefa com o trator agora. E vocês não encontraram todas as marmotas.

Nunca vamos encontrar todas as marmotas. E você nunca vai encontrar todas as pedras.

Podemos. Estamos tentando.

Não vai. Vamos pegar a água, levar para Harriet e Russell, daí levamos Harriet para o trator, daí levamos Russell até lá. Vamos fazer isso! Podemos fazer rápido. Quinze minutos, apenas, uma volta pelas margens do campo, daí de volta para as rochas e para as marmotas. Certo?

Talvez, disse Otto.

Tudo bem, disse Harriet. Dirigir é fácil. Sem problema.

Tudo bem mesmo?, disse Otto. Tem certeza?

É, por que não? Não vai levar quinze minutos.

Viu?, disse Walter.

O que você acha, Otto falou, virando-se para Russell, que, até então, não dissera nada.

Tudo bem, ele disse.

Havia lugar apenas para dois deles no trator. Bem, apenas para um, na verdade, só um banco de metal moldado, pintado de verde, projetado para pernas muito maiores do que as de Harriet, mas havia um pouco de espaço atrás, onde alguém podia ficar de pé e se segurar nos ombros do motorista. Se você fosse muito pequeno, podia também se sentar no colo do motorista, apertado diante da direção. A maioria dos Vogel havia feito assim da primeira vez, no colo da mãe, ou do pai, ou de Marie, mas Russell era grande demais e Harriet muito pequena, então Russell ficaria de pé. Walter e Otto ficariam no chão, assistindo.

Inicialmente eles comemoraram e gritaram enquanto Harriet se afastava, dirigindo pela lateral do campo. Então se levantaram e viram a traseira do trator por um minuto, mais ou menos. Depois mal podiam ver nada, então voltaram para as marmotas e as rochas, caminhando lentamente pelo campo no caminho afundado das marcas do trator.

Duas pedras grandes e uma marmota afogada depois, eles tiveram a impressão de ver Amos – cujo trabalho, nessa época do ano, era pegar mirtilos selvagens em dois baldes grandes, e cujos dedos estavam sempre num roxo-vivo por causa disso – correndo em direção a eles, balançando as mãos arroxeadas sobre a cabeça. Eles não perceberam que era Harriet até Otto ver as tranças escapando por debaixo do chapéu. Suas mãos eram mais vermelhas do que roxas agora, de perto. Seu hálito era como o de uma máquina. Um coiote, ela disse. Ele ficou assustado. Não era culpa dele, não era culpa minha. Um coiote, ela disse. Ele agarrou a mão de Otto, e ele agarrou a de Walter. Eles correram juntos, seguindo os vincos feitos pelos pneus do trator.

    Otto já havia visto muitas coisas morrendo. Muitas. Ele havia visto marmotas, afogadas, quando Harriet e Walter as afogavam, ou atingidas por um tiro, quando elas não se afogavam e, em vez disso, corriam para cima e longe da água, direto para a arma de Harriet. Levavam tiro na cabeça, geralmente, e morriam imediatamente, exceto quando se moviam de forma imprevisível e levavam tiro na lateral ou na perna, e continuavam a se mover por algum tempo, continuavam se esforçando para viver, até que Harriet pudesse dar um bom segundo tiro para encerrar o sofrimento delas.

    E ele havia visto galinhas, é claro, deixadas pela metade pelas raposas, e aves selvagens partidas pelas janelas ou por gatos.

    E uma vez, quando era mais novo, com apenas quatro anos, Otto encontrou a menor gatinha do mundo, uma coisinha de nada, novinha e abandonada na grama alta atrás do banheiro externo. Era cinza e rosa e muito pequena. Ele a manteve em segredo, porque eles não podiam ter animais de estimação apenas para si mesmos. Pegou a assadeira de assar peru que sua mãe só usava no Natal, encheu de trapos e raspas de lápis para fazer uma boa cama e manteve a gatinha nela, enfiada na grama alta onde ele a havia encontrado. Deixava a tampa quando não estava por perto, para manter a gata dentro e os cachorros e raposas fora. Era tão pequena que se escondia facilmente sob os trapos e as raspas de lápis, e Otto tinha de cavar para encontrá-la cada vez que vinha com um pouquinho de leite ou pão encharcado de leite. Ele a levantava com uma das mãos até seu rosto e dizia: Você é pequena agora, mas vai ser muito grande. Não devia ter medo. Será a rainha dos gatos. Não tenha medo, não fique triste. Você vai ser grande, grande, grande. Ele a acariciava com o dedinho em sua cabeça redonda e enrugada e esperava seus olhos se abrirem. Ela se prendia a ele com as garras que faziam cócegas mais do que doíam. Ele a chamava de Cynthia.

Mas os olhos de Cynthia não se abriram. E ela nunca comeu o pão com leite e mal bebeu o leite. E começou a se mover menos e dormir mais, apenas dormir, mal se segurando quando Otto a levantava. Ele acariciou sua cabeça e acariciou sua cabeça e até tentou um pouco puxar a pele para abrir seus olhos, mas nada funcionava. Ele a balançava, lentamente, em sua mão, e dizia: Cynthia, Cynthia, Cynthia, acorde, acorde, acorde, mas ela estava doente, ele sabia reconhecer. Doente como um bebê de vizinho. Então, uma noite, depois de usar o banheiro externo, Otto levantou a assadeira da grama, com a doente Cynthia nela, e carregou-a cuidadosa e silenciosamente até o banheiro. Amos, com oito anos e sábio, estava acordado quando ele entrou.

Otto?, ele cochichou. Os outros estavam dormindo ao redor.

Sim?

Por que está com a assadeira do peru?

Não conta pra ninguém?

Não vou contar.

Venha ver.

Amos se levantou, com cuidado para não acordar Walter, com quem ele dividia a cama, e eles foram até o corredor. Otto colocou a assadeira no chão, entre eles. É minha gatinha, ele disse. Cynthia. Ela está doente. Ele levantou a tampa da assadeira. Você tem de escavá-la, ele disse. Ela se esconde. Ele a encontrou no canto, nas lascas. Ele a levantou na mão direita como sempre fazia. Havia lascas grudadas em suas costas e cabeça. Ela só dorme, ele disse.

Ela é careca, disse Amos.

É, disse Otto.

Ambos olharam para ela por alguns segundos. Do quarto atrás deles podiam ouvir a respiração de sono de todos.

Você sabe que ela está morta, disse Amos.

É, disse Otto. Sua garganta estava seca. Ele segurava sua mão tão, tão cuidadosamente.

OK, disse Amos. Colocou a mão no ombro de Otto e a manteve lá.

OK, disse Otto.

Foi quase um ano depois, caminhando para o jantar depois das tarefas, quando Amos disse para Otto: Sabe Cynthia? Era uma marmota, sabe. Não um gato. Ela teria sido morta de qualquer forma; era uma marmota.

Otto não disse nada, apenas assentiu.

E ele havia visto bezerros mortos, aqueles que saíam errado, alguns deles já mortos, outros quase, e que logo morriam, com ajuda ou sem, os olhos quase maiores do que as cabeças, as pernas torcidas umas sobre as outras.

Essa era a coisa com que Russell mais se parecia, no chão, metade sob o trator, pernas torcidas uma sobre a outra como alcaçuz. Só que seus olhos estavam fechados, como os de Cynthia. Otto olhou para ele, então se virou e vomitou.

Tinha um coiote, disse Harriet. Ele passou por nós correndo, e Russell ficou assustado e me soltou, e eu tive de desviar para não acertar o coiote e Russell escorregou e não foi culpa dele e não foi culpa minha e não foi culpa dele e não foi minha, não foi minha, ela disse.

Todos usavam calças exceto Otto, que tinha um macacão velho do Walter, enrolado até os tornozelos. Essa era a maior peça de roupa entre eles, então Otto a tirou, e eles levantaram o inconsciente Russell nela, como uma maca, ainda torcido, os olhos ainda fechados, e o carregaram de volta para casa, Harriet e Walter cada um com uma perna do macacão, esticado firme, e Otto, de camisa e cueca, atrás, segurando as alças e observando os olhos fechados de Russell.

Russell não morreu, mas uma de suas pernas sim; a perna direita torcida para sempre como um palito de alcaçuz, de modo que quando você o via andando por um campo sempre sabia que era ele, mesmo que o sol estivesse ofuscando seus olhos. Ele se dobrava para baixo a cada dois passos, o impulso na direção do pé direito torto, pegando toda a força da outra perna e das costas e da barriga para se endireitar de novo, e assim sucessivamente. Se você o visse andando por um longo trajeto, parecia que ele estava dançando uma valsa consigo mesmo.

Não muitos anos depois, Etta e Alma dirigiram até Holdfast em silêncio. Etta tinha quinze anos. Alma na direção, com o sapato bege de salto alto. Seus sapatos de dança. Etta pensou que devia ser difícil dirigir usando sapatos como aqueles, mas não disse nada. O vento fazia mais barulho do que o carro. Quando chegaram ao café da parada de descanso, Alma as conduziu a uma mesa contra a parede. Fizeram os pedidos a uma garçonete que não conheciam, e então,

Estou doente, Etta, disse Alma. Seu cabelo preto estava solto; geralmente estava preso. Isso mudava o formato de seu rosto, escondia as linhas mais fortes, a escondia. O vento no carro o havia bagunçado.

Você não parece doente, disse Etta. Ela associava doenças a quando a pessoa ficava cinza, ou amarela, ou tossia muito, ou perdia a voz, ou não podia comer por um motivo ou outro, mas Alma não era nenhuma dessas coisas. Sua voz estava mais baixa, mas estava lá. O rosto estava escondido, mas era da cor certa. E estava comendo. Pediram torta. Creme azedo com uvas-passas para Alma, bagas de Saskatoon para Etta. Ninguém ficava resfriado havia muito tempo, anos, desde que eram bem pequenos. E haviam sido principalmente as crianças da fazenda, não crianças da cidade, com luzes funcionando e banheiros internos. Ainda assim, o coração de Etta bateu mais forte. Você parece bem, Alma, ela disse.

Alma colocou as mãos na mesa, palmas para cima. Etta teve de se conter para não fazer o mesmo. Seu primeiro instinto era sempre agir como Alma. Em vez disso, ela pressionou as mãos, com as palmas para cima, contra a parte de baixo da mesa. Não estou resfriada, disse Alma.

Sim, disse Etta.

Arruinei tudo.
Arruinou?
Arruinamos.
Nós arruinamos?
Mas não vou contar a ele.
Ele? Quem?
Jim.
Ah, disse Etta. Sentiu um aperto no estômago; o rosto ficou frio, parecia verde. Ela esperava que Alma não percebesse. Etta amava Jim. Jim a levava para dirigir, junto com Alma. Jim fazia seus pais rirem. Oh, oh, oh.
A garçonete voltou com a torta. Obrigada, disseram. Obrigada a vocês, disse a garçonete, inclinando a cabeça e sorrindo. Então ela se virou e se encaminhou de volta à cozinha. Seus sapatos eram como os de Alma, só que mais gastos, com marcas nos calcanhares e na frente. Etta olhou para a irmã. Não seu rosto, mas todos os outros lugares. Os seios, os braços, os ombros. Ela não podia ver a barriga de Alma, por causa da mesa, mas a imaginava, a pele branca pressionada contra o algodão de seu vestido azul.
Vou ter de partir, disse Alma. Pensei e pensei e pensei e é isso. Estou indo.
Indo?
É.
Aonde?
Para a casa de uma tia.
Mas não temos tia nenhuma.
Não quer dizer isso, Etta.
Eu não, disse Etta, então parou olhando para o prato em sua frente; uma vinha de flores azuis serpenteava pelo canto. Ela não estava doente, mas Etta não queria mais a torta. Oh, disse ela. Jim vai também?
Não sei. Duvido. Por que ele deveria ir?

Mas ele...
Não é assim que funciona, Etta.
Etta cortou a torta com o garfo. Vermelho arroxeado. Posso ir?, ela perguntou.
Etta, disse Alma. Não.
Alma comeu um pouco da sua torta, molhada, pingando, então Etta comeu um pouco da dela. Não era tão bom quanto as que elas mesmas podiam fazer. Não vamos nem à igreja, disse Etta.
Eles não se importam, disse Alma.
Nem sabemos realmente como rezar.
Eu sei. Agora.
Então o bebê será uma freira também. Etta visualizou uma criança minúscula envolvida num hábito, cercada por mulheres com o cabelo coberto. Todas de preto. Era quase bonito. Todo mundo cantando cantigas sagradas de ninar.
Não, disse Alma. Elas o doam.
Elas o doam?
Sim. E rezam.
Para sempre?
Para sempre. Mas você pode visitar. E nem todos os hábitos são negros, há alguns que são azuis, azul-claros.
Etta fechou os olhos. Podia sentir o coração batendo em suas pálpebras. Tentava ver além do preto, até o azul, azul-claro como o céu, como a água.

Alma partiu menos de uma semana depois. Então você a convenceu afinal, Etta, disse o pai delas, voltando da estação de trem. Imagine, nossa Alma num convento. Nossa Alma. Imagine. Ele estava na frente, depois Etta, depois sua mãe, dispersos pelo caminho de cascalho através da grama marrom, apenas perto o suficiente para ouvirem um ao outro.
Tenho orgulho dela, disse o pai.

Sim, disse Etta.
Sim, disse a mãe, de trás.
Etta não sabia se eles sabiam ou não.

O convento era na Ilha do Príncipe Eduardo. Uma longa viagem de trem, depois um barco. Os únicos barcos que Etta e Alma conheciam eram aqueles feitos de papel, que quase flutuavam em seu riacho basicamente enlameado. São quilômetros, disse Etta, na última noite de Alma, através de seu quarto escuro para o lugar onde ela sabia que Alma estava, apesar da escuridão da noite e das cortinas fechadas. Por que aquele, tão longe?
É lá que ficam os hábitos azul-claros, disse Alma.

4

Etta,

Estou desenhando uma linha pontilhada através do globo, começando de casa, aqui, saindo pelo que eu imagino que é seu caminho. Coloco apenas um ou dois riscos por dia, pequenos em nosso grande globo, mas ainda é bom fazer isso, ainda assim há progresso e posso observar. Além disso, pode ser como a trilha de Joãozinho e Maria conduzindo-a de volta aqui, se você esquecer o caminho. Mesmo que eu saiba que você não pode ver tudo isso, ou me ver, agora.

Você deve estar em Manitoba agora.

Plantei as sementes da primavera. O espinafre, as cenouras e os rabanetes.

Estou mandando isso para o William, filho de Harriet (4), que vive em Brandon. O contador, você se lembra. Caso pare lá para dormir, de passagem, se passar, apesar de eu saber que você provavelmente não vai, e provavelmente William vai ficar confuso com o nome no envelope. "Etta Vogel, a/c William Porter", e vai enviar de volta para mim, mas tudo bem. Vou dar a você quando você voltar; colocar numa pilha ao lado da pilha que estou fazendo das cartas que você está mandando para cá. Estão na mesa da cozinha, porque eu mal preciso dela toda para comer.

Não saí para ver Russell em seu campo desde a última semana, quando ele sugeriu que talvez eu não devesse voltar por um tempinho porque peguei uma tosse, e pode assustar os cervos. Então fico longe. Mas às vezes ele vem depois que terminou de procurar, e tomamos café, ou às vezes ele deixa bilhetes em nossa porta quando passa. Ele está bem. Não contei a ele aonde você foi. Digo a ele que você está fora, só isso.

Aqui,
Otto.

P.S. *Sei que você se foi para ver a água, e deve ver, Etta, deve, mas caso haja outras razões pelas quais partiu, caso haja coisas que você descobriu ou não descobriu que você não queira me contar pessoalmente, nesse caso você sempre pode me contar aqui. Me conte aqui e podemos nunca mencionar isso fora do papel e tinta (ou lápis).*

Etta estava em Manitoba. Ela podia notar porque as placas de automóvel tinham mudado. Estava andando havia catorze dias. Lavando o corpo e o cabelo em rios e córregos quando os encontrava. Se as roupas estivessem sujas, entrava na água com elas, não muito fundo, apenas o suficiente para deixar a correnteza levar a terra e o suor, então fechava os olhos e segurava o fôlego e abaixava a cabeça, a sensação do líquido se movendo por seu cabelo fino e branco, contra o couro cabeludo. Em casa, ela o mantivera encaracolado, para parecer mais do que era, mas aqui ele secava liso e fino, e ela o enfiava por trás das orelhas como uma criança. Se as roupas não estivessem sujas, ela as tirava e entrava no rio nua. O frio investindo em etapas: joelhos, sexo, umbigo, seios, boca, cabelo. Mas nem sempre havia rios e córregos cruzando seu caminho; Etta às vezes passava dias seca.

Alguns meses antes, ela havia começado a ser puxada para os sonhos de Otto em vez dos seus próprios, à noite. Ela era puxada e ficava lá, na água, usando calças, de pé em uma praia cinzenta com sangue batendo em seus joelhos e homens ao redor gritando e ela ficava lá, às vezes com uma colher ou uma toalha nas mãos e às vezes sem nada. Noite após noite.

Ela tentava dormir sem nenhuma parte dela tocando qualquer parte dele, para que a memória dele não pudesse encontrar um ponto de contato para deslizar na dela.

★ ★ ★

Porque Russell valsava em vez de andar, talvez, ou talvez porque ele geralmente dormia lá na casa dos tios, então não ouvia e acordava quando o casal Vogel, tarde da noite, sentava-se à mesa da cozinha com o rádio ou apenas um com o outro e falava sobre essa coisa acontecendo entre e além dos países, muitos deles, rolando sobre pessoas, lares, tudo, sugando-os, homens jovens especialmente, homens jovens como eles e como seus irmãos; porque Russell não acordava e colocava uma orelha nas madeiras ásperas do chão, cuidadoso com as farpas, para ouvir notícias do andar de baixo, ou talvez porque ele valsava em vez de caminhar, Russell não tinha medo como o resto deles no outono em que ele e Otto tinham dezesseis, o outono em que eles todos finalmente começaram a ir para a escola de verdade, se esforçando de verdade desta vez, agora que havia catorze outros Vogel para dividir as tarefas de casa. Russell não parecia ter medo algum. Ele assobiava quando valsava para a escola, nos dias em que Otto não ia. Cada um deles ia dia sim, dia não, desde que suas tarefas fossem feitas no dia anterior. Nos dias pares Russell pingava gotas nos olhos molhados das vacas e levantava fardos de feno daqui para lá, enquanto Otto ia à escola, preocupado, e Otto fazia o mesmo nos dias ímpares, enquanto Russell ia à escola, assobiando.

    Otto dividia sua mesa com um garoto chamado Owen. Ele tinha só catorze anos, mas estava à frente de Otto em todas as matérias. Tinha cabelo escuro em pequeninos cachos apertados. Tinha cheiro de sabão de flores. Ele observava enquanto a mão de Otto tremia, tentando acompanhar as palavras que o sr. Lancaster escrevia no quadro-negro. *OLÁ. MEU. NOME. É. OBRIGADO. GATO. TOUPEIRA. PEIXE. SOL. CHUVA. NUVEM.* O sr. Lan-

caster dizia uma palavra alta e lentamente, então se virava e escrevia no quadro, e se virava de volta para eles e a repetia,
OLÁ,
OLÁ
OLÁ.

A tarefa de Owen era escrever uma redação de duzentas palavras sobre um rei ou uma rainha de sua escolha, mas ele havia terminado fazia muito tempo. Havia escrito sobre Boudica. Agora ele observava a mão trêmula de Otto. Observava muito Otto.

Ei, ele cochichava. Olhe aqui. Apontava para o espaço entre onde Otto havia copiado *MEU. NOME. É.* e *OBRIGADO.* Você não fez certo. Tinha que preencher esse pedaço, colocar seu nome, senão não faz sentido. Aqui, ele disse e desenhou um ^ no lugar que estava apontando. Escreve seu nome aqui, só aqui. Mas rápido, antes que o sr. Lancaster venha ver seu trabalho.

Ambos levantaram o olhar. O sr. Lancaster ainda estava no quadro, escrevendo. Otto olhou de volta para o ^. Estava perdendo tempo, ficando para trás. No quadro, o sr. Lancaster já havia escrito duas novas palavras. *VEJA.* e *CHEIRE.* Owen estava observando, esperando. Meu nome, pensou Otto. O sr. Lancaster nunca havia escrito o nome de Otto na lousa.

Valeu, disse Otto.

Owen sorriu.

Meu nome, meu nome, pensou Otto. No quadro, o sr. Lancaster escrevia: *PULE.* Otto tinha de escrever algo. Ele não era idiota. Examinou as palavras que havia escrito até então. *TOUPEIRA. OBRIGADO. CHUVA.* Eram todas feitas só de letras. Tudo era. Mas ele não tinha ideia de quais precisava. Então Otto pegou letras das palavras que ele tinha. O E do *PULE,* o H da *CHUVA,* o I de *TOUPEIRA* e aí por diante. Otto escreveu: *MEU. NOME. É.* ^*EHIFE. OBRIGADO.*

Na frente da sala, o sr. Lancaster escreveu: ROSA. ROSA, ele disse.

Owen seguiu Otto na saída da escola ao meio-dia. Geralmente Otto e os outros Vogel caminhavam para jantar em casa, onde contariam à mãe pelo menos uma coisa que aprenderam antes que ela desse a eles sopa ou pão. Mas hoje Owen o estava seguindo, então Otto parou.

Não sou idiota, disse Otto. Posso parar um touro louco. Posso trocar duas fraldas de uma vez só.

Eu nunca disse que você era, disse Owen.

Tá.

Oma diz que os Vogel são os moleques mais espertos por aqui.

Tá.

Mas, Owen disse, mas você deveria saber como escrever seu nome.

Escrevi meu nome.

Não escreveu seu nome. Não escreveu o nome de ninguém.

Otto chutou o chão. A poeira cobriu sua bota, a fez sumir por meio segundo, então assentou novamente.

Otto, eu posso te mostrar. Não vou contar a ninguém. Me deixa te mostrar, tá?

Otto chutou com o outro pé. Equilíbrio. Olhou para onde Gus (8) estava parado com os outros irmãos, esperando por ele, e acenou para eles irem embora, para casa. Legal, ele disse, e seguiu Owen até o terreno de saibro seco e sujo atrás da escola.

É ótimo, disse Owen, porque seu nome começa com a mesma letra que o meu. Bacana, hein? Legal. Ele sacou um ramo de capim praticamente seco e usou a ponta como uma pena na poeira. Olhe, ele disse, O. É apenas um círculo. É fácil. Seu nome todo é muito fácil, na verdade. São apenas círculos e sinais da cruz, como na sua igreja. Ele traçou mais três letras na terra: t t o. Passou a Otto o capim, então colocou sua própria mão sobre a de Otto e a guiou. Círculo, sinal da cruz, sinal da cruz, círculo.

Não vamos muito à igreja, disse Otto.

No dia seguinte era a vez de Russell na escola, a vez de Russell de se sentar ao lado de Owen. Você escreve bem, disse Owen.

Apenas normal, disse Russell. Mas obrigado.

No dia depois disso, Owen mostrou a Otto seu sobrenome. É fácil, viu? Apenas uma ponta de flecha, outro círculo, um homem gordo pescando, uma maçã com a casca saindo e uma linha. *Vogel*. Viu? Owen deixou Otto segurar o ramo de capim sozinho desta vez, colocando a mão sobre os ombros maiores, mais velhos do pupilo.

Nos dias em que Otto ia à escola, Russell aparecia, entre as tarefas, às três e meia da tarde, para encontrá-lo e caminhar de volta à fazenda com ele. Às vezes Russell tinha um cachorro ou um irmão mais novo com ele, mas geralmente vinha sozinho, então ele e Otto tinham tempo para conversar em paz. Caminhavam lentamente por causa da perna de Russell, mas Otto não se importava. Tudo mais na fazenda se movia tão rápido. Nos dias em que Russell ia à escola, Otto ia encontrá-lo, também. Todo dia de aula, Owen os via indo embora juntos, a trilha de poeira que subia de seus passos assimétricos de bota, quentes e secos.

Alma, a não freira, escrevia cartas para seus pais e sua irmã, Etta, do outro lado de uma faixa de água e muita terra ressecada. Duas por semana, pelo menos. Uma para a mãe e o pai, num envelope normal marrom claro, e uma enfiada dentro dessa, num envelope azul menor, mas selado, apenas para Etta.

Queridos mãe e pai,

Muito amor a vocês, Etta, a casa. As coisas estão bem aqui, todo mundo é muito bondoso, muito silencioso, apesar de termos cantorias de manhã. Há comida mais do que suficiente, mesmo que a maioria seja peixe, o que ainda não estou muito acostumada a comer. Conheci uma menina aqui chamada Patricia Market que tem primos em Bladworth; disse a ela que vocês certamente conheceriam a família.

Quando não estamos rezando, cantando ou comendo peixe, tricotamos, principalmente meias, para aqueles que precisam delas. Pés frios são uma coisa terrível, especialmente aqui, onde às vezes chove muito. Meias grandes e meias pequenas, mas principalmente grandes, para homens, ou meninos que são quase homens. Mais e mais estão vindo, com suas camisas, calças e bonés combinando. Mas suas meias não combinam, então tricotamos com qualquer lã que recebamos em doação, às vezes laranja, às vezes verde, vermelha ou branca. Então os meninos só parecem iguais até tirarem suas botas.

Apesar de eu saber que não se importam, rezo para vocês todos os dias, entre o jantar e a cama.

Sua amorosa filha,
Alma

E dentro, no envelope azul:

> Querida Etta,
>
> Não estou mais vomitando tanto. A comida está tão gostosa agora que eu sei que (geralmente) vou conseguir segurá-la. Etta, adoro comida. Agora até peixe. Você deveria tentar alguma hora, se puder encontrar algum aí. Não deixe os olhos te assustarem.
>
> > Sua irmã,
> > Alma

Depois disso, Etta ia para sua escrivaninha, abria a segunda gaveta do topo e levantava um pequeno jarro que ficava debaixo de dois suéteres. Torcia a tampa e punha de pé o conteúdo em sua mão – um crânio de peixe. Ela o segurava junto à orelha, bem perto. *Ne me mange pas.*

Ou,

> Queridos mãe e pai,
>
> Sabia que você pode ter câimbra só de tricotar? Uma câimbra terrível. E não dá para espantar nem com reza.
> *(Dentro, embrulhadas, enviei meias. Três pares.)*
>
> > Sua filha,
> > Alma

E,

> Querida Etta,
>
> Estou enorme. Bem maior do que jamais pensei que poderia ficar. Nunca pensei em mim mesma como uma pessoa grande, de forma

nenhuma. Não apenas minha barriga, mas outras coisas. Meus pés. Meu cabelo. Meu peito. Parece que meu corpo todo não é meu agora.

As freiras são boas em não reparar nada disso. Elas treinaram por anos para não ver nada, imagino. Estou treinando também. Mas ainda vejo algumas coisas. Esses meninos que passam por nossa minúscula ilha às centenas, agora, pesando sobre ela, pegando nossas meias com gratidão como se fossem de suas próprias mães, esses meninos todos me fazem lembrar de Jim. Claro que não parecem nada com ele, mas ainda assim, não posso evitar vê-lo neles. Rezamos, de cabeças abaixadas, à janela, das duas às três da tarde, e, enquanto mantenho a cabeça baixa, meus olhos se erguem, observando-os passar, em dois, três. Não sei se quero muito vê-lo ali, ou não o ver de modo nenhum.

Mas estou feliz, creio. Ou talvez não feliz. Estou apenas aqui, e aqui é que estou. E isso é bom. E não há nenhum lugar para onde se ir nesta ilha e não ouvir o ritmo da água.

Sinto sua falta. Sei que está cuidando de si mesma e sendo esperta e sendo boa. Me conte sobre a casa, sobre você, quando tiver um tempo.

Sua irmã,
Alma

E,

Querida mãe, querido pai,

Estou pensando em ir para casa para uma visita. Não temos muito dinheiro aqui, mas o que tenho, combinado com o pouco que me mandaram, deve cobrir a passagem de trem e a taxa da balsa. Um mês da data de postagem desta carta? Parece bom para vocês? Se disserem sim, vou comprar as passagens imediatamente.

Espero que não me achem muito mudada, só abençoada, é claro.
E talvez um pouco mais gordinha, de tanto peixe. (E lagosta.
Lagosta! Às vezes há tantas que as encontramos rastejando para
fora d'água, no nosso cais ou gramado. Levaria uma para vocês
experimentarem, mas tenho certeza de que Etta iria querer manter
como animal de estimação.)

  Sua filha, com amor,
  Alma

E,

Etta,

Muito, muito, muito perto agora. Na verdade, já passamos do
perto, já que estou uma semana e dois dias além do prazo. As enfermeiras
ficam quietas, mas de olho em mim, o tempo todo. Designaram
irmã Margaret Reynolds para dormir comigo, no meu
quarto, ao lado da minha cama num minúsculo – e só posso supor
que desconfortável – colchão no chão. Ofereci dividir minha cama
(também minúscula, mas ainda assim) com ela, mas ela recusou.
Talvez pense que com minha atual enormidade ela não caberia.
Ou talvez pense outras coisas. Ela não fala muito. Apenas espera
silenciosamente até pensar que estou dormindo cada noite antes
de ela mesma dormir. Mas sou grande demais e estranha e quente
para dormir agora, então fico deitada lá, fingindo dormir
enquanto ela faz o mesmo. De manhã, ela sempre é a primeira a
levantar, com seu colchão dobrado e empurrado para baixo da
minha cama, rezando ao lado da pia.
  Estou tão, muito, completamente pronta para isso terminar
agora. Tentei pensar nisso não como uma criança, mas como algo
que está acontecendo com meu corpo, apenas meu corpo, não
eu, algo que logo irá terminar, mas quanto mais se arrasta, mais

penso no que realmente é. Penso nos nomes, Etta, enquanto finjo dormir, escutando a respiração atenta e desperta da irmã Margaret Reynolds. Percebi que belo nome é Etta. Ou James.

Há uma pedra que encontrei na praia que foi tão alisada pelo oceano que é quase macia. Mantenho sob minha colcha, geralmente, mas às vezes, se a irmã Margaret está atrasada ou longe no banheiro, levanto sua redondeza fria até meu rosto, pescoço ou peito. É do tamanho de, talvez, dois punhos juntos. É tão pequena, mas tão pesada.

Espero fazer uma visita em breve. A mãe e o pai devem ter contado a você. Em pouco mais de um mês. Tudo será maravilhosamente normal, e talvez, se pudermos encontrar algum lugar para isso, vou te ensinar a nadar.

*Com amor,
Alma*

A carta seguinte era do mesmo endereço de todas as de Alma, com o mesmo tipo de selo e marca do correio até, mas não era dela. Havia apenas um envelope desta vez. Era endereçado *À família próxima da irmã Alma Kinnick.*

Toxemia. Uma palavra que começa tão brusca e termina tão suave. Uma palavra cochichada da mãe de Etta para seu pai antes de terem a chance de reconhecer o que estavam descobrindo. Uma palavra carregada pelo pai de Etta pelas escadas, tão cuidadosamente, como um filhote de pássaro, até o quarto de Etta. Ele a entregou a ela com mais suavidade do que jamais o ouvira falar. Etta a pegou e a levou às orelhas primeiro, então à cabeça, então, repentina e horrendamente, ao coração. Sua mãe passou pela porta e eles, todos os três, perceberam quão pouco significava saber das coisas, saber a verdade das coisas agora.

Levou mais tempo, uma semana mais ou menos, para eles notarem o buraco em sua língua que essa nova palavra havia feito. Captar que não havia termo para um pai sem uma filha, uma irmã sem uma irmã.

Etta se inscreveu no curso normal um mês depois disso.

5

Ela estava em Manitoba havia três dias, três dias secos, quando as botas de Etta começaram a vazar. Não deixando líquido entrar, mas deixando líquido sair, deixando uma trilha cor de ferrugem atrás dela. De manhã era apenas uma névoa de pingos clarinhos, dificilmente distinguíveis à vista, apenas levemente mais notáveis pelo cheiro, para aqueles que notam cheiro. Mas de tarde os pingos se tornaram um constante gotejar, ainda que fino: a trilha deles se juntando em duas linhas finas, como seda de aranha saindo dos pés de Etta. E no meio da tarde as linhas da trilha haviam se espalhado em faixas como uma pista de esqui cross-country cor de vinho. O cheiro, para aqueles que vivem por cheiro, era opressor. Às seis da tarde, Etta notou que seus pés doíam. Essas botas são boas, ela cochichou para ninguém, para Manitoba, essas botas são muito boas. Mas seus pés doíam. E as botas estavam vazando, e ela começava a se sentir tonta. Droga, ela disse. Etta não achava que havia qualquer parte de si mesma mais forte do que as botas. Se suas botas estragassem, qualquer coisa poderia estragar. Ela se sentou, desfez o nó dos cadarços. As botas deslizaram para fora, molhadas. Seus pés vermelhos de sangue. Como São Francisco, pensou Etta, mas não rezou para ele. Ela não rezava para ninguém. Em vez disso, envolveu os pés em meias sobressalentes, limpou as mãos o melhor que pôde sem água e comeu um pão; a parte de cima com um sachê de relish e a parte de baixo com um pacotinho de açúcar. Ela imaginou manteiga e canela, a longa, grossa serpente de pãezinhos de canela que fazia para Otto nos domingos.

Agora que estavam fora das botas, os pés de Etta incharam tanto que jamais entrariam de volta. E as botas estavam estragadas, de qualquer forma. Tudo bem, pensou Etta. Amanhã vou à cidade e arrumo algo novo. Tudo bem.

Naquela noite, ela dormiu num campo de mostarda e sonhou. Sonhou com água. E barcos e meninos e homens e meninos, respirando na água, cuspindo a água, e tudo alto e tanta cor, mas escurecido e ficando mais escuro, e isso não é lugar para uma mulher, melhor você descer agora mesmo, descer, mais fundo, fundo, fundo, e a água batia em seus pés e tornozelos, mais quente do que você esperaria, rítmica, confortante. Mas não sou uma mulher, ela se assegurou, mas sou forte e sobrevivente.

Quando Etta acordou na manhã seguinte, havia um coiote lambendo e lambendo e lambendo seus pés. As meias haviam caído, e o sangramento havia parado. Olá, disse Etta, sem se sentar, não querendo perturbar as coisas. Está me ajudando ou me comendo? O coiote olhou para ela. Olhos cor de âmbar. Olhos de cão. Bem?, disse Etta. O coiote voltou a lamber. Obrigada, disse Etta. De todo modo.

O coiote ficou com ela enquanto ela se levantava, urinava e limpava a boca e os dentes, ainda seus próprios dentes, cada um deles, com água de uma garrafa, e reunia suas coisas. Ele a seguiu quando ela começou a andar, cuidadosa, lentamente, com seus pés descalços. Ele a seguiu assim por horas. Ele a seguiu pelos arredores de uma cidade, depois dentro da cidade, pela calçada, movendo-se cuidadosamente ao redor de cacos de vidro e chiclete até o centro, e então até uma loja de artigos esportivos.

Cachorros não podem entrar, disse o funcionário, junto a prateleiras e mais prateleiras de sapatos brancos.

Não é meu, disse Etta.

Mas entrou com você.

Eu sei. Mas não é meu.

Bem, disse o funcionário.

Bem, disse Etta.
O funcionário se moveu em direção ao coiote. Vá! Saia! Saia!
O coiote ficou. Levantou o lábio superior, mostrou dentes brancos amarelados.
O funcionário deu um passo para trás. Madame, ele disse.
Não é meu, disse Etta.
Então o coiote ficou e observou, enquanto Etta olhava filas e mais filas de tênis, todos brancos, até que comprou um par. Calçá-los era como pisar em musgo fresco. O coiote a seguiu para fora da loja, pela calçada, pelos arredores e de volta para os campos. Bem, disse Etta, não sei se você me quer de estimação ou para me comer quando eu dormir, mas como ainda está aqui, podemos bem dar um nome a você. O coiote ficou dois passos atrás dela. Podia ouvi-lo mesmo quando não podia vê-lo. Vamos chamá-lo de James, ela disse. Ambos continuaram andando.
Naquela noite, James não comeu Etta, apenas dormiu um pouco longe dos pés dela. Na manhã seguinte, ele comeu um esquilo enquanto Etta comia biscoitos com maionese. Quando ambos terminaram, começaram a caminhar novamente. Leste, sempre leste. Venha junto, James, disse Etta.
Sim, sim, indo, disse James.
Pensa em ficar comigo a viagem inteira?
Vamos ver.

Otto foi para a cama naquela noite sem uma refeição adequada. Apenas pão com manteiga e açúcar. Você espera e você trabalha, disse a si mesmo enquanto se despia. Sua garganta coçava, queria tossir. Espinafre cresce rápido, assim como as ervas ao redor dele. Você espera, você trabalha. Mas, na manhã seguinte, ele não saiu para limpar as ervas daninhas do espinafre. Na manhã seguinte, ele se levantou depois de um sono pesado, sem sonhos, e ficou na frente do armário da cozinha, indiferente. Cereal de letrinhas. Cereal de milho. Cereal de arroz. Nada de verdade deixado ali e mais nada no freezer. Estava faminto por comida de verdade. Sempre havia sido magrelo; agora estava se tornando oco. A pele ficando mais fina e mais transparente. Os cartões de receita de Etta ainda estavam onde ele os havia deixado, arranjados em fileiras perfeitas pela metade da mesa da cozinha que ele não usava. Ao lado das cartas. Estavam desbotados; ela não precisava deles havia décadas, as medidas de farinha, manteiga, açúcar entranhadas em sua mente e mãos. Otto pegou um cartão da seção de *café da manhã/lanches*:

Pãezinhos de canela
(de tia Nondis)

Necessita:

1 c. sopa de fermento
1½ x. leite
¼ x. açúcar
2 c. sopa chá de sal
½ x. margarina (manteiga é melhor)

1 ovo
5-5½ x. farinha de trigo
1½ x. açúcar mascavo
1½ c. chá de canela

Instruções:
Teste o fermento. Ferva o leite e despeje numa tigela grande. Acrescente o açúcar, o sal e a margarina. Mexa até derreter, então deixe esfriar à temperatura ambiente. Acrescente o fermento e o ovo. Mexa novamente, bem. Junte 3 x. de farinha, então o restante 2(½) até parecer bom. Coloque numa superfície enfarinhada e sove até formar uma bola macia. Deixe crescer. (Dobrar) Pressione a massa e divida em duas bolas lisas iguais. Deixe descansar (10 min.). Com um rolo, abra cada bola num retângulo e pincele com manteiga derretida (bastante). Misture o açúcar mascavo com a canela e salpique sobre os retângulos de massa. Enrole e feche. Corte em pedaços de uns dois centímetros e arrume não muito próximos numa assadeira ou tabuleiro (tabuleiro faz mais bagunça). Pincele por cima com leite (e mais manteiga/ açúcar mascavo, se for para Otto). Deixe crescer. (Dobrar) Asse em 190ºC por cerca de 25 minutos.

Numa gaveta, ao lado da caixa bege onde as receitas costumavam morar, havia um avental, dobrado. Otto pegou-o e o deixou sair de seu padrão dobrado. O cheiro de Etta se propagou, então se foi. Ele passou a alça de cima pela cabeça e amarrou as tiras centrais ao redor das costas, então pegou o cartão de receita da bancada e forçou a vista, levando-o um pouco mais perto do rosto, caso algum segredo, instruções mais claras, surgissem. Alguma escrita miúda por baixo da escrita, talvez. Mas não. Apenas:
Teste o fermento.
E o resto. Está bem, pensou Otto. Falamos a mesma língua, Etta e eu; isso deve ser legível, isso deve ser fácil. Deixou o cartão sobre a bancada, abriu um armário e pegou o fermento. Aí está, ele sussurrou para si mesmo, testado.

A primeira fornada de Otto saiu extremamente dura. Como carne-seca. A massa inerte na tigela durante cada período de descanso. Tudo bem, Otto disse a si mesmo, ao cartão de receitas. Precisa de mais pesquisa. Tudo bem. Ele os comeu com uma cobertura de creme e calda de maçã para amaciá-los o máximo possível.

Antes de sua segunda tentativa, alguns dias depois, Otto examinou os cartões manchados de gordura, organizados por ordem alfabética, ele agora percebia, até que pegou o penúltimo deles.

Para testar o fermento
(Para o seco. Para provar que está vivo e ativo.)

Necessário:

fermento seco   açúcar
água morna

Instruções:
Coloque o fermento num copo pequeno com água morna. Acrescente duas/três pitadas de açúcar. Espere 5-10 minutos. Vivo = borbulha e tem cheiro quente, morto = morto.

Otto pegou o fermento e o açúcar e aqueceu um pouco de água. Misturou tudo e esperou quinze minutos. Nada. Esperou mais quinze, só para ter certeza. Nada. Então mais cinco. Ainda nada. Tudo bem, disse Otto. Agora sabemos. Morto = morto. Em vez de fazer pãezinhos naquele dia, ele foi à venda e comprou fermento, além de um pouco de pão, queijo e picles para o jantar.

A fornada dois-ponto-cinco estava melhor: o fermento testado tinha um cheiro maravilhoso, e a massa crescia na tigela para ele socá-la de volta. Sovar era a melhor parte, Otto pensava, enquanto movia as mãos para cima e para baixo da massa. Era o ponto de conexão entre você e a comida. Era gentil e brutal ao mesmo tempo, socar, mas gentilmente, com cuidado. Ritmicamente, como se marchando. Depois que se começava, era automático e reconfortante. Ininterrupto.

Essa fornada estava ainda melhor, mas continuava dura demais, como se os pãezinhos já tivessem três dias, embora estivessem ainda quentes do forno. Esses foram para os pássaros.

Quanto tempo você sova?, peguntou Sheryl. Estava verificando as datas de validade nos cigarros. Estava com todos sobre o balcão da venda, arrumados de acordo com a marca, de modo que os maços coloridos faziam faixas em camadas na frente dela como um arco-íris.

Não estou certo, disse Otto. Talvez quinze minutos? Talvez vinte?

Vinte!, gritou Wesley. Ele estava nos fundos da padaria, limpando migalhas.

Seu problema está aí, disse Sheryl. Sem dúvida. Ela levantou uma das mãos, cinco dedos. Cinco minutos, no máximo, ela disse.

É?, disse Otto.

No máximo!, gritou Wesley.

A terceira fornada de Otto cresceu, ficou macia e doce. Ele observou a janela do forno, laranja de tão quente, como se assistisse a um filme. Quando esfriaram, caminhou pelo campo e bateu na porta de Russell. Algum tempo, algum ruído, então Russell respondeu.

Oh, olá, Otto. Seu corpo bloqueou a porta para que Otto não pudesse ver dentro.

Olá, Russell. Está quente lá fora hoje, não?

Terrível.

Algum veado?
Hoje não.
Talvez amanhã.
É. É o que eu digo.
Bem... Eu fiz pãezinhos.
Russell não respondeu, levou um momento, então Otto continuou.
Te trouxe uns pãezinhos de canela. Eu que assei. Estão frescos.
Russell olhou para o pacote embaixo do braço de Otto, envolvido numa toalha de algodão azul e branca. Recuou um pouquinho. Bem, ele disse, melhor você entrar então. Ele se moveu para o lado só o suficiente para Otto passar.

A cozinha de Russell era minúscula, com caixas de coisas por todo lado. Caixas de peças de carro, caminhão e trator, caixas de livros de animais, caixas de parafusos, pregos e tachas. Russell tirou uma caixa de potes vazios do caminho para chegar ao forno e poder esquentar os pãezinhos. Eles os comeram puros, sem manteiga.

Estão bons, disse Russell. Obrigado por trazê-los.
Bem, Etta te traz essas coisas às vezes, eu sei. Então...
Estão quase tão bons quanto os dela.
Comeram em silêncio, ambos olhando a janela; o sol se punha em laranja e vermelho. Terminaram de comer, e Russell se levantou para acender a luz da cozinha.
Otto, ele disse, eu sei. Sei que Etta se foi.
Otto se virou da janela. Sabe?
Ela me escreveu uma carta, semanas atrás. Russell apontou sobre o ombro de Otto para um quadro. A carta estava presa lá, um pouco desbotada.

Querido Russell,

dizia,

Tenho de me afastar um tempo. Por favor, cuide de Otto. Sei que é algo que você sabe como fazer.

*Sua
(amiga)
Etta*

Apenas isso. Ao lado da carta, também preso ao quadro, estava o envelope em que viera, com o nome e o endereço de Russell escritos com a letra de Etta, carimbado Strasbourg, vinte e dois dias atrás.

Mas. Mas você não disse nada, Russell. Você me deixou mentir sobre isso.

Eu não queria que você ficasse sem graça. E eu estava bravo.

Por eu não ter te contado?

Porque você a deixou ir.

Ainda está bravo?

Russell pensou. Sim, ele disse. Mas menos. Você está magro, Otto. Ele hesitou por um instante, então: Vai me contar onde ela está?

Otto não podia. Ele não sabia. E não queria saber e não queria que Russell soubesse também. Então, em vez disso, contou a ele sobre a primeira carta, sobre a caminhada de Etta, sobre a água.

E se ela se esquecer?, perguntou Russell. De seu nome, seu lar, seu marido? De comer ou beber, ou aonde está indo?

As pessoas não se esquecem de comer ou beber, disse Otto.

É como antes, disse Russell. É como antes, mas trocado. Você e ela, vocês trocaram de posição. E eu, eu estou sempre aqui.

★ ★ ★

Mais de setenta anos antes, alguns meses antes que os bancos tivessem morrido e levado o pai de Russell com eles, havia sido o sexto aniversário de Russell. Para comemorar, seu pai o levara ao centro, até a loja da família, para escolher uma coisa, qualquer coisa, para ficar com ela, como havia feito todo ano desde que o garoto fez dois anos. Em seu segundo aniversário, Russell escolhera uma bala de limão. No terceiro, um belo rolo brilhante de papel-alumínio. No quarto, uma pá que era grande demais para ele, mas que seu pai prometeu que ele poderia usar quando tivesse oito. No quinto, ele escolheu outra bala de limão. Desta vez, em seu sexto aniversário, Russell encontrou um livro enfiado entre as receitas e os jornais. Era encadernado e pesado, com um grupo de animais, um lobo, um pássaro, um veado e uma cobra na capa, todos juntos, como amigos. A capa era de tecido; Russell correu seus dedos para cima e para baixo, contra e a favor dos fios. Isso, ele disse.

Rastreando e caçando os animais do oeste do Canadá?, disse o pai. Tem certeza?

Russell correu os dedos sobre o lobo, o pássaro, o veado e a cobra. Sim, ele disse. Tenho certeza.

Naquela noite, ele se sentou no colo do pai enquanto olhavam o livro juntos. Era principalmente de palavras, mas no meio havia uma seção de desenhos em preto e branco, retratando vários tipos de rastros de animais em ordem alfabética por espécies. Gosto desses, disse Russell apontando. Parecem rostos de coelhos. Mas sem bocas.

Rastros de veados, disse seu pai. A família toda dos veados tem rastros similares, todos rostos de coelhos. Vê? Ele apontou para a lista: Caribu, Uapiti, Alce, Corça, Cariacu...

E se você encontrar alguns desses e segui-los, você encontra um veado?, perguntou Russell.

Se você for bem silencioso, gentil e paciente, então você pode encontrar.

Uau, disse Russell.

Apesar de não haver muitos na cidade, eu pensaria, disse seu pai.

Mas talvez um ou dois?

Talvez um ou dois.

Uau, disse Russell. Uau uau uau.

Otto caminhou para casa cuidadosa e lentamente pelo campo escuro naquela noite. Escuro demais para enxergar o melhor caminho em meio aos grãos. Aquilo lhe lembrava de quando voltava para casa bêbado, fosse pelo campo dos Vogel com Russell ou pelas problematicamente silenciosas vilas francesas, com estranhos próximos ou, apenas uma vez, com Owen. Ele não bebia muito depois, com Etta.

Otto foi direto para a cama; estava mais tarde do que o costume. Ele dormiu por três horas, então...

Otto!

Madeira batendo. Madeira chutada. E gritos.

Otto!

Ele se sentou. Percebeu onde estava, que horas eram. Na cama, pouco depois das três da madrugada.

Otto!

Era Russell. A voz de Russell gritando, as botas de Russell chutando a porta. Russell bêbado? Talvez. Por causa da sua perna ruim, ele tinha de se apoiar na moldura antes de cada chute. Otto podia ouvir o ranger suave de seu apoio. Rangido e batida. Otto! Rangido e batida. Otto correu a cortina e abriu a janela ao lado da cama. Dava para fora, na mesma direção da porta. Ele se inclinou através dela.

Russell. Meu Deus. Três da madrugada.

Precisamos ir!, disse Russell. Não estou bêbado. Não pense que estou bêbado, Otto. Estou aqui e precisamos ir! Agora! Precisamos encontrá-la. Otto. Otto! Ela pode morrer lá! Pode já estar morta. Coloque suas botas. Trouxe a caminhonete. Podemos chegar à fronteira de Manitoba de manhã.

Otto apoiou o torso na moldura de madeira da janela. Lascas de tinta branca em sua barriga. Estava sem camiseta. É um país grande, Russell, ele disse.

Eu sei, eu sei, é por isso, Otto. É por isso!
Não, disse Otto.
Otto!, disse Russell.
Não, disse Otto.
Mas, que droga, Otto!
Não, disse Otto. Não, Russell, eu não vou.
Que marido, disse Russell. Que marido desgraçado. Ele chutou a porta novamente, mais forte. A força tirou seu equilíbrio, e ele cambaleou de volta, em direção à caminhonete. Vou sozinho então. Agora mesmo, sozinho. Que marido desgraçado. Ele se virou, dando as costas para Otto.

Não é o que ela quer, Russell, disse Otto, mas baixo demais. Baixo demais para Russell, que já valsara consigo mesmo de volta à caminhonete, acendera os faróis para que iluminassem a entrada como a manhã, escutar.

* * *

Uma noite bem tarde, com ouvidos grudados nas tábuas do piso gasto, os Vogel escutaram seus pais, diretamente abaixo, na cozinha. Ouviram:

... não pode jogar fora o rádio! Foi caro.

Não foi, você fez de sucata, basicamente.

Sim, mas os rádios são caros em geral, na maioria das vezes... Você sabe que não pode parar nada jogando fora, não de fato.

Os garotos vão escutar, então...

Os garotos vão escutar de qualquer forma.

Talvez não.

Vão sim.

Talvez não tão cedo.

Mal são meninos agora, alguns deles. Amos, Walter, Otto...

Não pode evitar que cresçam.

Mas posso evitar que vão.

Talvez.

Os Schiff em Kenaston só tem um. Apenas o magrelo Benedict. Dezesseis. E ele se foi.

Bem, certamente temos mais do que um...

...

Foi uma piada.

Eu sei.

Você sabe que não quero que eles vão também.

Sim, eu sei.

O som de uma xícara empilhada em outra xícara.

Vamos ver se podemos encontrar um pouco de música...

Não há música, apenas notícias.

Vamos tentar.

O zumbido e gaguejo de estações, até que finalmente, surgindo em meio à estática, o balanço em câmera lenta de clarinetes, sopros abafados, piano. Isso sob o som de pés pisando cuidadosamente, no ritmo, juntos.

Enquanto seus irmãos e irmãs se dispersavam para as camas, um lado de seus rostos vermelhos com os veios das tábuas do piso, Otto percebeu fria e repentinamente que era ele. A coisa que sua mãe temia tanto era ele, ou inegavelmente tinha a ver com ele. Era por isso que ele mesmo tivera tanto medo. Otto percebeu que, em pouco tempo, não muito longe de agora, ele iria partir. E apesar de não contar a ninguém, nem mesmo a Russell, isso o fazia terrivelmente triste e terrivelmente empolgado.

No dia seguinte, foi a vez de Otto ir para a escola, caminhando numa turma arrastada, sonolenta, com os outros que estavam livres de suas tarefas naquele dia. Quando chegaram, porém, a porta da frente da escola estava fechada, e todos os outros alunos estavam parados lá fora no pátio empoeirado.

A porta está trancada, disse uma garota magra com tranças amarelas opacas. Nós todos tentamos, mas ninguém consegue entrar.

Onde está o sr. Lancaster?, perguntou Walter. Ele era o mais velho, o maior, por anos, por uma cabeça.

A menina fechou bem a boca, deu de ombros e correu de volta para seus amigos.

Outra menina, de um grupo maior, mais velho, que passou um bom tempo falando e olhando para Walter, gritou através do pátio. A poeira. Tem de ser a poeira, Walter. Então cuspiu.

Ninguém ficou muito surpreso que o sr. Lancaster tivesse partido. Ele estava ensinando em silêncio nas últimas três semanas. Ele havia ensinado, sempre, com a porta da sala de aula aberta, para entrar ar e luz, e havia feito isso em sua carreira toda no colégio Gopherlands. Isso significava que todos os dias, o dia todo, o vento noroeste prevalecente soprava poeira dos campos por quilômetros e quilômetros direto na boca do professor, que estava frequentemente aberta, ensinando. O sr. Lancaster havia vindo da cidade; ele não tinha o hábito de cuspir. Ele dormia de noite, aninhado nas costas de sua esposa, exalando poeira como um dragão, então ela tinha de bater seu cabelo como um apagador de giz a cada manhã. Durante os dez anos em que ele ensinou em Gopherlands, a voz do sr. Lancaster tornou-se cada mais silenciosa, até que um dia simplesmente sumiu. Ele ensinou com gestos e desenhos de giz o máximo que pôde, até que o conselho escolar descobriu.

Então os alunos se sentaram sem professores em clubinhos e grupos na grama seca, as nucas queimando no sol, mantendo-se entretidos com conversas e jogos e cochilos por uma hora ou mais, até que um homem suado num terno completo azul-marinho caminhou pesadamente até eles da mesma direção que o sol. Sim, olá, desculpe, desculpe, ele disse. Deixou-os entrar na escola com uma chave num chaveiro com dúzias de chaves. Fez muito barulho. Por favor, sentem-se, por favor, não façam bagunça, ele disse. Escreveu cinco problemas numéricos na lousa. Aqui, ele disse. Vou explicar tudo num momento. Mas primeiro, por favor, números! Números. Ele fez os alunos trabalharem em problemas com as cabeças abaixadas em silêncio, enquanto ele revirava freneticamente as gavetas e os papéis da mesa do sr. Lancaster, ainda suando.

Otto encontrou os números bem facilmente. Contara irmãos a vida toda, dividindo tarefas, multiplicando porções. Havia terminado, estava sem nada para fazer, quando Owen passou a ele um pedaço dobrado de papel. Otto desdobrou.

Qual é seu nome?

Owen escreveu isso no topo do papel, deixando muito espaço embaixo. Otto escreveu seu nome completo, dobrou e passou o papel de volta a Owen. Owen o desdobrou, escreveu algo novo e passou de volta. E por aí foi:

Qual é seu nome?
OTTO VOGEL
Está bem?
DE SACO ~~XEIO~~. (cheio)
Eu também. Esse cara é nojento. Parece um bicho.
~~PARESSE~~ UM CACHORRO OU CAVALO. (parece)
Tenho medo de cavalos.
EU SEI.
Posso voltar com você hoje depois da aula?
VOCÊ MORA (para) OESTE, NÓS MORAMOS (a) LESTE, ENTÃO NÃO ~~FAS~~ SENTIDO. (faz)
Gosto de andar.
ANDAMOS MUITO DEVAGAR, RUSSELL E EU. VOCÊ VAI FICAR ~~XAT CHATIXATEAD~~

Owen pegou o lápis da mão de Otto. CHATEADO, ele escreveu.

Na frente da sala, o homem de terno encontrou o que estava procurando e agora escrevia rapidamente algo atrás de uma tarefa que um aluno entregara sobre qual-o-verdadeiro-significado-do-hino-nacional? Quando terminou, ficou de pé. Alunos!, ele disse. Espero que tenham terminado suas somas. Tenho tristes notícias. Vocês podem ter notado que o sr. Lancaster não está aqui. O sr. Lancaster não vai mais estar aqui, nunca. Como podem ter suspeitado, sua voz virou poeira, e ele agora está impossibilitado de ensinar e, em vez disso, foi lutar a guerra. Tenho certeza de que isso é problemático para vocês e sinto muito. Agora, posso, por favor, ter um voluntário de pernas fortes?

Winnie, cujas pernas estavam apertadas sob a mesa e cujo estômago sempre ficava com borboletas e esquilos quando ela se sentava num lugar por mais de dez minutos, levantou a mão no ar. Foi a única. Então o homem suado da lousa a mandou correr oito quilômetros para a cidade com um bilhete para entregar à faculdade de lá. Winnie saiu pela porta antes mesmo de ele terminar de dar as direções. Só havia mesmo uma estrada.

No meio do caminho, depois de cerca de trinta minutos, Winnie parou para um intervalo e para comer a maçã que estava dando câimbra na sua mão esquerda. O bilhete estava na mão direita. Enquanto comia, ela abriu o envelope não-tão-bem-selado-assim para ler o que estava entregando. O sr. Lancaster havia contado a eles a história de *Hamlet*; ela pensou que deveria descobrir o que o bilhete dizia, só para se certificar. Estava numa tinta escura grossa, escrito apressadamente.

IMPORTANTE/URGENTE:

dizia,

O Colégio Geral Gopherlands Requer Imediatamente:
Um professor. (Para todas as séries.)
Deve:
– Ter treinamento apropriado.
– Estar disposto a viver no local.
– Lecionar com a porta fechada. (Certas janelas viradas para o sul ou leste são opcionais.)
Candidatos por favor contatem WILLARD GODFREE,* Superintendente da Área Estendida, o quanto antes.

* *Contatar por telegrama, carta escrita ou pessoalmente o Escritório Cívico e Metacívico (rua Principal, 143) ou a terceira casa do lado* *esquerdo ao chegar à cidade (porta amarela). Por favor, não ligue após as nove da noite.*

Winnie, certa de sua segurança, redobrou o bilhete e selou novamente o envelope usando a goma da maçã que ficara em seus dedos. Cavou com o pé um buraco no chão para jogar a semente, chutou a terra de volta sobre ele, e correu os restantes quatro quilômetros pela estrada.

A garota que atendia a porta da faculdade parecia ter a mesma idade de Winnie, porém mais limpa e com tranças no cabelo. Sim?, ela disse.

Um bilhete, disse Winnie. Ela passou o bilhete com a mão direita, menos grudenta.

Obrigada, disse a menina. Uma jovem, realmente. Alguns outros, todos vestidos iguais à menina na porta, passavam tentando parecer que não estavam olhando.

Você gostaria de..., começou a menina. Mas Winnie fingiu não ouvir e recuou, correndo pela rua para fora da cidade, em direção à escola. Ela não sabia se iria gostar ou não.

No dia seguinte, a vez de Russell na escola, as aulas foram canceladas. Um bilhete na porta:

Desculpem...
Aulas canceladas hoje. Por favor, liguem amanhã.
Obrigado. Desculpem.

No dia seguinte a esse, a vez de Otto, a escola estava aberta novamente. Havia uma mulher que ninguém vira antes parada na frente da sala. Quando todas as mesas pequenas demais estavam cheias de pernas grandes demais, ela caminhou de volta aos fundos da sala e fechou firmemente a porta. Enquanto marchava até a frente, Otto observou seus músculos da panturrilha. Grandes músculos da panturrilha. Ela não podia ser muito mais velha do que ele. Mais nova do que Amos ou Marie, com certeza. De volta à frente, ela bateu as mãos, uma vez, duas vezes, e pigarreou. Bem, ela disse, olá a todos. Acredito que vocês estejam bem e prontos a aprender. Vou ajudá-los com isso. Sou a srta. Kinnick, srta. Etta Kinnick. Sou sua nova professora. Então sorriu.

Havia quinze meninas na sala de Etta no curso normal. Usavam as mesmas saias laranja-queimado de pregas como um kilt de escocês. Podiam escolher as próprias blusas, desde que fossem brancas e passadas. Algumas das meninas viviam lá, em dormitórios acima dos auditórios. Quando estavam atrasadas, de manhã, Etta podia ouvir seus pés apressados sobre sua cabeça, aumentando de volume pelas escadas. Etta, porém, continuava morando em casa com os pais. Era uma viagem de apenas vinte minutos de bonde ou uma caminhada de quarenta e cinco minutos de manhã e de noite. Era mais barato morar em casa, mas não era por isso que ela o fazia. Etta sabia que a casa de seus pais ficaria silenciosa demais, parada demais, com ambas as filhas longe.

Ela estava no segundo ano, de dois, quando uma caloura chamada Caroline atendeu a porta onde estava uma menina empoeirada e ofegante de uma das fazendas. Etta a viu enquanto andava de uma aula para outra; ela parecia aterrorizada.

Naquela tarde, em elementos de disciplina, o professor leu em voz alta um recado do colégio Gopherlands para todas as quinze alunas do segundo ano. O ruído branco afiado dos lápis anotando os detalhes e de respirações entrecortadas ao redor atiçaram os ouvidos de Etta como uma coceira. Havia anos que não surgia um trabalho na área. A vasta maioria das alunas se formava, se casava, tinha um filho ou três, e ficava em casa fazendo pão e cantando músicas de ninar pelo resto da vida. Depois de ler o bilhete, o professor o colocou num canto da mesa para as alunas examinarem, se desejassem, após a aula, e continuou com sua aula sobre Paus e Pedras. Em sua cabeça, Etta contou até cem, depois regressivamente. Quando chegou a zero, levantou a mão, mesmo que nenhuma pergunta tivesse sido feita. O professor a notou no final da frase, quando levantou o olhar de suas anotações. Sim, srta. Kinnick?, ele disse. A turma se virou de várias direções para olhar para ela.

Posso ir ao banheiro?, perguntou Etta. Sua voz estava tensa de expectativa.

Sim, sim, claro.

Os outros alunos, agora desinteressados, viraram-se de volta para a frente, seus livros, seus próprios pensamentos.

Quando a porta da sala se fechou atrás dela, Etta saiu correndo; para fora da faculdade, pela rua do Córrego até a rua Victoria, da Victoria para a Principal, então pela Principal, contando os números: 121, 123, 125, 127, 127A, 129, 131, 133, 135, 137, 139, 141 e finalmente 143. Ela segurou a respiração. Prendeu novamente o cabelo. Desejava ter pensado em trazer um chapéu. Contou até três e entrou no Escritório Cívico e Metacívico.

Estou aqui pela vaga em Gopherlands. Suas mãos, presas juntas atrás das costas, tremendo. O rosto composto, quase severo. Adulto.

Oh, oh, sim, excelente. É da faculdade?

Sim.

Tem idade suficiente?

Sim. Apesar de Etta não saber o quanto era suficiente. Ela se sentia com idade suficiente.

Pode lecionar com a porta fechada?

Sim.

Certo, muito bem, então. Bom. Você terá de assinar esses papéis. Vai ter um dia para juntar suas coisas e se mudar para a casa do tutor. Começa depois de amanhã.

E foi assim. Etta assinou os papéis, apertou a mão de Willard Godfree e saiu do escritório de volta à rua Principal. Então piscou uma vez, duas vezes, e correu de volta à faculdade.

Após as aulas do dia, cada uma das catorze meninas foi ao número 143 da rua Principal, e cada uma encontrou o mesmo

Obrigado, professoras, mas:
A vaga foi preenchida.
Sinto muito.
W. G.

bilhete na porta. Algumas das mais ávidas também visitaram a terceira casa no lado esquerdo da rua entrando na cidade, mas lá, na porta amarela, estava outra cópia do mesmo:

Obrigado, professoras, mas:
A vaga foi preenchida.
Sinto muito.
W. G.

6

James gostava de cantar, estava sempre cantando. Coiotes têm vozes um pouco como oboés; não são desagradáveis. Etta cantava junto com ele às vezes, e às vezes apenas escutava. Ele cantava principalmente músicas de caubói. Às vezes também cantava hinos ou músicas de rádio que ele aprendeu de cães, mas na maioria não, a maioria era música de caubóis.

Oh não me enterre só na pradaria
Onde coiotes uivam, onde sopra o vento
Numa cova estreita sem acabamento –
Oh não me enterre só na pradaria

Etta cantarolava, estavam dando pequenos passos, o tipo de passo que davam no final da tarde, cansados, mas direcionados. Os dias estavam ficando mais longos, mais quentes, o sol agora saindo antes das cinco e meia e se pondo bem depois das nove. Etta chutou uma pedra. Havia mais pedras agora. Estavam indo em direção a Ontário; James reconhecia os cheiros cada vez que parava de cantar momentaneamente para respirar. Quando ele parou novamente, depois de *Oh*, Etta interrompeu sua música:

Acha que Amos vai se importar se não aparecermos até de manhã?, ela disse, parando de repente. Estou bem cansada.

James, que trotava à frente de Etta, desacelerou e ficou ao lado dela. *Tenho certeza de que ele não vai se importar*, ele disse. *Vamos parar agora, continuamos de manhã.*

Depois que Etta caiu no sono, mas antes de ele se aninhar numa bola firme, James remexeu na bolsa dela e tirou um pedaço de papel, com cuidado para não deixar marcas fundas de dente.

Você:

dizia.

Você:
Etta Gloria Kinnick da fazenda Deerdale. 83 anos em agosto.
Família:
Marta Gloria Kinnick. Mãe. Dona de casa. (Falecida)
Raymond Peter Kinnick. Pai. Editor. (Falecido)
Alma Grabielle Kinnick. Irmã. Freira. (Falecida)
James Peter Kinnick. Sobrinho. Criança. (Nunca viveu)
Otto Vogel. Marido. Soldado/Fazendeiro. (Vivo)

James enfiou o papel, o melhor que podia, sob o braço de Etta, para que ela encontrasse quando acordassem novamente, por volta das cinco e meia na manhã seguinte.

Quatro meses antes, Otto acordou porque ficou sem ar. Sonhando com água. Ele se sentou e empurrou os cobertores como a maré, chutando com os pés para fora. Ainda estava escuro e frio. Seguiu até seu roupão – quente ao redor dele, pendurava-se muito comprido de seus braços, comprido demais sobre seus pés, como um vestido de noiva – e deslizou para a cozinha. Pegou biscoitos de gengibre de um pote no freezer e sentou-se à mesa vermelha e estrelada, puxando-se para fora do afogamento de seu sono. A enorme água e o céu que se movia.

Otto acordou quando Etta deixou a cama. Sem ela o frio entrava, quase imediatamente, logo que ele inspirava. Ele escutou com olhos fechados enquanto ela lutava com o tecido de seu roupão e abria e fechava a porta. Esperou pelo som de água do banheiro, pelo retorno dela. Contou até 250, escutou, e contou novamente. Então se levantou também.

Etta estava na mesa da cozinha, em seu roupão. Etta, disse Otto, Etta.
 Etta?, disse Etta. Ela abaixou o biscoito que estava levando à boca. Olhou para o marido como um fantasma, como um espelho.

Então o que devemos fazer?, Otto disse na manhã seguinte no café da manhã, pãezinhos de canela, laranjas.
 Talvez eu deva ir embora, disse Etta. Um lugar para gente que se esquece de si mesma.
 Mas eu me lembro, disse Otto. Se eu me lembrar e você se esquecer, podemos equilibrar, com certeza.

Talvez eu deva ir embora, disse Etta, novamente. Seu cabelo era branco e estava despenteado. Uma parte dele que caía em direção à sua boca lembrava a Otto filhotes de ganso. Um retorno à infância.
Eu poderia machucar alguém, ela disse. O pãozinho de canela em seu prato numa espiral perfeita, enfiando-se em si mesmo, para longe e para baixo. Perfeito.
Não vai.
Sabe se não vou?
Sei que não vai.
Eles comeram por um tempo, então Etta disse, O que vai fazer hoje?
Ir aos Palmer, acho. Ajudar um pouco por lá.
Use um chapéu. O sol.
Claro. E você?
Etta tinha uma das mãos na mesa, a esquerda, ela abriu bem os dedos. Picles, ela disse, cenouras, alho e pepino.
É um longo tempo até o inverno.
Mas nunca é realmente.
Não, acho que nunca é.

Russell dirigiu e dirigiu. As estradas escuras estavam muito silenciosas. Ele só viu outros três veículos antes de Last Mountain Lake, e não reconheceu nenhum deles. As janelas de sua caminhonete estavam abaixadas e o vento o fazia se sentir desperto e vivo. Não podia parar de sorrir. Cruzou a fronteira de Manitoba pouco depois de o sol se pôr, o mais a leste que ele jamais esteve.

Enquanto Russell dirigia, Otto tentava voltar a dormir, mas não conseguia. Então foi até a cozinha, fechou os olhos e deixou o dedo cair aleatoriamente num dos cartões de receita.

Quadradinhos festivos
(também conhecido como Bolo Matrimonial)

Ele pegou a farinha, o açúcar, a manteiga.

* * *

No dia seguinte à aparição de Etta Kinnick em Gopherlands, Otto foi encontrar Russell após a aula. Ele havia terminado de dar as gotas às vacas. Sem elas, seus olhos ficavam tão secos por causa da poeira que as pestanas grudavam, se fechavam, deixando-as cegas. Quando ele colocava as gotas, elas choravam agradecidas lágrimas marrons. Elas choravam e choravam, às vezes por horas. Havia algum tempo até que Otto tivesse de supervisionar o descascar e picar do jantar, então ele podia caminhar com Russell. Esperou, apoiado contra a madeira sobreposta da lateral da escola, junto com todos os cachorros das diversas fazendas que vinham encontrar seus donos. Ele acariciou a cabeça de um deles de uma raça mestiça especialmente alta. Estava quente, e todas as línguas dos cachorros penduravam-se frouxas de suas bocas. Juntos, eles escutavam o farfalhar de alunos se reunindo ao final do dia.

O primeiro a sair foi Owen. Ele navegou entre os cachorros até Otto. Olá, Otto, ele disse. Senti sua falta hoje.

Russell estava bem atrás. Otto!, ele disse. Essa nova professora! Essa nova professora... Vamos, venha para casa agora. Quero conversar com você agora, longe um pouco daqui. Ele colocou a mão no ombro de Otto, conduzindo-o para longe.

Tudo bem, disse Otto. Vamos. Então, três passos depois, torcendo o pescoço em direção à escola. Tchau, Owen. Te vejo amanhã.

Otto, ela é maravilhosa, disse Russell. Estavam longe o suficiente da escola agora, uns bons metros de distância. Por que você não me disse que ela era maravilhosa?

Eu te disse que tínhamos uma nova professora. Eu te disse que ela era bacana.

Bacana não é o mesmo que maravilhosa.

Não, acho que não.

Fiz tantas perguntas. Vou ser notado, Otto. Vou ler todos os livros que puder encontrar. Vou ser o melhor aluno que ela teve... Otto, não acha ela maravilhosa?

Otto deu de ombros. Não estava certo, mesmo. A srta. Kinnick parecia uma boa professora. E tinha boas panturrilhas. Mas era uma professora. A professora deles.

Acho que ela é maravilhosa, Otto, disse Russell. Apenas isso, maravilhosa.

Cale a boca, Russell, disse Otto. Mas estava feliz. Russell não ficava empolgado com muita frequência. Era bonito de se ver.

Não era que Otto não soubesse sobre mulheres ou não gostasse delas. Ele sabia e gostava, definitivamente. De noite, tentando cair no sono, seu corpo e mente o puxavam entre imagens que vira em cartões-postais granulosos, e a vizinha quando cavalgava sem sela, e o suor através do algodão estampado nas mulheres da cidade nos dias mais quentes, entre tudo isso, e as sereias, cantando e gritando no rádio de noite, quando seus pais não sabiam que ele ainda estava acordado, ainda ouvindo. O que o ruído no rádio significava e aonde poderia levá-lo, se ele deixasse. Entre essas duas coisas, ele sabia que queria muito umas coisas, mas ainda não estava exatamente certo do quê.

Mas Otto, você viu como ela...

Russell, disse Otto, interrompendo, a srta. Kinnick é maravilhosa, é verdade, sim, e vai continuar a ser, e podemos falar bastante disso logo, mas agora preciso de sua ajuda. Preciso roubar o rádio.

Russell parou, levantando o olhar.

Não para sempre, só por meia hora mais ou menos. Preciso que distraia a mãe para que ela tire os olhos dele só pelo tempo suficiente. Só o suficiente para que eu pegue e o escute direito. Não à meia-noite através das vigas. Escutar realmente. Meia hora. Então coloco de volta.

É porque você quer saber desse troço.

Sim.

Esse troço que ela não quer que saibamos.

Sim. Mas você não? Não quer saber?

Não. Talvez. Não, provavelmente não. Confio em sua mãe, Otto.

... Mas, vai me ajudar? Ainda?

Sim, sim, claro.

A mãe de Otto amava ferozmente todas as suas crianças, e Russell como uma das suas, exceto por amar Russell um pouco mais suavemente. Ela sabia do que seus filhos eram feitos, sabia que eles podiam ser tratados bruscamente e iriam viver e aprender com isso, mas Russell era feito de algo desconhecido; ele poderia quebrar, ou talvez já estivesse um pouco quebrado. Era por isso que Otto precisava de sua ajuda, especificamente. Sua mãe, se ela fosse ceder alguma vez, nunca seria por ele, mas poderia ser por Russell.

A coisa era que o rádio, feito de partes de sucata no pouco de tempo que o pai de Otto podia encaixar entre as tarefas da fazenda, de pai e de marido, era espantosamente funcional, mas carecia de certos refinamentos, como controle de volume. Se alguém na casa estivesse escutando, a casa toda estava escutando. Era mais silencioso no andar de cima, mas, ainda assim, deslizava pelo teto, pelas vigas, podia ser ouvido. Especialmente pela mãe de Otto, podia ser ouvido. Então o que Otto precisava era tirar sua mãe totalmente da casa, preferencialmente além do quintal também, pelo tempo suficiente para que ele pudesse encontrar e ouvir do rádio o que quer que ele estivesse tentando encontrar e ouvir.

Então, como vou fazer isso?, disse Russell. Estavam quase em casa; os outros alunos Vogel, que eles deixaram passar por eles, já estavam chegando à entrada.

As galinhas, disse Otto.

As galinhas?

Sim. Tenho um plano.

Iriam colocar uma galinha numa árvore. Uma das árvores quebra-vento, perto do fim da fileira, longe da casa. Fingir que escapou, voou até lá, aterrorizada, e não conseguia descer.

A mãe tinha jeito com as galinhas. Ela era a única que tinha. Ela vai entender, vai vir e ajudar, se você pedir.

Então está pedindo para eu pedir a ela?

Sim. Por favor.

Tudo bem, Otto.

Obrigado. Mas, primeiro, agora, precisamos colocar a galinha na árvore.

Por causa da perna de Russell, Otto subiu na árvore. Russell carregou a galinha ao longo do quintal sob o casaco tão casualmente quanto pôde, passando pela casa, descendo ao longo da fileira de árvores castigadas pelo vento até a penúltima, os braços apertados como para tentar minimizar, o máximo possível, o raspar e bicar no seu peito e na barriga. Otto já estava subindo na árvore.

Este animal não está feliz, Russell gritou ao se aproximar. Este animal quer me matar.

Não vai. Apenas não o mate. Não aperte demais. Não o sufoque.

Não estou.

Está sim.

Nesse ponto, Russell estava parado debaixo da árvore, sob Otto, cujas pernas se penduravam pouco acima de sua cabeça.

OK, disse Otto. Tire-a daí e passe pra cá.

*

Não foi difícil para Russell convencer a mãe de Otto a deixar a casa, para ajudar a galinha perdida na árvore.

Eu a chamo, senhora, e ela apenas pula para cima, para um galho mais alto. Mas creio que a senhora poderia chamá-la para baixo. Creio que iria escutá-la.

Claro, Russell, escutará. Galinhas, crianças, são todas iguais. Me dê um minuto, e eu vou lá com você.

Russell esperou do lado de fora da porta da frente. Um minuto depois, a mãe de Otto apareceu. Estava carregando dois cobertores enrolados. Caso precisemos pegá-la, ou enrolá-la por causa do estresse, ela disse, e passou por ele em direção às árvores. Quando estavam a dez passos de distância, Otto, silencioso como uma raposa, deslizou para a casa e fechou a porta da frente atrás de si.

O rádio era uma coisa bela. Era uma bagunça de remendos por fora, mas dentro estava cheio de vozes, cheio de gente e música e ideias de longe, de bem longe. Otto respirou fundo e ligou.

E nada aconteceu.

Otto torceu o dial até o fim e de volta. Virou a coisa toda desligando e ligando de novo.

E nada aconteceu. Otto olhou para o rádio, e ele olhou de volta para ele, silencioso, rígido. Ele não tinha muito tempo inicialmente, e agora tinha menos. Correu as mãos pelas laterais do rádio, mas não havia novos e inesperados botões ou alavancas ou painéis. Empurrou cuidadosamente seu peso corporal nele, girando o aparelho para expor suas costas. Ali, atrás, estava o compartimento que seu pai havia criado para encaixar a bateria True-Tone. E lá, no compartimento, não havia nada.

Nas árvores quebra-vento, a mãe de Otto e Russell enrolavam uma galinha irritada e exausta num cobertor. Envolvida no outro e presa firmemente sob o braço da mãe de Otto, estava a bateria.

Droga, disse Otto. Droga droga droga.
  Ela é esperta, a sua mãe, disse Russell. Eu te disse, ela é esperta.
  Sei que ela é esperta. Droga.
  Você tem sorte de que a galinha não pulou para baixo e se matou.
  As galinhas também não são idiotas, Russell.
  Podem ser.
  Não assim. Droga. Droga! E agora? Ninguém mais aqui tem um rádio. Só na cidade. E trancam suas portas na cidade.
  Bem, disse Russell. Algumas pessoas sim.
  Trancam as portas?
  Não, têm rádios.
  Quais pessoas?
  Algumas pessoas. Minha tia e tio. Têm um rádio. Temos um rádio.
  Otto parou de caminhar. Não estavam indo para lugar algum, apenas caminhando. O quê?, ele disse. *O quê?* Seu rosto ficou quente, como se estivesse no sol por muito tempo. Russell!, ele disse. Droga. Por que não me disse?
  Confio em sua mãe. Ela sabe como manter as coisas, crianças, vivas.
  Droga, Russell. Ninguém vai morrer por escutar o rádio. Vamos para sua tia e seu tio. Agorinha mesmo.

A casa do tio e da tia de Russell era muito diferente da dos Vogel. Tudo era silencioso e quebrável, decorado em azul e branco. Otto só havia entrado lá uma vez, quando Russell estava se recuperando. Parecia, como agora, um hospital. Ou, pelo menos, da forma como Otto imaginava que um hospital seria. Eles se sentaram no chão, no meio da sala, e escutaram a voz baixa e séria do repórter além-mar da CBC, olhando bem para a frente, não um para o outro, Russell ficando cada vez mais frio com cada imagem que a voz do rádio jogava a eles, Otto ficando cada vez mais quente, enquanto o tio de Russell fazia café para eles no cômodo ao lado.

    Você não tem idade suficiente. Estavam correndo de volta pelo campo. Estavam atrasados para ajudar no jantar, o sol se punha.

    Quase temos. Logo teremos.

    Mas não tem sentido pensar nisso até lá.

    Planejar, Russell, vamos precisar planejar. Como contar à família, seu tio e tia, o que vamos levar.

    O que você vai levar.

    O que nós vamos levar. Russell, faço dezessete em dois meses, então mais cinco e você também. Posso esperar cinco meses.

    Pode esperar para sempre, não vão me aceitar.

    Claro que vão, Russell, você é esperto. É mais esperto do que eu.

    Não vão. Não é questão de esperteza. Você sabe que não vão.

    Otto parou porque Russell havia parado, e agora estava três passos atrás dele. Mas Russell, ele disse, se não te aceitarem, o que você vai fazer?

    Vou ficar aqui, vou esperar. Vou para a escola. Eu não me preocuparia comigo.

    Russell, eu ia enlouquecer de ficar aqui.

    Mas eu não.

    Bem, vamos ver. O que eles vão dizer.

    Vão dizer não.

    Vamos ver. Em sete meses vamos ver.

Depois que as crianças saíram no seu primeiro dia de aula, Etta ficou na frente da classe, encarando as mesas vazias, lembrando-se, combinando nomes com lugares. Fez isso três vezes, então limpou o giz das mãos na saia, pegou suas coisas e deixou a escola, caminhando os cinquenta metros até o chalé do professor. Até seu chalé.

Ao chegar no dia anterior, encontrara as pilhas arrumadas de coisas dispostas para ela. Uma toalha dobrada, jogo de mesa, lençóis. Um bule, uma xícara, uma colher de chá. Como um arqueólogo cuidadosamente arrumando as evidências de civilização, de habitação, mas quem quer que tivesse colocado tudo isso havia sumido. Não havia ninguém além de Etta, as toalhas, colheres. Ela considerou deixar a porta aberta para que o vento pudesse passar, fazer companhia a ela com seu canto e tremor, mas lembrou os inquilinos anteriores e desistiu.

Agora, depois de seu primeiro dia de trabalho, tudo estava como estivera antes. Pilhas cuidadosas, imperturbáveis. Ela tirou as botas, sentou-se à mesa e, na poeira que se juntara lá – que se juntava cada vez que saía ou entrava –, ela desenhou um gráfico:

MONA-STUART	JOSIE-RICHARD	EMMETT-STEVEN
LUCY-ELLIE	GLEN-ELLA	JOSEPH-BETH L.
WINNIE-BERNICE	CELIA-BETH M.	OWEN-OTTO
	WALTER-SUE	SARAH-AMOS

Ela correu os dedos sob cada nome, uma mancha grossa, e se lembrou. Mona: tranças louras, não sabe somar ainda. Stuart: dentes faltando, bem silencioso. Josie: risada maravilhosa, começa a contar. E por aí vai. Owen: cabelo encaracolado, muito esforçado. Otto: feliz, queimado de sol.

Naquela noite, ela se deitou na cama, sem dormir, escutando o vácuo no som ao redor, ela que estava acostumada a passos, vozes abafadas, respiração. A plenitude do silêncio aqui era pesada. Os únicos sons eram dela mesma. Ela escutou 3.120 de suas próprias batidas cardíacas antes de cair no sono.

Dormiu tarde. Havia se esquecido de abrir as cortinas do quarto para o sol da manhã. A maioria dos alunos já perambulava em torno da escola quando ela chegou lá. Em sua pressa, não havia tido tempo de desfazer seu baú para encontrar meias limpas, então os pés nus grudavam-se ao couro das botas quando ela avançava entre os alunos para destrancar a porta da escola. Ficou de lado e deixou os estudantes passarem por ela, seguindo para suas carteiras. Seus alunos. Só que não eram. Ou muitos deles não eram, quase metade deles era nova, desconhecidos, e quase metade dos alunos de ontem tinha ido embora. Um dos novos alunos nos fundos já tinha a mão levantada antes mesmo de ela chegar à frente da sala.

Sim?

Olá, senhora, sou Russell. Novo, de ontem. Achei que eu deveria me apresentar.

Depois disso, mais seis mãos se levantaram, e Etta aprendeu os nomes de mais seis estudantes novos. Em sua cabeça, ela desmanchou o velho gráfico de poeira e começou um novo. Gráficos e listas. Ela estava bem, desde que pudesse fazer um gráfico ou uma lista. Nomes, lugares, rostos.

OK, então, ela disse, boas-vindas a alguns de vocês e bem-vindos de volta ao resto. Sarah, se importa de fechar a porta? Todo mundo de pé também. Acho que é bom começar o dia cantando. Vamos começar hoje com "The Maple Leaf Forever".

Todos os alunos se levantaram, mas Russell, apesar de suas pernas, se levantou e se empertigou mais rápido que todo mundo.

7

Russell dirigiu e dirigiu até que seus olhos não deixassem mais, e ele teve de parar e dormir. Quando despertou, avaliou a situação. Ele estava um bom bocado além de Manitoba. Ele precisaria parar para reabastecer em breve, e também para comer. E, mais importante, precisaria aperfeiçoar seu plano. Achar uma forma de encontrar Etta agora que eles estavam esperançosamente na mesma região. Um plano. Russell não era bom com planos. Geralmente as outras pessoas os tinham, e ele apenas os seguia. Abriu o porta-luvas, apenas para verificar, mas não havia mapas. Claro que não. Ele nunca tivera mapas, nunca precisara de mapas para saber o caminho de sua fazenda para a de Otto ou para a cidade. Bem, leste então, ele imaginou. Até o próximo posto Shell.

Meia hora depois, começando a entrar nos arredores de algum lugar, havia um posto com uma lanchonete. Russell parou.

A garçonete era bem pequena. Dez anos de idade, onze, talvez. Segurava seu prato de ovos e torrada na frente dela e caminhou até ele. Sem tomates hoje, ela disse. Isso normalmente vem com tomate cozido, mas não hoje. Desculpe.

Oh, disse Russell, tudo bem. Não havia outros clientes na lanchonete ainda; era muito cedo. Obrigado.

Sem problemas, disse a menina. Quer outra coisa no lugar? No lugar do tomate? Acho que temos bananas na cozinha, e cenouras, e biscoitos...

Hum, cenoura?, disse Russell.

Para café da manhã?, disse a menina.

Sim... bem, com ovos e torrada? Não? Devo comer a banana no lugar?

Eu pediria o biscoito.

Então Russell pediu o biscoito. A menina entrou na cozinha e o trouxe para ele, braços estendidos. Era de aveia com uvas-passas.

Obrigado, disse Russell.

Ah, sem problemas, disse a menina. Ela descansou uma das mãos na mesa, não se mexeu para sair. Russell cortou um pouco do ovo, colocou-o na torrada e levou à boca. A menina o observava, um pouco entediada.

Bom?, ela disse.

Sim... obrigado, disse Russell. Obrigado.

Não é difícil, ela disse, cozinhar um ovo. Tenho feito isso desde sempre.

Ah, sim, disse Russell. Mas ainda assim. Ele cortou outro pedaço do ovo, acidentalmente furando a gema. Ela se espalhou pelo prato. Me diga uma coisa, ele falou, você não deveria estar na escola hoje?

Que nada, disse a menina. Não vou à escola. Aprendo em casa. Ensino a mim mesma. Pelo correio. Sabe? Então tenho tempo de cuidar deste lugar. Mas é importante, eu sei, aprender, especialmente matemática, para somar o preço dos ovos e o preço da torrada e o preço do biscoito, certo? Para então calcular quanto você me dá menos o que vai de troco. Para calcular se você deixou uma boa gorjeta ou não. É importante, eu sei, não só por estar lá. Posso estar com crianças sempre que quero. Quarta as crianças comem de graça com pais pagantes, por exemplo. Muitas crianças vêm aqui, então.

E seus pais?

Em Toronto. Estamos cuidando deste lugar sozinhos há quatro anos agora. Falando nisso, acho que vou verificar as tortas. Não vai ficar muito sozinho?

Ah, não, estou bem. Mas posso perguntar mais uma coisa?

Sim, claro.

Viu uma mulher mais velha, sozinha, provavelmente empoeirada, passando por aqui? Espere, tenho uma foto. Russell pegou a carteira do bolso de trás e tirou uma desbotada foto em preto e branco do meio de duas notas de cinco dólares. É ela, ele disse. Mas faz um tempinho. Apenas a senhora, não o homem.

Na foto, Etta usava um tipo de costume marfim. Saia estreita, blusa, paletó. Estava sorrindo. Era sua foto de casamento. Russell mesmo havia tirado a foto.

Então, cerca de sessenta anos mais velha do que isso. Mas ainda é ela, disse Russell.

Não é você, disse a menina, apontando para o cara na foto, para Otto.

Não, disse Russell, é o Otto.

Que estranho..., disse a menina. Não, eu não a vi. Mas não saio muito daqui. Espere, vou pegar o menino dos pratos e perguntar a ele.

Russell comeu o quanto pôde de seus ovos e torrada, enquanto a garçonete voltava à cozinha. Quando apareceu novamente, tinha um garotinho com óculos e sardas com ela. Os óculos estavam embaçados. Meu irmão, ela disse, ele lava os pratos. Ela se virou para o menino. Diga a ele o que você me contou, ela disse.

Minha janela, disse o garoto, ao lado da pia, dá para a estrada e os campos atrás. Vejo muitos caminhões, tratores, colheitadeiras e troços. E animais às vezes, às vezes veados...

Veados?, disse Russell.

Sim, sim, disse o garoto, principalmente fêmeas, mas às vezes aqueles grandões também com chifres e às vezes os bebês, sei que são bebês e não apenas pequenos porque...

Monty!, disse a garota, socando-lhe o braço. Pare de tagarelar! Conte a ele o que você me contou.

Ah, não, disse Russell, não...

E, disse o garoto, e, e também vi uma senhora, acho que ontem de manhã. Pensei que ela talvez fosse uma bruxa ou talvez uma Mamãe Noel.
O peito de Russell se apertou. Uma senhora? Uma senhora idosa? Ela parecia bem? Estava ferida ou algo assim? Estava cantando, eu acho. Estava bem. Era mágica.
Eondeelaestava? As palavras de Russell aceleravam seu coração. Ele parou, tentou novamente e, (respire) aonde estava indo? (Respire.) Que direção? (Respire.) Pode dizer?
Leste. Em direção ao pôr do sol.
Que bom, muito bom. Que ótimo. Obrigado. Obrigado mesmo, Monty. E você também...
Cordelia.
Cordelia.
A garota conduziu o irmão de volta à cozinha, mas ele parou no meio do caminho. Hum..., ele disse.
Sim?, disse Russell.
Hum, bem, se você a encontrar, quando encontrá-la, pode dizer a ela que fui um bom menino?
Sim, Monty, sim, claro.

De volta à sua caminhonete, Russell abriu o mapa que comprou no posto. MANITOBA E OESTE DE ONTÁRIO (em escala) – (Incluindo rotas de bicicleta e parques nacionais). Que monte de lagos Manitoba tinha. E Ontário até mais. Esse país ficava mais azul, mais úmido quanto mais para leste você ia. Supondo que Etta soubesse disso, ou tivesse um mapa, ela ficaria no sul, abaixo da maior parte d'água. Quanto poderia ter andado num dia? Vinte quilômetros? Os dias estavam bem longos agora. Russell examinou o mapa um pouco mais, calculando, então colocou-o no banco do passageiro, ainda desdobrado. Voltou à loja e comprou uma mochila OK MANITOBA!, cinco pacotes de amendoins salgados, seis garrafas de suco, um pacote de bolachas tamanho família, duas barras de chocolate grandes e lanternas. Ele tinha um plano. Dirigiria mais vinte quilômetros para leste junto dos campos adjacentes à lanchonete, então deixaria o carro e caminharia. Ele havia rastreado cervos antes. Sabia como encontrar pegadas, como seguir.

Da janela da cozinha da lanchonete, Monty e Cordelia o viram se afastar. Monty acenou com a mão ensaboada.

Etta e James haviam acabado de almoçar. Pães de cachorro-quente com manteiga de amendoim e amoras selvagens para Etta, um rato caçado e uma mariposa adormecida para James. Estavam descansando à sombra até o sol se acalmar um pouco. Etta pegou seus papéis, sua caneta.

O que está fazendo?, perguntou James.

Escrevendo uma carta.

Para quem?

Para Otto. Mas você não o conhece.

Talvez sim.

Ele mora longe daqui. Um longo, longo caminho, até para um coiote.

Mas não para você?

Um longo caminho para mim também.

Onde?

Lá em Saskatchewan. Do outro lado do lago comprido. E mais um pouco.

Mas, disse James, *então você está indo pro lado errado. Estamos indo pro lado errado.*

Etta pensou nisso por um momento. Então disse, É um laço, James, vou sair por esse lado, daí volto por aquele.

Entendo, disse James. *Um longo laço.*

Já viu o oceano, James?

Não.

Nem eu.

Mas vamos ver.

Sim, vamos.

Etta guardou seus papéis e caneta, jogou as migalhas do cachorro-quente do colo para os pássaros, e começaram a caminhar novamente, longe do sol. Cantaram "Johnny Appleseed" e "A Fair Lady of the Plains" conforme seguiam. Às vezes, Etta fazia a harmonia.

Após algumas horas, um lago arborizado começou a entrar no seu campo de visão, na frente deles, ao norte.

Temos de ficar no sul, disse Etta.

É, disse James, *aposto que vamos chegar a Ontário em breve. Outro dia mais ou menos. Aposto.*

Que bom, disse Etta, muito bom. Seus pés não estavam doendo hoje.

É, é sim, mas, Etta, disse James, *Ontário não é como as pradarias. As coisas são maiores lá.*

Estou acostumada com coisas grandes, nosso céu grande, campos grandes.

Outras coisas grandes. Rochas, rochas maiores. E lagos e árvores.

Como sabe tudo isso?

Os gambás. Eles se movem muito. Contam histórias.

Vai ficar tudo bem, disse Etta. Rochas são transponíveis, e árvores amistosas, e lagos, bem, talvez arrumemos um bote. Um dos pequenos infláveis, fácil de carregar. Pode entrar em botes?

Não sei. Nunca tentei.

Bem. Vamos ver. Espero que sim. Só precisamos ter cuidado com suas garras. Vai ser bom. Ontário será bom.

É. Vai ser. Mas também, Etta, há chuva, lá, mais chuva. Até na primavera e no verão. Precisa pensar sobre dormir na chuva.

Mas você disse que os gambás disseram que há grandes rochas e árvores?

Sim.

Bem, é abrigo para a noite. E talvez possamos nos refrescar de alguma forma nessa chuva. Chuva é bom, James, quando abrirmos nossas bocas para cantar, será como beber.

Querida Etta,

Acho que é pior esconder um segredo de você do que espalhar um segredo que você me deu. O que você acha? Em todo caso, já fiz o segundo, então não vou fazer o primeiro. Contei a Russell, Etta, contei a ele o que você está fazendo, e o que sei por alto sobre onde você está. Sinto muito. É difícil me fechar com o Russell. Você sabe disso. Agora ele está um pouco chateado comigo e partiu, foi em direção ao leste para tentar encontrar você. Ele está na caminhonete, a cinza-prata; você conhece. Fique de olho nela. Ele quer te ajudar, está preocupado com você. Disse a ele que não estou preocupado, não assim, e que se eu não estou, ele não deveria estar, mas ainda assim, ele se preocupou. Ficou empolgado. Mais do que eu o vejo há anos. Então está aí fora, agora, leste, procurando por você. Não sei o que você vai pensar disso, mas achei que deveria saber. Sei que ele não vai impedi-la, se você não quiser que ele o faça.

Estou bem. Ainda aqui. Fiz a mais linda torta de bagas de Saskatoon outro dia. Cobri a massa com açúcar, engrossei o recheio com farinha e tudo. Vou ter de ir à cidade amanhã, já que estamos sem farinha e manteiga.

Estou acordando cada vez mais cedo. O sol sai às cinco e me levanto para recebê-lo. Sento na nossa cozinha com um café descafeinado e espero ele sair. Estou indo para cama cada vez mais tarde. Meus olhos não gostam de ficar fechados quando é escuro lá fora, creio. Meu corpo dói de cansaço pelo dia, então cochilo às vezes, quando as coisas estão no forno. Às vezes até na cozinha, com a cabeça na mesa onde a luz do sol atinge. Sei que não é higiênico, mas sempre passo um pano antes de comer nesse lugar.

OK. Vou verificar as plantas. Temos cardos este ano que sobem até os joelhos sempre que você não está olhando.

Espero que esteja bem. Fique na sombra. Escreva quando tiver tempo. Leio suas cartas em voz alta para ter uma voz na casa.

Seu, lembre-se,
Otto.

Otto dobrou a carta três vezes e colocou num envelope mesmo que não tivesse endereço para enviá-la. Escreveu o nome da esposa na frente e colocou-a com as outras numa pilha arrumada no canto da mesa, ao lado das cartas que vinham dela.

★ ★ ★

Começaram a passar muito tempo na tia e no tio de Russell, no chão, no meio da sala azul e branca, sempre que tinham intervalos entre a escola, as tarefas, o sono. Ambos se sentavam na mesma direção, voltados para o rádio, como se fosse uma pessoa. Após uma hora, mais ou menos, o tio ou tia de Russell, ou às vezes os dois juntos, batiam gentilmente na porta e entravam com uma bandeja de café e pão preto com manteiga. Então todos se sentavam escutando. Um por um, eles se encharcavam com as notícias, as previsões, as análises, as listas e listas e listas de nomes às vezes estrangeiros e às vezes familiares, e as entrevistas. Tudo isso na voz firme e reconfortante do locutor de rádio, as longas vogais e consoantes precisas, as fortes e sólidas inflexões tendendo mais para a Inglaterra do que para sua pátria, com exceção das entrevistas, onde repentinamente, incisivamente, eles ouviam vozes como as suas. Às vezes, o entrevistador, calmo, contido, interrompia com perguntas ou pequenos comentários, como respirações, entre frases: Não? Sim, entendo, Ah, Oh, oh, oh. Mas geralmente, na maior parte das vezes, eles recuavam e deixavam os entrevistados contarem suas histórias de primeira, ou segunda, ou terceira mão em vozes que podiam ser de primos, vizinhos, suas próprias.

Ouviram uma história sobre prisioneiros que foram levados de seus lares e de seus empregos, tirados de caixas registradoras, livros, fogões, gatos, patrões, amigos, e colocados todos juntos num quarto bem pequeno, com uma única janela minúscula e extremamente alta, mais alta do que qualquer um pudesse saltar ou qualquer um pudesse alcançar mesmo quando três iam sobre o ombro um do outro como um totem, balançando, com uma multidão de mãos estendidas, esperando o topo cair. Não havia comida, não havia banheiro, e todos estavam tão próximos de todos que dormiam de pé, sustentados pelos corpos de cada lado, com cobertores das roupas de seus vizinhos, cabelo e hálito. Ficaram assim por três dias, se revezando no canto que designavam para seus dejetos, o cheiro daquilo asfixiante e repulsivo inicialmente, mas quase não perceptível após o turno de três horas, contado alto segundo a segundo, já que todos tiveram os relógios tomados, torcendo os pescoços mais e mais alto em direção ao ar e à luz daquela única janela, estômagos mais e mais barulhentos competindo com a contagem. Haviam sido três dias, três dias como qualquer um, como muitos outros, em quartos muito similares, com prisioneiros similares por toda região, por todos os últimos anos, quando, de repente, no que eles imaginaram ser perto do meio-dia, tomando por base a luz da janela, todas as crianças e os bebês começaram a se levantar, tão famintos e tão leves que flutuaram. E quando começaram a flutuar e perceberam o que estavam fazendo, o que podiam fazer, agitaram os braços para conduzir o voo e se dirigiram para cima e direto para a única janela. Uma das crianças, a filha de sete anos de Aaron e Thilde Bloomberg, serralheiros, deslizou a estreita mão e o punho pelas grades para soltar o trinco que mantinha o vidro no lugar e o puxou para fora. As crianças foram passando entre elas o quadrado de vidro, de mais ou menos meio metro quadrado, até ele chegar aos adultos embaixo, para que não caísse na cabeça de ninguém. Então flutuaram de volta e se revezaram planando para fora do buraco onde a janela estivera, os mais velhos segurando as mãos dos infantes. Ninguém sabia, disse o rádio, para onde eles haviam ido, nem onde, nem se haviam pousado, apesar de que foi especulado talvez Suíça ou talvez África Central.

 Ouviram outra história sobre um campo que outrora fora amarelo de grãos que se tornaram completamente vermelhos. Pintores e cientistas foram mandados para examiná-lo, mas sempre voltavam completamente vermelhos eles mesmos, da

cabeça aos pés, pele e roupas, se é que voltavam. Por causa do destino dos pintores e cientistas, ninguém estava disposto a comer ou comprar o grão vermelho, e o campo foi considerado inadequado e irreparável.
Todo dia havia novas entrevistas, novas histórias, cada dia mais.

Logo era aniversário de Otto. Um sábado. Winnie fez um bolo de maçã para o jantar. Todos cantaram uma música sobre aniversário que aprenderam na escola, com a srta. Kinnick. Depois do jantar, a mãe de Otto deu a ele o resto do dia livre das tarefas, o tradicional luxo reservado aos aniversários. Otto se deitou na parte macia da grama selvagem, à sombra de uma das árvores quebra-vento. Russell, depois da louça, o encontrou lá.
Otto, ele disse, você deveria ir.
Não, disse Otto.
Vá, disse Russell.
Não, disse Otto. Não. Estou esperando por você, Russell. É isso. Ele cruzou as pernas e fechou os olhos. Cinco meses, ele disse, apenas cinco.

Otto ia à escola e fazia o trabalho da fazenda, aprendia mais e mais letras trêmulas e palavras, músicas e números, extraía carrapatos de cavalos e arrancara fileira após fileira de ervas daninhas em terra arenosa enquanto o nó de ansiedade apertava seu estômago e o mantinha acordado por muito tempo durante a noite, até que logo era cinco meses depois, aniversário de Russell, e ele e Russell estavam na cidade, na porta do que fora uma escola de dança nas tardes de segunda, quarta e sábado, e agora era o escritório de recrutamento mais próximo. Era um ginásio grande, com um homem na mesa no centro. Além dele, Otto e Russell eram os únicos lá. O homem na mesa estava de uniforme. Verde-escuro, com um chapéu triangular como os barcos que costumavam fazer de papel. Ele ficou de pé quando entraram. Ele não falou. Pegou dois papéis da mesa e os estendeu mecanicamente para Otto e Russell, olhando por sobre suas cabeças.

Não havia espaço na mesa, então Otto e Russell abriram os formulários no chão. Otto examinou as páginas, cuidadosamente soletrando as perguntas em sua cabeça.
SOBRENOME?
NOME DE BATISMO?
DATA DE NASCIMENTO?
ENDEREÇO DE CORRESPONDÊNCIA?
RAZÃO PARA SE ALISTAR?
RAZÃO PARA NÃO SE ALISTAR (SE HOUVER)?

Ele desenhou lentamente as letras no primeiro e segundo espaço. V-O-G-E-L. O-T-T-O. Vacilante. Infantil. Olhou para Russell, que estava batendo seu lápis no chão, já havia terminado. Russell, ele cochichou, cabeça abaixada em direção a seus papéis para que o oficial não pudesse ouvir. Já que já terminou, você poderia, talvez, me ajudar?

Russell pegou os formulários de Otto e os preencheu com tacadas rápidas, decididas. Que devo colocar para isso?, perguntou, apontando com a ponta do lápis as últimas duas perguntas.

Coloque "Porque do contrário vou explodir", disse Otto.

Acho que não posso colocar isso, disse Russell.

Eu sei, eu sei. Tudo bem, coloque "Para ver além daqui".

Russell escreveu. E a próxima?

Escreva "Nenhuma", disse Otto.

Enquanto Russell escrevia, Otto viu que em seu próprio formulário ele havia colocado na última pergunta: 1) Perna morta. 2) Não quero. Ele não havia escrito nada na penúltima pergunta.

Enquanto escreviam, o oficial se sentou e empurrou os papéis em sua mesa para alinhá-los exatamente com as laterais.

Manteve a cabeça abaixada enquanto colocavam os formulários preenchidos na pilha à esquerda, mas levantou só um pouco os olhos, só um pouquinho, em direção a eles. Sei que você está preocupado, ele cochichou, mas não fique, não fique. Vai ficar tudo bem, prometo. Vai ficar tudo bem.

Três semanas depois, eles pegaram suas cartas no correio, em envelopes tingidos de um verde uniforme e discreto. Otto tinha de se apresentar no escritório de Regina para despacho em quatro dias; Russell não seria necessário.

Etta, na nova abertura que cercava a escola e o chalé do professor, aprendeu a escutar de forma diferente. Conforme os meses passavam, seus ouvidos aprenderam a distinguir formas, padrões, vida no grande silêncio desse lugar. Sons menores, sons mais amplos. Insetos chamando contra o vento ou junto dele, a conversa que as paredes de madeira de seu quarto tinham com o sol, o pisar de botas no cascalho a quilômetros de distância. E, é claro, os gritos das crianças e seus cães pelos campos enquanto seguiam em direção a ela, em direção à escola. O farfalhar de grãos para longe de seus corpos conforme passavam.

E ela imaginava a lista variável dos alunos. Os Vogel e Russell, que se revezavam a cada dia, indo e vindo. Ela perguntou a Russell, uma manhã, enquanto todos iam chegando, encontrando seus lugares. Por que você também, Russell? Você não é um Vogel. Antes que ele pudesse responder, Addie interrompeu, de uma carteira na frente.

Oh, ele é um de nós, só tem um nome diferente. Mamãe o chama de gêmeo do Otto.

Russell sorriu e corou. Owen, seu colega de carteira, fez uma careta e murmurou algo. Os alunos na mesa na frente deles riram. Incentivado, Owen cochichou algo mais, um pouco mais alto desta vez. Mais risinhos. As meninas à sua esquerda olhavam para baixo, em direção às pernas dos meninos. Russell se endireitou, olhando diretamente para a frente.

Certo, disse Etta. Já chega. Todo mundo de pé, hoje vamos começar com "Johnny Appleseed". Russell, você pode bater palmas, Gus e Beatrice, vocês fazem as pisadas. Bonito e bem alto, façam os cachorros uivarem. Prontos?

Nos meses desde a chegada a Gopherlands, Etta havia começado a ouvir novas coisas, assim como todas as fazendas vizinhas. Logo no começo da manhã, o vento carregava o som cantado de vinte e duas crianças pela terra através das fendas no celeiro onde Mabel McGuire ordenhava, sobre o zumbido do trator que Liam Rogers dirigia sem padrão fixo, sob a porta empenada da fazenda onde Sandy Goldstein ainda estava movendo seu velho corpo lenta e cuidadosamente, para fora da cama. Se conheciam a música, eles cantavam juntos, passando além e além.

No dia seguinte, antes da aula, Etta estava no quintal sendo apresentada ao novo cachorro cinza magrelo de Lucy e Glen quando Otto e os outros Vogel subiram a estrada para a escola. Owen irrompeu do círculo de crianças ao redor do cão e correu para Otto. Ei, Otto, ele disse. Bom-dia! Quer que eu te passe as lições de ontem?

Otto hesitou, abriu a boca como se fosse dizer algo, então, em vez disso, girou o braço, um punho fechado. Owen recuou para a esquerda e foi acertado no ombro. Os outros se afastaram do cão, começaram a gritar. Otto avançou novamente, dessa vez no peito de Owen. Não ouse, ele disse. Não ouse nunca, nunca – o garoto menor cambaleou para trás, perdeu o equilíbrio, caiu, cabeça batendo no cascalho. Otto caiu sobre ele. Uma nuvem de poeira se ergueu ao redor deles.

Etta viu tudo isso sobre a cabeça de um cachorro e as cabeças dos alunos, tudo encerrado mesmo antes de ela perceber o que estava acontecendo, antes mesmo de Owen perceber.

Jesus Cristo!, ela gritou. Os alunos viraram a cabeça para olhar para ela; uma professora blasfemando era tão empolgante quanto uma briga. Ela irrompeu entre eles, até onde Owen estava, no chão. Ajoelhou-se ao lado dele. Respirando superficialmente, olhos bem abertos, chocado, um pouco de sangue no nariz, atrás da cabeça. Otto ficou de pé e recuou, braços caídos ao lado do corpo. Você, disse Etta. Não vai assistir a aula hoje, Otto Vogel. Vá para casa apenas você, sozinho, e volte para falar comigo no final do dia.

Otto não disse nada, apenas se virou e caminhou de volta em direção à fazenda. Seus irmãos e irmãs o observaram. Winnie deu um passo, como para ir com ele, mas Walter esticou o braço para detê-la.

Etta se esforçou para levantar Owen. Ele era surpreendentemente leve; ela podia sentir suas omoplatas através da camisa. Obrigado, ele disse, mas vou ficar bem. Ele limpou o sangue sob o nariz com a manga da camisa, manchando-a de escuro.

Gostaria de deixar claro, disse Otto na porta da classe depois que todos os alunos se foram, que estou aqui com uma explicação, não com um pedido de desculpas. Ele cruzou a sala até onde Etta esperava, na mesa. Ele era mais alto e mais velho de perto. Etta pôde sentir o calor emanando dele, raiva.

Você deveria se sentar, ela disse. Sente-se e explique.

Russell, disse Otto, é o mais esperto aqui. Esperto e bom para todos e completamente capaz...

Ele ainda estava de pé, como se estivesse fazendo uma apresentação para a classe.

... de tudo, exceto se defender. Então fiz isso por ele. Então fazemos isso por ele. Discurso preparado encerrado, Otto relaxou um pouco, inclinou-se ligeiramente sobre a pesada mesa de madeira da professora entre eles.

O que Owen disse sobre ele?

Isso importa?

Talvez.

As pessoas podem dizer coisas sobre Owen. Podem. Mas não dizem. Não dizemos. As palavras são fortes. As coisas mais fortes. Piores do que se esfolar no cascalho.

Etta refletiu sobre isso. As coisas que as pessoas disseram, cochichadas, quando Alma partiu. A profunda e inesperada

inclinação para a violência que ela sentiu. Jogar o corpo no caminho das palavras. Não algo abordado no curso normal. Não se pode bater nas pessoas, ela disse, finalmente. Apesar de não estar certa. Seu punho nas macias bocas idiotas de antigas amigas, explodindo, percebendo algo. Não se pode fazer aqui, de qualquer modo, ela disse. Você, você devia ter me contado. Eu poderia ter falado com Owen.
    Não é sua responsabilidade.
    Claro que é. Tanto quanto sua.
    Não é.
    ...
    ...
    Bem, o que Russell vai fazer se você não estiver aqui? Quando não estiver aqui?
    Vou dar um jeito, disse Otto.

Etta rearranjou os assentos para que Otto e Russell não se sentassem mais com Owen, mas no lado oposto da sala, nos fundos. Owen, uma nódoa inchada de um lado do nariz até pouco abaixo do olho, manteve a cabeça fixa nas lições e voltou para casa sozinho, para jantar. Sua nova colega de carteira, Sue, cochichava palavras suaves de consolo, tocando levemente o lugar onde seu cabelo teve de ser raspado, mas Owen a ignorava, trabalhando sozinho em suas lições.
    Uma semana depois, após a aula, quando os alunos e os cães haviam se dispersado, para longe, de volta aos vários lares, e Etta terminara de juntar as tarefas do segundo e terceiro anos sobre "Por que eu gostaria de ser rainha ou rei" e "Por que eu não gostaria de ser rainha ou rei", respectivamente, ela notou que Otto ainda estava lá. Em sua nova mesa nos fundos da sala. Desta vez, sentado.
    Achei que eu deveria me desculpar, ele disse. Não pelo que aconteceu com Owen, mas pelo modo como falei com você

no outro dia. Achei que era melhor eu pedir desculpas. Eu não falaria daquela forma com meu pai ou minha mãe, e não deveria falar assim com você também.

Obrigada, Otto. É uma boa coisa da sua parte. Eu estava já planejando zerar todas as suas tarefas por três semanas.

A sala ficou em silêncio.

Oh, Otto disse. Bem, sim, sim, sinto muito.

Etta sorriu. Desculpas aceitas. Pode ir pra casa agora.

Mas Otto não foi a lugar nenhum, não se moveu.

Otto? Preciso trancar a escola.

Sim, desculpe. Claro. É que, eu estava pensando, tenho um favor para pedir.

Etta colocou as tarefas de volta em sua mesa.

Você notou, tenho certeza, disse Otto, que não sou muito bom com as palavras. Em ler e ainda mais em escrever. Quero dizer, eu poderia ser, serei, mas tudo ainda é muito recente, e é mais difícil começando tarde. Os garotos mais novos podem pegar isso instantaneamente, seus cérebros têm espaço. Mas o meu já está meio cheio. Assim,

Então Otto contou a ela sobre Owen, sobre as lições que Owen costumava dar a ele. Primeiro na terra com as varetas, depois no jantar com papel, lápis. E, disse ele, iria me escrever cartas. Estou, estou indo embora... para lutar, e ele iria me escrever, então eu poderia escrever de volta para ele. Para poder continuar praticando, lá... Ele parou. Não foi até o ponto de perguntar nada abertamente a Etta.

Sob a mesa, a mão direita de Etta se fechou. Era como Alma havia descrito. Pouco a pouco, todos os jovens de todo o país indo para o leste, marchando além do convento de Alma, em meias descombinadas, esvaindo-se como um córrego no verão quente. Etta olhou para seu aluno, as mãos cruzadas uma sobre a outra, calmo, ainda em sua mesa. Bem assim, ela pensou; é

fácil assim, eles simplesmente vão. Ela se sentiu muito pesada.
Quando você vai?, ela disse.
Sábado.
Em dois dias.
Sim.
Então este é seu último dia de aula.
Sim.
Desculpas, um pedido e um adeus, pensou Etta. Tudo junto. Está bem, ela disse. Posso escrever para você, e você pode me escrever de volta. Meu endereço de correspondência é fácil, é o daqui. Ela foi até a lousa e pegou um pedaço de giz:
Chalé do professor
Colégio Gopherlands
Gopherlands, Sask.
Canadá
Oh, e ela levantou o braço de volta para o topo do que havia escrito, apertando as letras:
Etta Gloria Kinnick
Sou eu.
Etta, disse Otto. É fácil de soletrar. Bom. Ele escreveu o endereço cuidadosamente em seu livro. Na parte interna da capa traseira. Não sei o meu ainda, ele disse. Mas eu te mando.
　Eles disseram adeus, educados, formais, um cumprimento de mãos, e Otto caminhou para a porta.
　Oh, e srta. Kinnick... Etta? Seu corpo estava bloqueando o sol de final de tarde, um recorte de luz ao redor dele.
Sim?
Fique de olho no Russell, tá?
Sim, Otto, claro.

8

Um fotógrafo de Kenora, que trabalhava tirando fotos para um jornal local, mas não indigno de nota, estava levando a filha, sua única filha, para uma aula de voo em aeronaves leves no lugar mais plano e comprido que eles conheciam, quando, uma centena de metros à frente, viu Etta, só pó e sol, com todos os seus oitenta e três anos, cabelo batendo atrás dela, com um coiote trotando a seu lado, sua cabeça pouco acima da linha da grama. Bem, ele disse, olhe isso. E, por estar sempre pronto para algo assim, pegou a câmera de onde ela se pendurava, quase sempre ao redor do seu pescoço, e tirou uma foto.

Quando o fotógrafo, cuja filha estava se mostrando um piloto melhor do que qualquer um de sua idade, talvez do que qualquer outro, deu a foto de Etta a seu editor, o editor disse: Qual é a história?

E, apesar de o fotógrafo dizer que não sabia, o editor ainda gostou da foto e concordou em publicá-la na seção "Out & About" do jornal no final de semana e deu ao fotógrafo cinquenta dólares, que ele gastou quase imediatamente numa câmera pequena, mas de boa qualidade, para sua filha usar no ar, enquanto voava. Por esse motivo, dois dias depois, ela voltou para casa depois da aula e, ainda de capacete, disse:

Tirei algumas fotos. A maioria da mulher-coiote. Ela ainda está lá, ainda caminhando para o leste. Acho que ela nem parou. Não acho que ela vá parar.

Foi assim que o fotógrafo pegou a história. E, logo, todo mundo também.

Então, um dia, não muito para dentro das rochas e árvores de Ontário, um homem e uma mulher, ambos em ternos de escritório, um vinho e um azul-marinho, saíram de trás de uma árvore de que Etta estava se aproximando. Perdoe-nos, senhora, disse o homem. Tem alguns minutinhos disponíveis? Adoraríamos conversar com a senhora. A mulher assentiu e sorriu e segurou casualmente um microfone na frente dela, como uma xícara de chá.

Na verdade, não tenho muitos minutos, disse Etta. Tenho oitenta e três anos.

O homem pegou uma caneta de um bolso e um bloquinho de outro e começou a anotar.

Etta continuou, creio que vocês poderiam andar com a gente por um tempo, se puderem acompanhar.

James não disse nada.

E está andando há quanto tempo?, perguntou a mulher. Estavam escalando algumas rochas baixas; ela havia enrolado as barras de suas calças vinho para que não se prendessem nas pedras e agora estava conseguindo manter o equilíbrio esticando um braço, para contrabalançar o outro, que estendia o microfone em direção a Etta.

Desde antes do espinafre, disse Etta.

O homem estava um pouco atrás delas, porque continuava tendo de parar para anotar. Mas Etta, ele falava na direção delas, por quê? Depois mais alto, caso ela não tivesse ouvido. POR QUÊ?

Etta pensou, pisou numa raiz, virou-se e disse sobre o ombro, Não me lembro.

Não se lembra?, disse a mulher, baixo, baixo demais para o homem ouvir.

Às vezes eu me lembro, outras não. Não é nada pessoal. Agora eu apenas não lembro.

Podemos ficar com a senhora até que se lembre?

Eles acamparam entre algumas bétulas. O homem não conseguia decidir se colocava o paletó sob ele, como uma cama, ou por cima, como um cobertor.

Há moscas, disse Etta. Eu colocaria por cima. Havia um lago próximo, como quase sempre havia naqueles dias. Eles podiam ouvir os pássaros do crepúsculo.

Etta, do que você se lembra?, perguntou a mulher. Eles estavam deitados agora, olhando entre os galhos.

Tenho uma irmã, disse Etta. Alma.

Voltando de pegar, matar e comer um pequeno rato marrom, James se aninhou no entalhe macio da cintura de Etta do lado mais distante dos repórteres, ainda em silêncio.

Naquela noite, Etta sonhou com água. E barcos e garotos e homens e garotos, respirando na água, cuspindo água, e tudo alto e com tanta cor, mas escurecido e ficando mais escuro e este não é um lugar para uma mulher, melhor você abaixar agora, agora, fundo, fundo, fundo.

De manhã, após desjejum de amoras, Etta disse, Água. É por isso. Estou tentando chegar à água.

Antes de partirem, a mulher cochichou para Etta, enquanto o homem afastou o olhar, anotando, Queria poder ir com você.

Você pode, disse Etta.

Não posso, disse a mulher.

Foram pegos por um veículo, metade carro, metade caminhão com rodas gigantes que saiu das árvores.

Você pode, disse Etta.

Talvez, disse a mulher, pela janela abaixada do banco do passageiro.

Russell estava procurando pelas botas de Etta. Por pegadas na terra. Não havia chovido desde que começara, então os rastros deveriam estar lá, em algum lugar. Buscava folhagem amassada e pegadas. Ele as conhecia, havia visto centenas de vezes, milhares de vezes. E ele as seguira também. Duas vezes.
    Uma vez fora cinquenta e cinco anos atrás, quase. Aquele ano de lama, talvez o último, talvez o único. Não estava chovendo, mas parecia que poderia. Mal havia o suficiente. Ele os seguira pelo seu linho do quintal atrás do barracão, onde mantinha sua coleção de metal pesado. Principalmente coisas quebradas, apesar de que algumas delas ainda serviriam, se ele fosse bem paciente. Inicialmente ele pensou que ela era um animal. Um cachorro ou coiote, pela forma como ela estava abaixada, agachada. Seus braços estavam ao redor do estômago, apertados. Estava balançando, lenta e sutilmente, para a frente e para trás. Sua cabeça apontava para abaixo, para a lama; ela não viu Russell.
    Ele recuou, atrás da cobertura de cilindros enferrujados de uma debulhadora. Se ela estava aqui, ele raciocinou, era porque não queria ser vista. Esse lugar, nas sombras de máquinas gentilmente estagnadas, era onde as raposas vinham dar à luz, onde os gatos vinham morrer. Abrigado. Privado. Mas Etta não parecia bem. Não parecia normal. Ela podia precisar dele. Ele ponderou. Então, sem se mover, sem decidir, ele disse: Etta, estou aqui, atrás da debulhadora. Posso ir até você, ou voltar para casa, ou apenas ficar aqui, apenas aqui. O que você quiser.
    Houve um longo silêncio, então, sem levantar o olhar, Etta esticou uma das mãos para ele. Receptiva. Ele caminhou até lá, se ajoelhou na lama e a pegou. Ela não disse nada, e ele não disse nada, apenas deixou sua mão avançar e recuar conforme

Etta balançava. Os olhos dela estavam bem fechados. Após um minuto, apenas um minuto, ela soltou e disse, tudo bem. Acho que vou ficar bem agora, Russell. Você deve ir para casa. Sua voz tinha ar demais e não som suficiente.

Tem certeza?

Tenho.

Tudo bem, disse Russell. Ele ficou de pé. Os joelhos de seu jeans estavam molhados e pesados de lama. Ele se virou, afastando-se dela.

E, Russell, ela disse, obrigada. Por agora e antes e sempre. Você é tão calmo, tão gentil, tão paciente. Tão, tão, tão. O batuque das palavras mal estava lá, ão, ão, ão.

Russell seguiu as pegadas de volta até onde passaram por sua porta da frente. Otto estivera em casa por alguns anos agora, ele se lembrou. Ele não precisava se preocupar tanto com Etta agora. Ainda assim, algumas horas depois, ele voltou para o lugar atrás do barracão só para se certificar de que ela não estava ainda lá, e para ver se, talvez, ela havia deixado algo para trás. A grama estava úmida e pisada onde ela havia estado, e a lama chutada um pouco ao redor, mas era tudo.

Naquela noite, depois do pôr do sol, mas antes de se deitar, Russell foi dar uma longa caminhada. Ele conhecia a rota de cor e pelos pés, e podia olhar mais para o céu estrelado do que por onde ia. Caminhou até chegar à caminhonete de Otto, estacionada na parte sudeste da casa de Otto e Etta. A caminhonete estava destrancada. Sempre estava destrancada. Russell abriu a porta mais afastada da casa e deslizou para dentro, até o banco do motorista. O interior da caminhonete estava quieto e quente e tinha o cheiro do sabão áspero que Otto e Russell usavam desde que eram crianças na fazenda Vogel, esfregando mãos e unhas antes do almoço. A quente luz amarela brilhava da janela da cozinha e rebatia pela lateral da caminhonete, fazendo Russell invisível e iluminando o interior da casa, como um filme silencioso. Ele criava sua própria trilha sonora, imaginava músicas, silêncio, palavras.

Otto está sentado à mesa, lendo um jornal. Quieto. Então ele se levanta, a cadeira arranhando um pouco o chão, abre uma gaveta, pega um lápis e se senta de novo. Continua lendo, de tempos em tempos fazendo lentos e cuidadosos círculos ao redor das palavras. O lápis riscando levemente. Após vinte e sete minutos, Etta entra, caminhando com seu corpo contido, cuidadoso, como uma mulher pesadamente grávida, só que magra, vazia. Otto nota isso? Ela põe a chaleira no fogo, se apoia na bancada. Otto vira seu ouvido bom na direção dela. Etta nota isso?

Sinto muito, diz Otto.

Etta levanta o olhar, para longe da chaleira. Otto tamborila os dedos contra o jornal.

Sinto muito, sinto muito mesmo, ele diz. *Você deveria ter ficado com Russell. Isso não teria acontecido com Russell.*

Etta caminha até ele e, por sobre seu ombro, olha para a mão dele no jornal.

Talvez, ela diz. Ela se senta na cadeira ao lado dele, próximo de seu bom ouvido. *Mas é tarde demais agora, não é?*

Eles ficam sentados em silêncio, ambos olhando para baixo, para a mesa, para o jornal, por quatro minutos. Então Otto pega o lápis novamente e faz um círculo.

Etta, ele diz. *Acha que isso aconteceu porque você ainda o ama?*

Talvez, diz Etta. Ela aponta para o círculo. *Talvez.*

A chaleira solta um pequeno, curto assobio. Etta olha ao redor, e Otto segue o olhar dela. Então faz-se silêncio novamente, e ambos olham de volta para baixo, para suas mãos, o jornal.

Isso foi há muito tempo. Mas Etta sempre comprou as mesmas botas.

Porém agora Russell não conseguia encontrar suas pegadas.

Ele cruzou o espaço todo até o pedaço de terra que ela quase certamente teria cruzado, entre dois lagos, junto do mesmo corredor do café de Cordelia e Monty, olhos ao chão, verificando cuidadosamente, então retornando. Havia muitas outras pegadas, algumas humanas, fazendeiros ou andarilhos, provavelmente, e algumas de animais, camundongos, veados, cães, coiotes, mas nada de Etta. Nada de Etta como ele a conhecia, pelo menos. Isso lhe tomara dois dias. Havia comido a maior parte dos amendoins. Caminhou de volta à caminhonete. Podia seguir o rastro, sim, mas Russell sabia que não poderia acompanhar Etta caminhando. Ele não podia acompanhar ninguém. Ele girou suas pernas na cabine, a ruim, depois a boa, e seguiu para o leste novamente, em ruas cada vez menores, conforme as árvores ficavam densas. Ele pararia para conseguir comida e, com sorte, pistas, no próximo sinal de civilização. Pensou que deveria estar triste, ou pelo menos frustrado, mas não estava. Estava em Ontário. As janelas estavam abaixadas para o novo ar, e ele respirou pela boca, como um cão, vivo e se movendo.

O telefone tocou. Otto levou quatro toques para encontrá-lo, em meio a todas as cartas e receitas. Quando conseguiu, era tarde demais, o toque havia parado. Ele tirou uma cadeira de seu lugar na mesa e se sentou ao lado do telefone, pensando em quem tinha seu número. Russell tinha? Tentou se lembrar se Russell havia telefonado alguma vez. Ele batia palmas, gritava, deixava recados, mas telefonar? Não, não. Otto estava bem certo de que ele nem tinha telefone. Mas Etta saberia com certeza seu próprio número de telefone, claro que saberia. Para a maioria das coisas, ela iria escrever, sempre havia escrito, mas para uma emergência ela poderia tentar telefonar. Deve ter sido Etta. Numa emergência. Ele ficou lá, bem ao lado do telefone, por onze minutos, olhando-o, pensando:

Etta está sem comida e sem dinheiro. Ela está magra, as roupas e a pele gastas até a quase-transparência. Faz três dias desde sua última carta. Três dias sem comer. Ela recorreu a mastigar grama e beber leite de dente-de-leão, a pele ao redor dos lábios ficou verde. Finalmente, às margens de algum lugar – Laclu? –, ela encontra uma cabine telefônica e busca sua última moedinha, ligando o único número que sabe, e escutando-o tocar e tocar e tocar e tocar e tocar e tocar e depois parar. Sem resposta. Sem mais moedas, ela afunda no canto da cabine, esgotada, mais parecida com um fantasma.

Ou,

Etta está caminhando, avançando para o leste com facilidade, confiança, forte e alerta, cantando, numa floresta de Ontário. Fora de vista, para sua direita, algo mais está se movendo para o leste, junto a ela, ao redor das árvores, o som de seu movimento escondido sob as passadas e a música de Etta. Continuam assim por horas, até que a escuridão entre as árvores se funde num só borrão, e Etta se detém para a noite, fazendo uma cama de roupas na caverna formada pelos galhos baixos de um abeto. O puma espera até que ela esteja dormindo, respiração regular, então desliza ao lado dela, sempre sem ruído, e coloca uma pata pesada sobre o seu pescoço. Etta acorda antes que as garras tenham chance de se estender, empurrando-se para trás, para longe, na base da árvore.

Não!

O puma avança para a frente, um pouco de pelo agarrando nas folhas baixas, de volta no peito de Etta.

Sim. Você teve uma boa vida, Etta. Você é velha agora. Eu preciso disso. Preciso sobreviver também. As garras rasgam um regular rastro quádruplo no casaco dela, não há sangue.

Ainda não, estou quase lá. Ainda não. Etta chuta a barriga encantadoramente macia do animal, uma fêmea, ela percebe, uma mãe. Ela rola para a esquerda, em direção às suas coisas, sua bolsa, e ao lado dela o rifle de Otto. O puma pega uma perna com a boca, pouco abaixo do joelho, morde. A dor irrompe por Etta como cafeína, ela pode alcançar a arma, ela a gira, atirando uma vez, errando, puxa de volta o gatilho, automático, como fez milhares de vezes no quintal, com latas ou esquilos, e atira novamente, e a gata faz o ruído mais alto que jamais fez, mais alto do que sabia que poderia, atingida na cintura, e recua, para longe, repentinamente, para o canto da caverna de galhos. Olha para Etta, pisca, pisca, confusa, com medo, então desaparece para longe. Há sangue por toda lateral do corpo de Etta; ela não sabe de quem é. Cai inconsciente.

Quando acorda, está na parte de trás de um veículo em movimento. A senhora tem sorte, alguém diz, um rosto que é principalmente barba projetado do banco do motorista. É uma senhora de sorte. Sorte por aquela arma, e sorte por ela ser tão velha que soe alto o bastante para eu escutar do meu cantinho; tenho umas paredes bem grossas. A perna de Etta está enrolada em algodão xadrez. Uma camisa. Vermelha, verde e azul. Eles levam quatro horas para chegar ao hospital mais próximo, por acidentadas estradas escuras da floresta. Etta tenta ficar de pé, mas as enfermeiras não deixam. Eles a colocam numa maca e prendem seus braços e pernas. Perguntam: Há alguém a quem possamos ligar?

Ou,

Etta está passando por algum lugar, uma cidade, Thunder Bay, e o sol está se pondo, e ela precisa se apressar para sair da cidade, estar de volta à natureza para dormir. As ruas estão ficando vazias, pouco a pouco, enquanto a escuridão se aproxima e os postes se acendem. Etta tenta aumentar o passo, passadas mais largas, mais passos, mas é final do dia, e ela está andando desde que o sol nasceu, desde seis mais ou menos; está cansada. Chega a uma divisão na estrada, dando para um parque. Ela pode caminhar reto por ele, a rota direta, ou continuar na rua com a calçada, lâmpadas, casas calorosamente iluminadas, e andar o dobro. Ele levanta um trinco de metal e abre um portão em direção a ela, irá pelo parque, atravessará em cinco minutos. Ela se endireita e segura a bolsa com ambas as mãos, enquanto, de algum lugar próximo, soa uma sirene.

A adrenalina da escuridão revive suas pernas, e Etta está quase do outro lado do parque quando nota o pequeno grupo com fumaça encaracolando-se de suas cabeças como extensões de cabelo. Jovens. Talvez quinze ou dezessete. Como os alunos que ela costumava ensinar, como Otto, Winnie e Russell. Há três meninos e uma menina, todos com cigarros exceto um menino, o mais baixo. Eles escutam Etta antes de a verem, antes de ela os ver; estão prontos. Casualmente, eles se afastam para formar uma linha, uma cerca com seus corpos no caminho. Ei, diz um, um garoto com um gorro, mesmo que não seja inverno. O que tem na sua bolsa, senhora?

Etta, ainda uma professora, sempre uma professora, levanta uma sobrancelha. Bem, ela diz, não acho que...

Você deve nos mostrar, diz a menina, interrompendo, se aproximando.

Não acho que, diz Etta novamente, calma, olhos à frente, para o menino que não fuma, para seu capuz azul de lã ao redor do rosto gorducho, que vocês devem estar, enquanto busca ao redor, o rifle, é cedo demais para o rifle? São apenas crianças.

Está tarde, ela diz, e quanto a seus...

Ou acho que a gente podia dar uma olhada, o primeiro menino novamente, o do gorro.

Ele avança, agarra, derruba Etta. A menina a segue para baixo, seu rosto perto o suficiente para Etta sentir o cheiro de cerveja, barata. Etta, instintivamente, fecha os braços ao redor da bolsa, suas meias, biscoitos, chocolate, papel para escrever e canetas, fecha os olhos antes do primeiro golpe, o punho menor da menina, no peito, entre clavículas. Um tênis de basquete na sua lateral, e outro, então tudo, por todo lado, chutando e acertando, mais duro e mais duro, seu corpo é feito de papel, rasgando, e é sangue ou cuspe em seu rosto, e Etta solta a bolsa, cobre o rosto com as mãos, e a bolsa cai, é pega antes de chegar ao chão. Então eles se vão. Biscoitos, chocolates, papel de escrever e canetas. O rifle ainda está nas costas de Etta, afundando. Ela levanta as mãos, tirando-as do rosto. Dói respirar. Suas costelas não sobem e descem devidamente. Há um corte no lábio que dói a cada inspiração. Os pequenos fragmentos de luz das estrelas borram e dançam. Ela vira a cabeça para longe deles e sua coluna manda avisos, não se mexa, não se mexa, e lá, exatamente onde estava antes, está o menino com o capuz azul de lã. Ele está chorando.

    Não chore, diz Etta.

    Desculpe, diz o menino. Sei que não deveria.

    Seus amigos se foram.

    Eu sei. Eu deveria ir.

    Mas ele não se vai. Apenas fica ali, exatamente onde estava antes.

    Aposto que eu conseguiria te carregar, ele diz. Tenho um irmão mais novo, consigo carregá-lo.

    Etta pensa em suas costas, o rifle. Não, ela diz, não precisa fazer isso.

    Preciso fazer algo.

    Tem um telefone?

    Sim, da minha mãe, para emergências.

    Talvez possamos usá-lo.

    OK.

    Obrigada...

    James.

    James. Obrigada, James.

Ou,

Etta se esqueceu. Fica num campo, em algum lugar, parada. Ela se senta no amarelo. Abre os dedos contra o sol em seus olhos. Russell, Winnie, Amos e os outros vão terminar suas tarefas logo e vão todos se encontrar e caminhar juntos para casa. Ela se senta e espera e observa gafanhotos saltarem em sua direção e para longe. Quando o sol começa a se pôr, coloca a mão debaixo da cabeça. Ela adormece pensando,

    A qualquer minuto, agora.

    Quando a fazendeira, uma mulher grande, forte e bronzeada, com olhos sempre comprimidos, a encontra dois dias depois, Etta ainda está assim, sorrindo, com as mãos atrás da cabeça. Que bela forma de partir, pensa a fazendeira. Ela espana pedaços de poeira e sementes do cabelo de Etta. Vasculha a bolsa esfarrapada da senhora, arrumando os itens em pilhas ao lado do corpo, como um altar, até que encontra o pedaço de papel que diz,

Lar:

e então um número de telefone.

O telefone tocou novamente. Otto saltou. Atrapalhou-se, agarrou-o. Alô?, ele disse. Sim? Alô?

Um momento de silêncio do outro lado, o ruído audível de distância, então, Otto? É o Otto? Aqui é o William, seu sobrinho, filho da Harriet. Sabe que Etta está no jornal?

William. O contador. Brandon, Manitoba. Ainda estava falando.

Ela parece bem; um pouco louca, talvez, mas bem, tipo saudável. Há uma foto em cores. Quer que eu descreva? Olha, vou descrever: ela está andando. Está num campo de grama, parece grama selvagem, não um gramado, grama alta, do tipo que às vezes tem listras. E há árvores no fundo, grandes abetos ou pinheiros. Coníferas, com certeza. Seu cabelo está mais longo do que eu me lembrava. E mais liso. Está todo atrás dela ao vento...

E segue falando.

William, Otto interrompeu, que jornal é esse?

Oh, hum, é o *National*. O *Canadian National*. Diz num canto, bem abaixo da matéria, que apareceu primeiro no *Kenora Chatter*, mas agora está no *National*.

E está viva, e não está ferida?

Não, não, quero dizer, sim. Sim, está viva e não, não parece estar ferida. Olha, diz assim: *Momentos de confusão contrastando com momentos de impressionante clareza. Uma presença tocante*, diz. Não menciona ferimentos. Ela parece bem, saudável. Você sabe, achei um pouco estranho, um tempo atrás recebi cartas aqui endereçadas a ela – enviei de volta para você, chegou a receber? –, mas faz sentido agora, acho, se ela estava de passagem. Apesar de que não a vi. Aposto que ela estava ao sul daqui. Caminhando... acha que está tudo bem nisso de ela fazer essa caminhada? Quero dizer, ela parece saudável, então suponho que está tudo bem, mas há animais e coisas, certo? E gente, há mais gente lá por aqueles lados, Ontário, Quebec. Posso ver de ficar um tempo fora do trabalho, talvez seguindo na van? Ou pego um daqueles moleques para fazer isso. Stephen precisa de um trabalho... apesar de Lydia ser uma motorista melhor...

Não, disse Otto, interrompendo novamente. Não, obrigado, William. Ela está bem. Existe um plano. Ela vai ficar bem.

Então tá. Tudo bem. Tenho certeza de que você sabe o que faz, Otto... Ei, queria que a mãe pudesse vê-la, hein? Ela teria adorado ver isso.

Sim, teria.

A mãe teria amado.

Sente saudades?

Sim, ah, sim.

Eu também.

Ao desligar o telefone, Otto entrou na caminhonete e dirigiu para a venda. Comprou ovos, leite e todo o estoque da loja, doze cópias, do *Canadian National*.

* * *

Sessenta e seis anos antes, todos os Vogel se enfileiraram na estação de trem mais próxima – aquela que havia trazido Russell a eles –, numa fila do mais baixo para o mais alto. Otto apertou a mão deles e beijou suas bochechas. Cochichou algo para cada um, um segredo para cada um. Alguns cochicharam de volta, alguns não. *Obrigada*, disse Ellie. *Eu sei, eu sei*, disse Amos. *Eu vou*, disse Russell. *Por favor?*, disse sua mãe. *Logo mais*, disse Winnie.

    O trem para Regina não demorou nada. Otto ficou de pé para sentir o movimento sob seus pés, movendo-se sem se mover, uma das mãos na mala emprestada de Russell, sem uso desde o dia em que chegou, a outra firme na janela, correndo sobre tudo que passavam.

* * *

Querida Srta. Kinnick*

    Primeiro, obrigado por me deixar escrever pra você. Espero que não seja entrometido demais. Vou tentar ser breve. Só o sufissiente pra praticar todas as letras e algumas boas palavras. Pronta? OK.
    Quando disseram que eu ia pra Regina, mentiram. Este acampamento não é Regina, é perto de Regina, num campo. Um bando de prédios baixos jogados num campo. Tudo é quadrado. Tem uns 75 de nós aqui agora, de todo Sask. Comemos juntos e treinamos juntos, o que me faz feliz. É como casa. Eceto que somos todos da mesma idade, todos meninos.
    Eles já me derão uma arma. Uma arma de verdade. Sei como abrir e fechar e limpar e des-armar e atirar, mas não como carregar confortável, como senão estivesse carregando uma arma. É o mesmo pra maioria. Então estão nos fazendo praticar. Nos fazem andar todo o emtorno com as armas nos cintos, jantar com as armas no colo, jogar cartas com as armas enfiadas nas meias, dormir com as armas ao nosso lado. Quando a gente conseguir dansar com as armas e correr com as armas e abraçar uns aos outros com as armas estaremos prontos pra partir num trem maior, ao leste, para Charlotte-town ou Halifax. Não vai demorar, acho. Alguns já forão.
    Já foi pra lá alguma vez?
    Espero que tudo esteja bem em casa. Que os ventos não estejam fortes e os alunos estejam se comportando e aprendendo e cantando. E que você esteja bem. O que acontece se a professora

---

* *Esta é minha primeira carta. Siguinifica que é a pior em termos de ortografia, arrumassão e tudo isso. Vai melhorar.*

não está bem? Por favor responda logo. Pode escrever sobre qualquer coisa mesmo, não importo. Sobre o sol ou poeira ou sobre você mesma. Pode mandar pra cá e se eu tiver ido pro leste eles me mandam, então não se preocupe.

Por favor, mande beijos para todos os Vogel e para Russell.

*Atensiosamente,
Otto.*

Etta leu a carta na entrada da casa, as pernas esticadas pela escada de madeira para pegar sol nelas. A data de postagem era duas semanas e meia atrás. Quando chegou ao final, colocou uma pedra sobre as duas folhas do verde desbotado do exército para que não saíssem voando e entrou para buscar caneta e papel. Quando voltou, com pernas para fora, corrigiu todos os erros de Otto com uma caneta vermelha antes de trocar para a preta e começar sua resposta.

Faria o mesmo com a carta seguinte, e a seguinte, e a seguinte. Pernas esticadas pelos três degraus do chalé do professor. Ela agora mantinha as canetas e o papel na caixa de correio, prontos.

Querido Otto,

Obrigada por sua última carta. Estão ficando melhores, estão mesmo. Especialmente a ortografia.

Você está aí, no leste, já faz um bom tempo agora. Aposto que está se tornando um ótimo nadador. E comendo muito peixe. O que mais estão lhe ensinando? O que mais precisa saber antes de o deixarem ir até o fim?

Como tenho certeza de que você sabe, nos despedimos de Walter e Wiley esta semana. Eles ficaram de frente para a turma e cantaram "I'll Be Seeing You" para nós antes de partirem. Até fizeram harmonias. Imagino que eles agora estejam em Regina (ou bem próximo), mas não seria legal se vocês todos se encontrassem em Halifax? Estou torcendo por vocês.

O tempo aqui está quente. Quente e seco. Meu Diário de Professora diz que é outono, mas só vou acreditar quando o vir. A escola abriu de novo há algumas semanas e ainda nada de geada. Ainda sol quente na hora do almoço.

Você disse que era seu aniversário, no dia ou antes de a carta ser mandada. Era meu aniversário também, alguns dias antes disso. O que significa que temos a mesma idade. Quase exatamente. Descobri que Russell e eu nascemos no mesmo ano, mas você e eu somos ainda mais próximos. Então estava pensando, por causa disso, e porque você não está mais na escola, que eu gostaria que você parasse de me chamar de srta. Kinnick e começasse a me chamar de Etta. Certo? Falei a Russell que, fora da escola, na cidade ou nos bailes, ele deve fazer o mesmo.

Sinceramente sua,
Etta

Então, e quanto às mulheres?

Etta dava uma aula de Breve História da Guerra, a pedido de Winnie. Estavam encenando Troia. Agora a maioria deles fingia-se de morto no chão da sala, e era hora das perguntas.

Mulheres, Winnie? E quanto a elas?

Winnie se sentou, limpou o giz e a poeira das botas detrás de sua cabeça.

O que elas fazem, para lutar, para ajudar? Onde estavam?

Bem, sabemos sobre Helena...

Ela não conta. Rainhas não contam. E quanto às normais? E quanto às irmãs dos gregos?

Aposto que algumas ajudavam. Aposto que eram espiãs.

Como Mata Hari?

Exatamente.

Mas não lutadoras?

Não lutadoras.

Que idiotice.

Havia enfermeiras...

Em Troia?

Agora.

Então as mulheres só podem ser enfermeiras ou espiãs?

Enfermeiras e espiãs.

9

Russell parou no O-K-Kenora Pitstop 'n Shop. Comprou mais amendoins, água, chocolate, bananas, bolachas Ritz, meias e um jornal. A caixa usava fones de ouvido e balançava lentamente de um lado para outro enquanto contava o troco de Russell. Obrigado, disse Russell, pegando as moedas.

A caixa assentiu no ritmo de sua dança, sorriu.

E, também, desculpe...

Ela parou de balançar. Virou a cabeça para um lado.

Eu estava me perguntando se você viu...

Ela ergueu um dedo, apontando para o círculo de espuma em uma das orelhas dela.

Oh, disse Russell. Ele fez uma pausa. A caixa balançou. Sua carteira ainda estava no balcão entre eles. Pegou-a cuidadosamente, puxou a foto de dentro dela – Etta e Otto anos atrás. Ele apontou para Etta.

A caixa baixou o olhar, forçando a vista. Então seus olhos abriram um pouco, e ela assentiu. Sim, disseram seus lábios, mesmo que nenhum som tenha saído. Sim, sim. Ela se debruçou no balcão e puxou o jornal de sob o braço de Russell, empolgada. Abriu na quarta página, virou-a para ele e apontou. Lá estava Etta, numa grama alta, pinheiros ao fundo, sem usar bota nenhuma; usando um novo par de tênis de corrida.

Pegadas diferentes, rastros diferentes.

Que tênis são esses? Russell apontou para os pés de Etta na foto. Tênis?

A caixa deu um passo atrás e apontou para os próprios pés. Russell se inclinou para vê-los. Os tênis eram de uma cor diferente e de um tamanho menor, mas tinham o mesmo logo dos de Etta. A caixa tirou um, passou-o para Russell. Estava usando meias vermelhas. Russell pegou o tênis – era tão leve, ele esperava que uma coisa técnica fosse pesada – e virou para examinar a sola. Borracha. Correu os dedos sobre ela, memorizando. A caixa balançou, sorriu. Russell virou o tênis novamente. Na língua interna, alguém havia escrito DIANE com marcador azul. Ele o devolveu.

 Obrigado, Diane, ele balbuciou.

 Diane sorriu, deu de ombros, um tênis calçado, o outro na mão.

Não levaria muito tempo para encontrar as pegadas, agora que Russell sabia o que estava procurando. Tempo nenhum, nenhum mesmo. Algumas horas talvez, antes até do pôr do sol.

Eu te disse que haveria mais rochas aqui.
Sim, disse. E?
E, bem, acho que você pode estar tendo dificuldades com isso agora.
James estava sobre um penhasco baixo, pontiagudo. Etta seguia lentamente para cima em zigue-zague. Para além e para cima, para além e para cima. Estava respirando com dificuldade.
Não, não estou. Lutando.
James havia acabado de pular. Dois pulos, sempre subindo.
OK, bem, se vai demorar um tempo, acho que vou farejar por aí.
Grite quando chegar ao topo.
Vou assobiar.
Tudo bem, disse James e saiu trotando, focinho no chão.
Havia muitos desses penhascos. Muito zigue-zague para Etta e saltos e farejos para James. Depois de subir escrupulosamente o quinto daquele dia, Etta assobiou, mas James não surgiu de dentro de um arbusto como geralmente fazia. Ela assobiou novamente, mas ainda nada do coiote. Ela suspirou e colocou dois dedos na boca e assobiou estridentemente alto, como se chamasse um cavalo perdido. Mas nenhum cavalo veio e nada de James, também. Etta se sentou no platô. Cansada. Seus novos sapatos estavam todos marrom-acinzentados de lama e poeira. Era muito silencioso ali, quando ela não estava assobiando. Nenhum pássaro cantava no meio do dia.
Está louca, ela disse para si mesma. *Está enlouquecendo.*
Você o inventou.
Não. Não estou. Não, não inventei; só estou velha.
É a mesma coisa.
Não é.

É sim.

Ela fez uma linha com a ponta do sapato no chão branco de rocha gredosa. Isso é real, ela disse a si mesma. Eu fiz isso, é real. Ela correu uma unha pela pele de seu braço, uma marca branca, depois vermelha. É real.

Você está confusa, deveria dormir.

Não estou cansada.

Está. Sempre está, agora.

Não estou. Não estou.

Ela ficou de pé. Posso caminhar.

Foi quase vinte minutos depois, mais de um quilômetro, quando a quietude do meio-dia deu lugar a um som, um novo som, um som como o vento fizera uns sessenta anos atrás pelas rachaduras de seu chalé de professora. Mas não havia vento ali. Etta o seguiu, o som de vento sem vento, fora de seu caminho, pela grama do curral, samambaias e cardos balançando. Sementes e carrapichos prendiam-se às suas pernas. Ela seguiu o som até uma cortina de folhas curvadas e, sob elas, um monte fosco de pelagem, espinhos e sangue. James. Sua perna direita da frente numa armadilha. Fazendo um som como o do vento a cada respiração.

Eu estava tentando chamá-la, mas estou ficando cansado.

Desgraça, disse Etta.

Eu ouvi seu assobio, disse James. *Foi um bom e alto assobio.*

Pensei que você não fosse real, disse Etta. Pensei que eu o havia inventado.

Poderia ter inventado.

Mas não inventei, inventei?

Etta, o que você está criando poderia ser tudo, poderia ser nada. Não deveria deixar isso incomodá-la.

Não?

Não.

Etta se abaixou ao lado de James e puxou um cardo de seu pelo. Os espinhos espetaram-lhe um pouco os dedos. Aí, é verdade. Sinto isso.
Vai doer, a sua perna, ela disse. Quando eu te soltar.
Tudo bem. Coiotes não sentem muita dor. Tudo bem.
Ainda assim, feche os olhos.

James fechou os olhos e, antes de forçar a armadilha com um galho grosso para abri-la como ela e Alma costumavam fazer com os gatos da vizinhança, Etta acariciou a cabeça dele uma vez, duas vezes, pela linha da pelagem, como um cachorro. Pelagem áspera, espessa.

A perna de James estava arrebentada, quebrada. O sangue escorria sem drama, quase imperceptível, deixando escapar pedaços coagulados, de tempos em tempos. Etta imobilizou-a o melhor que pôde com uma meia.

Tente não usá-la, tente não colocar nenhum peso nela.

Mas, para um coiote, sempre se equilibrando em quatro patas, era impossível. Ele se esquecia, acertava um passo, acertava a pata, a direita da frente, e caía sobre ela, gemendo.

OK, ótimo, disse Etta. Quanto você pesa?

James estava sentado, se lambendo. *Mais do que um coelho, porém menos do que um cavalo... talvez uns vinte quilos.*

Entre na minha mochila. Não esmague o chocolate.

Ela o pôs nas costas, a mochila de lona se esticando, mas aceitando o peso nos ombros. Já que ela não podia carregar o rifle nas costas com essa configuração, carregou-o na frente, usando-o alternadamente como bengala e arma, para matar esquilos para James, já que ele não podia caçar agora, ferido. Eles pegaram o longo caminho ao redor de penhascos e grandes rochas.

Sabe, disse Etta. Estou surpresa de que você não fale francês.

Como os crânios de peixe, disse James, sua cabeça balançando gentilmente contra o pescoço dela.

Sim, exatamente.

Eu poderia dizer a mesma coisa de você.

Mas não sou um peixe.

Mas não é um coiote também.

Verdade, verdade.

Depois da venda local, Otto saiu dirigindo até a venda em Bladworth e comprou todos os exemplares do *Canadian National* também; então seguiu para Kenaston, Hanley e Dundurn, para todas as cidades ao longo da antiga ferrovia, agora rodovia. Quando ficou tarde demais para as lojas estarem abertas, ele continuou pelos postos de combustível, que funcionavam durante a noite. Só voltou depois que todos os jornais foram substituídos pelos do dia seguinte, parando na entrada de sua casa na primeira luz pastel. Carregou 326 jornais para a cozinha em várias viagens, então foi para o quarto e dormiu melhor do que havia dormido em semanas, pela primeira vez não despertado por uma bexiga opressora ou uma tosse seca ou uma pulsação de maratonista em seus sonhos por horas, horas e horas.

Quando acordou, era meio da tarde. Abriu espaço entre seus papéis na cozinha e começou a recortar enquanto preparava o café. Recortou a foto de Etta 326 vezes. A primeira delas, colocou de lado para mandar para ela com sua próxima carta. A seguinte ele dobrou e colocou no bolso. Fez uma pilha com as restantes 324 e colocou atrás dos suportes para bolo, descansos, latas de muffins, formas de pão e bandejas de biscoitos bem atrás do armário.

Recolocou tudo cuidadosamente, perfeitamente, na frente das fotos recordadas, torres de lata e aço bem-ordenadas. Então comeu um bolinho de queijo com uvas-passas com uma geleia de framboesa da estação passada e se perguntou o que ele poderia ou deveria fazer com todo o jornal que restava. Era demais para não se usar para algo. Um desperdício apenas jogar fora ou queimar. Pegou uma caneta e escreveu nas partes brancas da foto, da primeira página, de um homem de terno olhando o céu.

Usos para Jornal:

1. Queimar. *(Não é muito útil, a não ser que queira/precise fazer uma grande fogueira.)*
2. Jardinagem. *(Vasos moldados para sementeiras.)*
3. Forragem para animais. *(Precisaria de animais para isso.)*
4. Algo mais. *(Arte/escultura/construir coisas, talvez etc.)*

Uma grande fogueira seria legal, divertido, mas era uma estação seca e poderia facilmente fugir ao controle. E mesmo se não fugisse, as pessoas poderiam ver da rodovia e achar que havia um verdadeiro incêndio, um problema, já que era a estação seca, e pediriam socorro. Daí haveria os bombeiros, uma comoção. E estava quente demais para uma fogueira agora, de todo modo. A fumaça iria pairar no calor como neblina sobre todas as coisas e por tudo por dias. Otto riscou a opção 1.

A estação já estava muito avançada para 2; aquela opção significaria esperar, guardando todo aquele jornal até a próxima primavera. Mas Etta certamente estaria em casa até lá e não iria querer uma cozinha cheia de jornais, com manchas de impressão no chão, nas bancadas, nas mãos. Otto riscou a opção 2.

* * *

Querida Etta,

Lembra-se de uns cinco meses atrás, quando a vizinha mais distante de Russell veio com sua caixa de porquinhos-da-índia? Todos os bebês que eram Um Pouco Demais, de acordo com os pais dela, de acordo com ela, que ela tentou nos dar? Acho que o nome dela é Kasia. Provavelmente está com uns nove anos, agora. Fui visitá-la esta manhã. Ela ainda estava na escola, mas seus pais estavam na fazenda e felizes de me ver. Sim, eles disseram, sim, oh, sim, ainda estamos com eles. E sim, você pode ficar com eles. Só um? Tem certeza? Tudo bem. Eles disseram que eu poderia escolher, poderia entrar no quarto de Kasia onde está a gaiola e pegar o que eu quisesse, mas eu disse, não, preferiria não, por favor. Então pegaram para mim. Um quase todo marrom. Ainda pequeno.

Então. Temos um porquinho-da-índia agora. Espero que você não se importe. São noturnos, e assim, parece, ando eu hoje em dia, então acho que pode funcionar bem. Algum movimento e ruído pela casa além do meu próprio. Não tem nome ainda, mas vai ter. Esqueci de perguntar se é macho ou fêmea, então vou escolher algo unissex.

E o milho está bom este ano, e acho que eles comem milho.

Não sei onde você está exatamente agora, mas aposto que é perto de Kenora. Por isso, só estou colocando SUL DE ONTÁRIO como endereço de correspondência. Deve chegar até lá antes de voltar aqui. Então vou colocar numa pilha com as outras. Quando chegar em casa, você pode ler e reler.

Aqui,
Otto.

P.S. Há uma foto aqui, de você, para você.

Otto deu ao porquinho-da-índia o nome de Oats. Porque ele gostava de comer aveia, e parte dele era cor de aveia, e tinha um pouco o formato da palavra, redondo, macio e atarracado. Ele rasgou as seções A e B de um *Canadian National* e esticou as tiras para servir de cama num caixote de tangerinas que sobrara do Natal. No caixote, ele também colocou um copo cheio d'água, uma tigela de açúcar cheia de aveia – levaria um tempinho até o milho estar bom – e Oats, o porquinho-da-índia. Ele imediatamente se enterrou debaixo dos jornais. Tudo bem, disse Otto, eu te vejo mais tarde esta noite, talvez.

* * *

Querida Etta,

Walter e Wiley chegaram, o que é ótimo. Eles paressem tão estranhos em uniformes passados e combinando e com os cabelos cortados por um barbeiro de verdade. Mais creio que eu também. Fomos todos nadar no fim de semana que chegaram, no Atlântico, e era tão longo e amplo que eles mau podiam acreditar. Como se o céu tivesse caído no chão disse Walter. Sim ezatamente disse Wiley.

Mas acabarão de chegar, e estou prestes a ir. 3 dias e 2 noites, daí vou para o barco de manhã. Meu primeiro barco.

Etta, a verdade é: estou com medo.

Queria tanto isso e ainda quero, mas estou. E só isso.

Meu amor a Russell. E todos os outros.

Otto Vogel.

P.S. Encluo uma foto. Sou eu no meu uniforme. Uma das fotos oficiais que eles tiram e nos dão duas. Uma já enviei para a mãe então essa pode ser pra você. Caso esteja se perguntando como fico sem estar todo em poeirado.

Quando Etta respondeu, não disse,

> *Você deve mesmo ter medo. Se pudesse ver os alunos que estou recebendo, os meninos voltando, ficaria aterrorizado. Apesar de serem como homens grandes, são apenas meninos, com pedaços faltando. Braços ou pernas, cérebros ou almas. Eles se apertam em suas carteiras perto das crianças e recitam o A-Z ou 1-10 porque é tudo o que podem fazer agora. Eles se sentam e parecem muito mais jovens e muito mais velhos do que são.*
>
> *Geralmente eles vêm de volta só por alguns dias antes que suas mães, pais ou esposas ou irmãs os puxem para casa, onde as coisas são mais controláveis, onde é mais fácil diminuir as luzes e puxar as cobertas; correr um quilômetro no campo e abrir sua boca como um animal e uivar e uivar.*

Ela não disse,

> *Apenas dois dias atrás Thatcher Muldeen furou sua própria mão direita, entre o indicativo e o dedo do meio, com um lápis durante a aula de geometria, e eu me esforcei, me esforcei, mas o sangue não saiu de sua carteira. E Kevin Leary, de volta há três semanas, usou uma faquinha para cortar a trança da garota na frente dele, e agora ele a carrega em seu bolso o tempo todo, com a fita pendurada para fora.*

Ela não disse,

> *E eles continuam vindo. Continuam se juntando e partindo. Todos os garotos, os homens. Nos bailes são apenas as mulheres, os que voltaram quebrados, e Russell.*

Ela não disse,

> E mesmo que seja jovem demais, Owen partiu. Sua pele tão clara quase como que atravessada pela luz, tão delicado que ele é. Suas mãos tremendo ao lado do corpo quando perguntou se eu sabia em qual companhia estava.

E mais, ela não disse,

> A foto está na minha mesa. Comprei uma moldura na cidade. É maravilhoso não comer mais sozinha.

Ela não disse,

> As únicas outras fotos na casa são dos meus pais e uma da minha irmã.

Ela não disse,

> Você parece mais real nessa foto do que eu me lembro de você parecer na vida.

O que ela disse foi,

> Querido Otto,
>
> Estamos todos assustados, a maior parte do tempo. A vida seria sem vida se não estivéssemos. Fique assustado, então mergulhe nesse medo. Muitas vezes. Apenas se lembre de se agarrar a si mesmo enquanto faz isso.
>
> Sinceramente,
> Etta

P.S. Obrigada pela foto. Eu reconheço você, mesmo sem a poeira. Envio a foto da turma deste ano, eu na frente da escola com os alunos, como uma retribuição.

Na foto, ela está usando um vestido leve com mangas casquillo curtas, cintura justa e gola passada. Seu melhor vestido. Seu sorriso é a maior coisa na foto.

★ ★ ★

A foto estava sendo puxada para longe dos dedos de Otto no vento, então ele a guardou no pesado bolso de lã. Um bolso interno. Agarrou o metal frio do corrimão do navio e vomitou mais uma vez na água cinza. Parecia muito menos azul agora que ele estava nela. *Mergulhe nesse medo*, ele cochichou para si mesmo. Esquerda, direita, frente e trás, todo lugar era água e apenas água. O barco seguia desajeitado através dela, a proximidade do sol se levantando era o único vislumbre de progresso. Você está bem?, disse o soldado à sua esquerda, também vomitando. Um garoto de Montreal, uma hesitação marcante em seu inglês.

Sim, disse Otto. Sal e água e vento. Vivo. Estou vivo.

D'accord, disse o soldado. *C'est bon*. Eu nem tanto. Seu rosto estava da cor da água. Otto viu, ele havia tirado o casaco e deixado no chão do navio, com a arma por cima. Otto os pegou, cobriu o braço com o casaco, esquentou a arma fria entre suas mãos.

Isso será alguma coisa, disse Otto. Não sei se boa ou ruim, mas será alguma coisa. Ele podia sentir seu coração duro e rápido, como na primeira vez que bebeu café. Assim como no momento em que embarcou. Suas mãos tremiam.

Oui. Sim, disse o menino cinza, antes de se abaixar sobre o corrimão novamente.

Quando o navio deles parou em terra firme, sete dias depois, todo o cabelo de Otto havia ficado branco, como a espuma do mar, como as espinhas dos peixes que eles haviam comido todos os dias no almoço e no jantar, tudo puro branco.

Eu faria um trabalho melhor, disse Winnie.

Foi depois da escola. A aula do dia havia sido sobre cortar, fazer formas tridimensionais de desenhos bidimensionais. Agora Winnie e Russell estavam ajudando Etta a limpar os restos de papel jogados entre as mesas.

Por que você acha isso?, disse Russell. Havia pedacinhos de papel branco e azul presos pela estática em sua camisa. Um trabalho melhor do que todo mundo? Do que Otto?

Do que a maioria. Talvez melhor do que Otto, talvez não.

Etta apenas escutava, não entrou na conversa. Estendeu a lixeira para as mãos e saias cheias de recortes.

Vá, então, vá ser enfermeira.

Não quero ser enfermeira... quer que eu vá?

Quero que você vá se você quiser ir.

Não me deixaria louca. Não sou tão delicada quanto eles são.

Ou quanto eu...

Russell, você não é nada delicado, observou Etta.

Ah! Exatamente, disse Winnie.

Russell levantou o olhar do chão para Etta. Algo ali. Dor? Gratidão?

Sabe o que quero dizer, ele disse.

De qualquer modo, disse Winnie, ser enfermeira não é a mesma coisa. Sei onde socar um bezerro para matá-lo, se precisar. E forte o bastante. Um soco só.

Etta riu.

É verdade.

Eu sei, eu sei.

10

Etta estava pegando as rotas mais baixas, mais longas, mais fáceis, e Russell estava agradecido. Quase como se ela estivesse tornando aquilo mais cômodo para ele, até. Ele seguia suas pegadas, um meio calcanhar na poeira de uma rocha aqui, o escorregar de um pé fora de um córrego ali, cuidadosamente mensurado enquanto se tornavam mais escuros e mais profundos, mais perto e mais perto. Ele media segundos e metros em sussurros como o compasso entre raio e trovão, diminuindo a distância entre eles em espaço e tempo. Quando os números ficaram baixos o suficiente, ele tirou os sapatos e meias, prendeu-os juntos e pendurou no pescoço. Ele podia não ser gracioso ou rápido, mas Russell sabia ser silencioso. Colocava o pé exatamente nos passos de Etta, medindo e contando, pisando e escutando, até que numa extensão de abetos brancos onde tudo tinha cheiro de verde profundo e úmido, depois de pisar e contar e medir e escutar por mais de duas horas, Russell ergueu os olhos das pegadas em seus pés, através de 150 metros de abetos brancos e teias de aranha e sol, através do dossel de ramos como rastros de bola espelhada num baile, e viu, tão natural quanto as árvores, as aranhas, o sol, Etta. Minúscula comparada à mochila em suas costas e às árvores ao redor e a terra se estendendo diante dela. Seu cabelo estava solto como nunca estava em casa. O vento o soprava para trás em ondas, e Russell imaginou que era sua mão, não o vento, correndo por ele, através dele. Estava tão perto agora.

 Manteve a distância apenas próximo o suficiente para observar e seguir, enquanto decidia o que fazer. Esperar até o pôr do sol. Até que ela parasse para a noite. Por quatro horas eles seguiram em fila, então Etta parou. Ela se agachou para tirar a mochila. Russell se abaixou atrás de algumas árvores e tomou o longo e coberto caminho até ela.

Quando ele saiu de trás dos lariços, ela estava de costas para ele. Etta, ele disse. Etta, é o Russell. Vim ver como você está. Por um segundo, ela não se moveu. Congelada. Então, lentamente, ela se virou. Tinha uma arma comprida, o rifle de Otto nas mãos. Para cima, apontou. Recue, ela disse. Afaste-se.

Havia um coiote, pequenino, mas rosnando, nos tornozelos dela. Ele mancava.

Etta, Etta, disse Russell. Sou apenas eu. Russell. É Russell.

Russell? Ah! Claro que não, disse Etta. Saia! Claro! Não! Você é velho, você é velho demais.

Mas, disse Russell, somos da mesma idade.

Oh, não, disse Etta. Oh, não, não, não somos. Você deve ter oitenta, noventa talvez. Sinto muito. Ela abaixou a arma, então o cano apontava para o chão. Ela pegou a mão que Russell havia estendido. Deve estar cansado. É duro aqui para alguém como você, tenho certeza. Por que não fica e janta com a gente?

Russell flexionou sua mão na dela. Os dedos deles vigorosos e grossos com décadas de experiência. OK, ele disse. OK, então. O coiote olhou para ele receoso enquanto se aninhava contra uma rocha próxima, lambendo a perna.

Etta os deixou lá, Russell e o coiote, enquanto foi caçar. Voltou com dois esquilos. Não há tantos roedores aqui, ela disse. Colocou os animais na pedra do coiote e cuidadosamente tateou pelos furos de bala em seus corpos. Preciso tirar a bala para ele não engasgar, ela disse. Pode ajudar, se quiser.

Tiraram o sangue das mãos com a água que Russell ofereceu de uma das garrafas e comeram o jantar de amendoins, biscoitos e bananas de Russell, enquanto o coiote comia o seu. Etta ofereceu seu chocolate, mas Russell não aceitou, então ela guardou de volta. Acamparam em seus casacos sob árvores coníferas, Etta com o coiote, e Russell uma árvore depois. Podiam ouvir uma tempestade um pouco longe, sobre o lago. Não se deve ficar debaixo de uma árvore quando vem uma tempestade, disse Russell.

Sei disso, disse Etta. Claro que sei disso. Não estou querendo ser morta.

Russell sonhou com raios e cabelo de fios eletrificados. Não queira tocar nisso, ele disse ao barbeiro, apenas deixe. Não há nada que possamos fazer.

James acordou primeiro e saiu tentando andar um pouco. Etta foi a próxima, rolando de debaixo dos galhos para ver Russell sob sua árvore, ainda dormindo em seu lado bom, com sua flanela xadrez sobre ele como um cobertor. A mesma flanela xadrez que ele usava todo dia, procurando veados. Russell?, ela disse. Russell Palmer?

Ele abriu um olho, mais ou menos. Bom dia, Etta, ele disse. É muito bom vê-la. Vim levá-la para casa.

Bem, que tolice, disse Etta. E é mentira.

Não é, disse Russell, sentando-se e tirando folhas de seu braço.

É sim. Não vou para casa, Russell. Ainda não. E você sabe disso.

Não é seguro, Etta. Não é sábio. Podemos caminhar em casa, podemos caminhar todo dia, se você quiser.

Não quero caminhar com você. E certamente não quero caminhar em casa. Estou caminhando aqui, sozinha.

Você, disse Russell, você não está... Etta, você sabe que você...

Eu sempre me lembro de comer, beber e caminhar. E me lembro qual o caminho para o leste e como atirar reto. Ela se sentou ao lado dele. De qualquer modo, Russell, você não se preocupa com isso, comigo, porque, como eu disse, você não está aqui de fato para me pegar.

Russell olhou de lado para ela. Para as linhas profundas onde suas covinhas haviam estado; eram as linhas mais fundas do rosto dela.

Você está aqui, continuou Etta, porque é sua vez, finalmente. É triste que você sinta que precisa da minha permissão para isso, mas, oh, bem, porque você quer e tem permissão e pode. Você sempre poderia se quisesse o suficiente.

Russell suspirou. Colocou a mão na cintura de Etta, contra os braços dela. Tem certeza de que não vai vir comigo?

Claro que não.

Ele se inclinou e beijou a covinha em cada bochecha. Então hesitou, o suficiente para ela inspirar, então beijou-lhe a boca. Ela o deixou. Transferiu seu peso para a mesma flanela vermelha e preta. Seus lábios finos, apertados e juntos.

E permaneceram assim
e assim
e assim
e então,

Você e Otto, disse Russell, enquanto se afastava.

Sim, eu sei, disse Etta.

Tanto e tão diferentes. Tanto, tanto.

Sim, disse Etta.

Vou trocar minha caminhonete por um cavalo e seguir para o norte, disse Russell. Vou encontrar caribus migrantes e segui-los.

E te encontro de volta em casa depois.

E te encontro de volta em casa depois.

Otto estava observando Oats. Era entre três e quatro da madrugada e ela estava acordada e mastigando o interior de sua caixa. Às vezes Otto tossia, e ela parava e olhava para ele, então corria para o outro lado da caixa e mastigava lá. De um lado para outro. Otto estava acordado com o coração acelerado novamente. Sua quinta noite de pé com Oats. Ela mastigava, e ele bebia leite e pequenos goles de uísque de centeio.

Na sexta noite, sua tosse havia diminuído um pouco, então Otto cuidadosa e lentamente buscou dentro do caixote de tangerina e pegou Oats na mão. Olá, ele disse. Boa-noite, Oats.

O corpinho dela tremia desesperado, mas ela não tentou se afastar. Olhou para Otto, então para o micro-ondas, então para ele, então para o micro-ondas. Seus olhos eram só pupilas. Otto se virou para ver o que ela olhava. Lá, na porta escura de vidro do micro-ondas estava o reflexo deles. Oats encarou o dela atentamente. Colocou-a na bancada na frente dele, e ela caminhou até o mais perto da porta do micro-ondas que podia, focinho contra focinho no seu reflexo, e encarou. Apenas encarou. Otto tentou pegá-la de volta em sua mão, mas Oats não ia. Ela pressionou as pequenas garras na bancada e tensionou pernas e corpo e continuou olhando. Então Otto se abaixou junto a ela e a encarou também. O vidro impuro borrava seus traços e os suavizava. Ele parecia mais jovem. Eu deveria tirar uma foto para Etta, ele pensou. Enquanto isso, Oats havia se acomodado e agora lambia a porta. Otto tinha de pôr suas luvas de jardinagem para colocá-la de volta na caixa sem riscos. Eu sei, eu sei, ele disse.

Na sétima noite, com seu coração indo e indo e indo, Otto acordou com uma ideia. Colocou o roupão e foi para a cozinha. Olá, Oats, ele disse. Boa-noite. Ela escavava o jornal, chutava para o fundo do caixote, depois andava para outro ponto e recomeçava. Otto pegou uma tigela e encheu com metade de um *Canadian National* cortado em tiras, então pegou outra e encheu de farinha e água. Eu entendo, ele disse, que não sou sempre companhia suficiente. Então vou tentar fazer mais para você.

As camadas de papel machê secaram rapidamente nos degraus da frente. Quando ele havia feito camadas suficientes, mais ou menos da forma certa, Otto encontrou uma tinta não venenosa de marcar animais no galpão e desenhou dois olhos escuros, um nariz e uma boca. Não era exatamente igual, mas não estava tão ruim. Melhor do que ele esperava. Quando a tinta estava seca e não tinha mais cheiro, ele colocou o porquinho-da-índia de papel machê na caixa de Oats, aninhado num canto. Aqui, ele disse, espero que isso ajude. Oats encarou a novidade, focinho se remexendo, então caminhou até lá e lambeu a lateral do seu rosto.

No dia seguinte, Otto lavou as tigelas e colheres que ainda estavam incrustadas com massa seca de farinha. Secou-as com um pano macio e guardou de volta nos armários e gavetas. Lá fora, o sol estava branco-amarelado e refletia nas costas das colheres que ele empilhava com o lado curvado para cima. Oats estava dormindo ao lado do Oats de papel machê. Otto os deixaria em paz, iria verificar o milho, as batatas, a abobrinha. Estava quente demais, seco demais naqueles dias. Tudo sempre precisava de água. Ele colocou as luvas de jardinagem e saiu. Esqueceu o chapéu.

Depois de arrancar ervas daninhas e regar e inspecionar as folhas atrás de pragas, Otto seguiu pelo campo para verificar a casa de Russell.

Estava tudo bem. Estava exatamente como sempre estivera, a chave debaixo da chaleira laranja na porta da frente, pilhas de coisas e de poeira lá dentro. Otto afundou na poltrona da sala da frente de Russell e adormeceu.

Quando acordou, estava quase de noite. Sombras mais longas e em lugares diferentes. Otto se examinou; ele não havia acordado por causa da tosse ou do coração, ou por causa da bexiga, era algo mais. A tensão do movimento, de outras coisas vivas por perto. Ele segurou a respiração e esquadrinhou os lugares escuros e apinhados de coisas na sala. Mas o movimento não estava na sala, estava fora, fora das duas janelas da frente. Havia dois veados bem lá no jardim da frente de Russell. Comendo, parados. Oh, oh. Otto moveu-se lentamente para não assustá-los, rastejando com as mãos e os joelhos até a janela. Colocou a cabeça na parte onde o vidro estava levantado e a única barreira era a tela.

Vocês vieram, ele disse. Depois de tudo isso.

Os veados não responderam.

Ele espera por vocês há séculos, sabe, há anos, ele disse um pouquinho mais alto.

O primeiro veado recuou, alerta. Olhou para ele e piscou.

Sabe se ele está bem?

O segundo veado se virou agora também. Tremendo as orelhas. Ambos olharam para ele. Ambos piscaram. Uma vez, duas vezes.

Quando ele chegou em casa, tirou as tigelas recém-lavadas do armário e despejou mais farinha nelas, então mais água. Então pegou três jornais, rasgou-os e começou a construir meticulosamente dois veados inteiros, tamanho real. Para Russell.

***

Minha Querida Etta,

Atualmente marchamos e marchamos e marchamos e marchamos. Apenas, sempre. Mas cantamos enquanto fazemos isso, o que me lembra de sua aula, e gosto disso. Botas sobre um novo solo, sob novas árvores, armas se esfregando contra a pele nua de nossas cinturas, às vezes com nossos pés quentes em meias tricotadas por freiras.

Até agora parece que o objetivo de tudo isso é só ir de um lado para outro. Trens, barcos, pés. Desde que continuemos nos movendo, estamos fasendo progresso. Quem parar de se mover primeiro perde.

Dois dias atrás, um homem com um cachorro arrastando uma coleira de corda saiu correndo de uma caza com cheiro de queimado enquanto passávamos, direto para mim, especificamente, e me implorou por cenouras. Por favor, por favor, ele disse, sei que você tem, sei que tem, por favor, por favor, apenas uma ou duas, ou mesmo as pontas, por favor. Por favor! Eu tinha um pouco de chocolate no bolso e cigarros, mas ele não os queria. Por favor!, ele disse. Por favor! É tudo do que ela precisa! Apenas uma! Por favor! Mas eu não tinha nenhuma cenoura, e tivemos de seguir marchando. Quando estávamos longe o bastante, perguntei a Gérard, meu parceiro de marcha: O que foi aquilo? E ele disse: Acho que é só o começo.

Me conte sobre aí, por favor. Me conte sobre o clima. Sobre o calor, a poeira ou o silêncio. Qualquer coisa. E me conte sobre você. Guardo sua foto no bolso do lado sem arma. Para equilibrar.

Sinceramente,
Otto.

As cartas chegavam sem uma ordem específica. Às vezes uma desordem na cronologia, às vezes nada por séculos, então três juntas, todas enfiadas num envelope emitido pelo exército.

Querida Etta K.,

Faz dois meses desde sua última carta. Espero que esteja bem, não esteja chateada, que continue me escrevendo. Significa muito para mim. Muito.

O.

Querida E.,

Não me leve a mal, há gente por todo lado aqui. Dormimos e comemos e marchamos lado a lado. Respiramos o hálito um do outro e dormimos o sono um do outro. Isso é como em casa. Mas ainda assim, Etta, há um tipo de ligação que eu não sabia que precisava até ela ter sumido. Até os meses passarem sem qualquer carta. Certa camada de solidão.

Sinto muito ser sincero, tão honesto. Espero que entenda, me perdoe, e escreva logo.

Seu,
Otto.

Querida Etta,

Não se preocupe. Recebi suas cartas, todas elas, esta manhã. Com data de envio uma por semana, pontualmente. Obrigado, Etta.

Otto.

Querido Otto,

Como você sabe, sempre me esforço ao máximo para corrigir suas cartas e devolvê-las, para que você possa aprender e evitar aqueles erros particulares no futuro. Mas tenho uma confissão a fazer, algo que ainda não corrigi, apesar de que talvez eu devesse. No final de uma carta, depois da assinatura, não é preciso pontuação. Não é uma parada total. Acho que é porque geralmente é só o nome, e o nome em si não é uma frase inteira. Porém, Otto, gostei disso. Gosto de que você faça isso. Gosto do caráter definitivo, da confiança, a confissão. Então, por favor, não pare.

 Sua,
 Etta.

Querido Otto,

A escola continua se esvaziando. Agora Winnie se foi também. Sabe para onde ela foi? Sua mãe está doente, realmente doente com isso. Ela veio à minha casa na noite passada para perguntar seu eu sabia de algo.
 Eu não havia percebido ainda o quanto ela se parece com você.

A sra. Vogel parou sem jeito na entrada, sem querer ou incapaz de cruzar a soleira para entrar.
 Tem certeza de que não gostaria de um café?, disse Etta. Adoraria uma desculpa para fazê-lo. Ela juntou as mãos atrás das costas para esconder as marcas de tinta.
 Não quero incomodar você por muito tempo, Etta. Sua pele, normalmente escura do sol, estava branco-acinzentada.
 Não, eu faço questão, srta. Vogel, está silencioso demais aqui. Empoeirado demais também, mas vamos ignorar isso.

Tem certeza?

Tenho.

Tudo bem então, disse a mãe de Otto, passando finalmente pelo umbral para dentro da casa. Pode me chamar de Grace. Ela se moveu em direção à mesa, mas, antes de se sentar, apenas dois passos depois da entrada, desaguou em perguntas, como uma cachoeira: Etta, sabe para onde ela foi? Ela te disse algo? Sabe como?

Etta havia se afastado para a pia, estava lavando as mãos. Sei que ela queria ir. Sei que ela queria muito.

Eu sei. Sei disso também. Todos querem. Só não sei por quê. Finalmente, ela se afundou na cadeira da cozinha. Só pensei que com ela, pelo menos, uma garota, minhas garotas estariam a salvo.

Um instante enquanto ela se sentava, então, Como acha que ela fez?

Talvez como enfermeira... há um alistamento na cidade, no correio.

Não. Não como enfermeira. O uniforme a enlouqueceria. E eu perguntei a eles lá também, para me certificar completamente. Ela não passou por lá. Não como enfermeira.

Certo. Me desculpe. Não como enfermeira.

Se souber de algo, Etta.

Se eu souber de qualquer coisa, Grace.

Etta fez café de modo mais ruidoso que pôde para preencher o silêncio que se expandia entre elas. Colocou a mesa: jarra de creme, jarra de leite, tigela de açúcar, colher de açúcar, pires, xícaras, café. Grace Vogel circundou as mãos ao redor da xícara quente de café como se fosse inverno, apesar de o calor ainda estar opressivo e pesado. Nunca se consegue deixar, Etta, ela disse. Nunca se consegue deixar de ser mãe. Nunca, nunca, nunca.

Quero dizer, acho que vocês todos se parecem uns com os outros até certo ponto, mas ela e você especialmente. O longo rosto oval, a testa alta, a constituição esguia.

Contei a ela o que podia, o que não era muito. Sei que sua irmã era agitada e não queria ser enfermeira. Não pude dizer a ela nada que ela já não soubesse.

Então minha turma fica cada vez menor. Cinco meninas regulares, o pequeno ir e vir de homens e garotos, e Russell, que continua aparecendo ocasionalmente, mesmo que já tenha passado por toda a matéria há muito tempo. Estou feliz por isso. Ele me ajuda com o que quer que seja necessário, e além disso é legal ter um amigo por perto, alguém do mesmo nível, agora que você, Walter, Wiley e Winnie se foram.

Ele fala em ter a própria fazenda, já que tantas estão ficando baratas com os fazendeiros indo embora ou morrendo. Às vezes ele fala em cuidar dela com você, quando você terminar de marchar, marchar e marchar.

Etta.

Etta,

Paramos. A marcha, os jipes, a cantoria, tudo parou. Estamos numa ____ logo depois de _____ onde os prédios são basicamente de pedra, velhos, úmidos e frios. Estamos acampados numa casa velha aos pedaços. Não sei quem vive normalmente aqui ou onde eles estão, mas deixaram todas as suas coisas. Jaquetas e calças ainda nos armários. Não do meu tamanho. Estamos todos em prédios como esses pela cidade, ___ homens aqui, ___ homens lá, todos enfiados dentro desses lugares como moradores. Os jipes estão estacionados _____, então quando estamos todos dentro não dá para saber que estamos aqui. Usamos esta cidade como camuflagem.

Estamos aqui, eles dizem, para segurar a cidade. Gosto dessa ideia. Como uma pipa.
Há poucos residentes ao redor, mas não muitos. Eles parecem ser opressivamente velhos e silenciosos. Passam por nós na rua com olhos redondos, encarando. Da última vez que _____ e eu estávamos em _____ comprei algumas balas para o caso de encontrar algumas crianças, mas não parece haver nenhuma aqui, em lugar nenhum.

_____ _____ _____

_____ *se eu a vir. Estou torcendo.*

Sinceramente seu,
Otto.

Foi aí que as cartas de Otto começaram a vir com janelas. Pequenos retângulos recortados de modo que Etta podia ver seus dedos por baixo, segurando o papel. Pessoas, lugares e números, principalmente, haviam sido extraídos, cuidadosamente cortados e mantidos em outro lugar. Um escritório, Etta imaginou, na Inglaterra, repleto dessas pessoas e lugares e números em seus retangulozinhos originais de papel. Passantes iriam pagar cinco centavos cada para enfiar a mão em recortes de cartas, farfalhar e tirar

Helsinque
ou
Moçambique
ou
Sarg. Andrews
ou
Carla
ou
Sete
ou
Cinco mil, novecentos e doze.

II

James já podia andar novamente. O que era bom, porque Ontário se mostrava enorme, duas vezes maior que Manitoba, e outras duas vezes maior por causa de todo o desviar e abaixar ao redor de rochas e lagos.
Sempre pensei que Ontário fosse cheia de gente, disse Etta. Pessoas, cidades, carros e negócios por todo lado.
Bem, certamente eles não estão aqui.
Não. A não ser que tenham virado pedra.
É uma possibilidade.
Demorava mais agora, entre as cidades. Mais e mais demorado. Etta estava comendo mais amoras e dentes-de-leão. Racionando. Tinha fome o tempo todo.
É assim que é ser um coiote, disse James.
Ter fome o tempo todo?
Sim, ou ter fome ou dormir. Mas principalmente fome. É por isso que somos capazes de matar tão facilmente e por isso humanos não são.
Porque não temos fome o bastante?
Exatamente.
Naquela noite, Etta pegou seu último pedaço de chocolate e seu último pedaço de pão. Ela comeu o chocolate e segurou o pão nas mãos, olhando para ele.
Se você tem comida, você deve comer, disse James.
Não, disse Etta.
Não?
Não, se você tem comida, você deve usá-la, corrigiu Etta, para conseguir mais comida.
Ela revirou a bolsa até encontrar o mapa no saco plástico. Com James para ajudá-la a se orientar, ela não o estava usando muito; estava amassado debaixo de suas roupas. Ela tirou o mapa do saco e o reembalou em meias. Então pegou o saco plás-

tico e o pão restante e seguiu por entre as árvores, em direção ao lago mais próximo.

Para onde está indo?

Estar com fome o torna vazio o suficiente para matar pequenos animais e me deixa vazia o suficiente para comer peixe.

O plano dela era: tirar os sapatos e as meias, enrolar a saia para cima e entrar no lago. Segurar o saco aberto um pouco debaixo d'água para que enchesse. Segurar firme. Espalhar algumas migalhas de pão pelas cercanias do saco. Deixar uma ou duas migalhas flutuarem na água do saco. Segurar tudo bem firme e imóvel. Não se mover. Esperar.

Havia ali uns peixinhos pretos e cinza, do tamanho mais ou menos do dedo de Etta, alguns um pouco maiores, até dois dedos de comprimento. Etta era uma estátua. A água avançava e recuava contra os joelhos dela, avançava e recuava. As migalhas que ela espalhara também avançavam e recuavam, lentamente se dispersando, mais e mais longe dela e do saco. Finalmente os peixes que ela dispersara quando entrou na água retornaram, cautelosos, farejando a água diante e ao redor deles com suas bocas, sem piscar. Comeram parte das migalhas espalhadas, nadaram mais perto, comeram mais migalhas, nadaram mais perto, até que todos os pedaços de pão fora do saco se foram. Eles sugavam e farejavam e nadavam mais perto do saco e mais perto. Pareciam qualquer coisa menos comestíveis, metálicos, úmidos e alienígenas, olhos sempre abertos. Um deles estava na borda do saco agora, longo como um dedo pontudo, a cabeça lá dentro, boca abrindo e fechando, abrindo e fechando. Etta retesou-se, inspirou e puxou o saco de volta para cima, o mais rápido que pôde.

O que não foi muito rápido. O saco se arrastou na água, e o peixe chispou para longe como uma linha traçada a lápis muito antes de Etta puxar a rede improvisada para a superfície. Então ela tentou novamente. E de novo, e de novo. O peixe nadava para longe numa nuvem frenética com o movimento dela, então se aproximava pouco a pouco das migalhas e do saco, então novamente para longe, então de volta, de novo e de novo, até que ficou escuro e frio demais para estar de pé no lago.

Etta se arrastou de volta para a orla sem peixe e com metade do pão com que havia começado. Comeu alguns dentes-de-leão e alguns mirtilos não muito maduros e foi para a cama com a fadiga dormente da fome latejando em suas pernas, barriga e cabeça.

Você deve comer o pão, disse James na manhã seguinte quando eles se levantavam.

Não, disse Etta. Tenho um novo plano.

Ela pegou uma caneta e furou o fundo do saco plástico, uma, duas, três, quatro, cinco, seis, sete, oito, nove, dez vezes. Mais como uma rede, ela disse. Mais rápida. Caminhou até o lago, tirou os sapatos e meias, enrolou a saia e tentou novamente. James observava da orla. Silencioso. Os peixes se aproximavam de Etta, pouco a pouco, comendo as migalhas ao redor do saco, cuidadosamente, cuidadosamente, lentamente, lentamente, rastejando para dentro do saco então – mais rápido do que tudo, Etta tinha certeza, mais rápido do que qualquer coisa na terra, pelo menos – avançando sem esforço para longe enquanto tentava puxá-los para cima. De novo e de novo. Mesmo agora que o saco estava mais rápido, nada era tão rápido como um peixe. Etta se arrastou para fora da água. Sentou numa pedra na praia. Cansada. Seus pés nus e pernas pingavam formas escuras nas pedras. Mesmo quando eu era jovem, ela disse a James, que estava sentado dez metros acima, atrás dela, eu não podia me mover rápido o suficiente para isso.

É de se esperar, Etta, eles conhecem a água melhor do que você. James correu para junto dela, ajudando a perna quebrada com as irregulares pedras escorregadias. Colocou um esquilo cinza

na rocha entre eles. Sangrando e ainda chutando um pouco.
Coma isso.
Não é seu? O que vai comer?
Eu já comi. Uma rolinha. Coma isso.
Mas achei que você estivesse sempre com fome.
Estou.
Pensava que os animais não eram suscetíveis à solidariedade nem tinham ímpetos altruístas.
Você não é um animal também?
Verdade. Ainda assim...
Coma. Precisamos seguir em frente.
Não sei como.
Não sabe como?
Sim. Tirar a pele, desossar e tudo isso. Não sei como.
Por que você simplesmente não dá uma mordida?
O esquilo havia parado de se mover. Estava de costas. Eu devia ter trazido uma faca, disse Etta. Não tenho uma faca. Ela examinou as pedras ao redor deles até encontrar uma pequena afiada e a pegou. Tudo bem, ela disse. Me diga uma coisa, a cauda vale a pena ou devo começar com o corpo?

Mais tarde, ela lavou as mãos no lago, o sangue do esquilo espiralando para longe em anéis, seu próprio sangue movendo-se novamente, desperto. Obrigada, ela disse para James. Eles caminharam o dia todo.

Então outro lago, outro plano. Etta não queria pegar a comida de James mais do que deveria e só tinha três balas restantes no rifle. Pegou suas duas garrafas d'água, de plástico duro transparente, uma grande, a outra menor. A menor estava cheia, a grande estava três quartos vazia. Ela testou a firmeza das laterais, apertando com o polegar e o indicador. A menor voltava à forma mais rapidamente, então ela virou toda água dela na grande.

Vou caçar, disse James. *Tem certeza de que não quer nada?*

Alimente a si mesmo, James. Ficarei bem.

OK, mas se você...

Vou ficar bem. Tenho um plano.

Ela pegou a metade do punhado de pão seco restante, o saco plástico e a garrafa menor e seguiu para o lago. Tirou sapatos, meias, enrolou a saia. Espalhou algumas migalhas ao redor, apertou a garrafa, polegar e indicador quase se tocando entre as laterais, submergiu-a e esperou. Dois minutos depois, o peixe cauteloso retornou, sugando as migalhas na periferia mais distante, então mais perto e mais perto em direção à garrafa. Um exatamente do tamanho do seu mindinho nadou em avanços retorcidos até a boca da garrafa. Quando estava com o nariz na borda, Etta soltou a garrafa. Uma lufada de água foi sugada para dentro e com ela o peixe. Glup, cochichou Etta. O peixe nadou confuso, desorientado com os ângulos retos dentro da garrafa. Bem, disse Etta. Aqui está um.

Ela pegou seis peixes deste modo, sugando-os numa emboscada inesperada e penosa para dentro da garrafa. Cada vez que pegava um, ela esperava até ele se acalmar um pouco, nadando em ângulos menores e menores até finalmente ficar parado, então colocava a gaiola de peixe que fizera com o saco do mapa suspensa firmemente num galho pendurado dentro de uma poça na rocha. O peixe menor fugiu nadando por um dos buracos, mas todos os outros permaneceram, cinza e pretos com olhos de bola de gude, reluzindo em forma de torpedo, parecendo completamente não comestíveis.

Como fizera ontem com o esquilo, Etta usou um isqueiro que a repórter lhe dera para fazer uma fogueira. James odiava. Ele ficava atrás, bem atrás, na direção do lago; ficava de pé, alerta.

Tudo bem. Construí um círculo de pedra. Etta estava enfiando um peixe por vez num galho pontudo. Um, dois, três, es-

petou. A textura de borracha molhada da pele de peixe. Terrível. E novamente, um, dois, três, espetou.
Ainda é perigoso.
Nem sempre. Agora todos os cinco peixes que não escaparam estavam num galho, numa fileira brilhante, lisa. Suas escamas faziam Etta pensar em insetos.
Não se pode confiar. Sempre. E algo em que você nunca pode confiar não é perigoso, sempre?
Não, disse Etta. Depois disse: não sei, talvez. Ela segurou o espeto sobre o fogo. Chiando, estalando, cuspindo. É bom que eu esteja com tanta fome, ela disse. E aí, você come os olhos?
Geralmente como.
Etta não comeu os olhos. Em vez disso, depois do jantar, ela voltou para o lago mais uma vez e esfregou e limpou as espinhas, limpando a cabeça e os olhos dos pedaços de carne que ela não fora capaz de tirar sozinha. Mais peixes vieram e os comeram, engolindo os olhos em bocadas fáceis. Etta deixou as espinhas e os rabos quebrarem-se e flutuaram para longe, mas manteve os crânios, menores e mais macios do que aquele que ela já tinha. Sinto muito, ela disse. É que estou com muita fome.
Il faut manger, eles disseram, um por vez, repetidamente.
Ainda é um longo caminho a se seguir, não é?
Ouiouiouiouioui.

Levou mais de uma semana para Otto terminar os veados. Primeiro as pernas não sustentavam o corpo, então o pescoço não sustentava a cabeça. Ele trabalhava meticulosamente pela noite, apenas para encontrar pilhas amarrotadas de papel e pasta de manhã. Oats o observava, mastigando silenciosamente seu amigo de papel machê.

Quando, enfim, terminou, e os veados puderam se sustentar sozinhos, ele os carregou, um de cada vez, até a casa de Russell. Colocou-os no quintal da frente, bem onde os outros dois haviam estado.

Aqui, ele disse.

Então caminhou de volta para casa e foi trabalhar, desenhando e planejando. Calculando dimensões de antemão, desta vez. Uma coruja para si mesmo, uma andorinha para Etta.

No dia seguinte, Otto recebeu um cartão-postal no correio. Tinha um narval e o carimbo do correio da cidade de Rankin Inlet. Dizia:

Mudei de direção.
Russell.

Um narval, pensou Otto. Pode ser o próximo. Ele ainda tinha muito jornal.

★

Otto dormia na cidade, e a cidade dormia ao redor de Otto. Tudo quieto, tudo escuro. Gérard, Alistair e ele na casa em ruínas, sonhando com xarope de bordo, com biscoitinhos, canela e com as mulheres que tinham cheiro dessas coisas. Soldados nas casas para cima e para baixo das duas ruas que formavam a cidade onde todos dormiam com meias vivamente coloridas e descombinadas, botas pretas alinhadas e prontas. Os residentes restantes da cidade, em lençóis outrora brancos, olhando diretamente para cima ou para fora, dormiam com olhos abertos como faziam havia anos agora. Seus cães da mesma forma.

Os únicos despertos eram Michele e Gustav, de Trois-Rivières e Selkirk respectivamente, que caminhavam para cima e para baixo, cada um em uma rua, olhando e escutando. Michele, que tinha cabelos demais, escuros, e Gustav, que tinha só um pouco, claros e curtos. Eles caminhavam por suas ruas vinte e cinco vezes, então se encontravam no cruzamento e trocavam, para manter as coisas interessantes. Quando se encontravam, não podiam falar ou fazer qualquer ruído, então apenas sacudiam as mãos, silenciosos, formais, viravam-se e saíam andando em suas novas direções.

Foi Gustav quem ouviu algo. Algo além do crescendo e decrescendo normais das botas de Michele indo e vindo. Algo como uma inspiração, porém de mais ar do que o natural, como todo o ar que você pudesse guardar em você, de uma vez só, então um estalo distante, como as bolas de beisebol que ele costumava jogar contra o muro da escola. Depois nada. Ele começou a suar. Procurou ouvir as botas de Michele. Nada. Sentou na sarjeta, suando muito, as mãos escorregando enquanto descalçava as botas. Ele as deixou ao lado do poste de luz e correu de meias, sem som, amarelo e laranja, até o cruzamento.

Michele estava lá, no chão, no meio da rua. Seu cabelo escuro ficando mais escuro e grosso pelo sangue se juntando nele, vindo da garganta dele dos dois lados. O ferimento aberto como os olhos e a boca de Michele.

Gustav se moveu em direção a ele, então se recompôs e se afastou novamente, para longe, em direção à velha prefeitura, onde os generais dormiam, ele abriu a própria boca para gritar, apesar do que havia sido ensinado, mas a bala que entrou por ela e saiu pela parte de trás de seu crânio acordou a tudo e a todos.

★ ★ ★

Querida Etta,

Tudo foi de muito silencioso para muito barulhento. _____ atrás fomos atacados à noite, o que eu sabia que aconteceria, claro, fui treinado para isso, mas mesmo assim pareceu contra as regras, covarde. Eu sei que ninguém nunca disse que havia regras, mas, mesmo assim, parecia haver, por baixo de tudo, sempre.

Então perdemos nossa espera em _____ e com isso _____ e _____ e _____ e _____ e _____. Retornamos a _____ e ninguém consegue dormir. O fato é: foi terrível. Mas, na verdade, através disso tudo, todo o horror e a falta de naturalidade disso, havia esse vínculo, por estar aqui e fazer essa coisa, a Coisa Certa, com todos. Todos os garotos aqui, e além disso todos os garotos por todo país e este continente, e se alongando até em casa também, para você e todo mundo. Todos mudando junto, todos lutando junto. E mesmo que tudo fosse terrível, aquela coisa, aquela conexão era maravilhosa.

Estou bem, não se preocupe.

Eu sei que vai demorar um tempo, muito tempo ainda, mas ouvi que finalmente eles vão me dar folga para voltar para casa por alguns dias. Estou ansioso por ver você então.

Sinceramente
Otto.

P.S. Ainda nada de _____, mas meus ouvidos estão sempre abertos.

Querida Etta,

São sempre novas cidades agora. Estamos de volta à mudança constante. Mudar, esconder e esperar. Jogar cartas. Escutar em cada direção. Então mudar, esconder, esperar novamente. Usamos cada cidade como um novo disfarce, e eles também. E às vezes escolhemos as mesmas cidades que eles e manchamos as sarjetas e gramas e escadas, até que eles mudem para outra cidade, e ficamos, ou vamos e eles ficam. De toda forma, logo tudo recomeça.

Usei minha arma agora, e meus braços e mãos e unhas e dentes. Nunca senti tanto o meu próprio corpo.

Há esse boato de que eles vão nos mandar novos meninos, para compensar os perdidos, mais e mais. Eu só tenho _____ como colega de quarto agora.

Estou feliz de ouvir que ainda há bailes na cidade, mesmo que não haja quase ninguém com quem se dançar. Se é um consolo, nós também não temos ninguém para dançar além de um ao outro. Ainda assim, às vezes encontramos antigos discos e vitrolas abandonados nessas cidades e os tocamos com o volume baixo. Apesar de ser quase tão baixo quanto nada, os novos residentes fantasmas sempre escutam e saem nas ruas, balançando e sorrindo com rostos rachados, como se não escutassem músicas há milhões de anos.

Quando eu for para casa, vou dançar com você.

Otto.

Etta colocou a carta na mesa, colocou uma das mãos nela. A textura áspera da tinta pouco parecida com a pele, mas suficiente. Então bebeu o resto do leite e foi abrir a escola.

Dez minutos depois da hora marcada para começar o dia, havia apenas Etta na frente, atrás de sua mesa, e Lucy Perkins, de seis anos, em frente a sua mesa.

Bem, disse Etta. Acho que somos só nós.

É, disse Lucy Perkins. Estava segurando seu lápis, pronta.

Onde estão as meninas?

Fazendas. Precisam delas agora.

Mas não de você?

Minha mãe está vendendo a fazenda.

Oh. Sinto muito. Bem. O que você mais gostaria de aprender, Lucy Perkins?

Gosto de cantar. E de gatos.

Tudo bem. Hoje será o Dia da Cantoria e dos Gatos. O Dia de Lucy Perkins.

Uma semana depois, Willard Godfree, superintendente de uma grande área do Escritório Cívico e Metacívico, veio para ver Etta durante as horas letivas. Ela e Lucy Perkins estavam desenhando um gráfico de gatos por tamanho, do gato africano de pés negros aos tigres siberianos e de bengala.

Sinto interromper, disse Willard Godfree, esfregando as botas no capacho da frente, ainda segurando a porta aberta.

Tudo bem, claro, disse Etta. Bom vê-lo, sr. Godfree. Apesar de, na verdade, não ser.

Gostaria de terminar esta lição? Posso esperar numa mesa nos fundos.

Sim, obrigada.

Ela e Lucy desenharam um gato doméstico, um lince canadense, uma jaguatirica, um puma, um gato-chinês-da-montanha, um caracal, um gato-dourado-asiático, um guepardo, um leopardo-das-neves, um leão e quatro tipos de tigre. Então Etta deixou Lucy colorindo e foi até onde Willard Godfree estava sentado, mãos entrelaçadas descansando na pequena mesa na frente dele.

Tudo bem, ela disse. Como posso ajudá-lo?

Eles a deixaram ficar com a casa.

Não há nenhum uso para ela, agora, então você pode, quero dizer, é o mínimo que podemos fazer.

Havia uma possibilidade de que, chegado o inverno, quando as fazendas estivessem mais calmas, eles poderiam começar a escola novamente. Ou quando as coisas se aquietassem e todo mundo voltasse para casa. Mas, por enquanto, Lucy Perkins e qualquer outro seriam encaixados na escola da cidade, e a escola de Etta seria fechada. Um ônibus ou cavalo seria enviado nas manhãs e tardes para Lucy. Você pode ir também, se quiser, se ajudar.

Willard Godfree não era um homem mau. Ele se sentia péssimo com o que estava fazendo.

Eu me sinto péssimo com o que estou fazendo, disse. Tirou os óculos e esfregou o lugar onde eles ficavam no nariz. Ele era velho. Velho demais para lutar.

Tudo bem, disse Etta.

Quando ele se foi, ela terminou o dia com Lucy. Transformaram seus gatos num pôster, um pôster gigante, colorido, de tirar o fôlego. Dê para sua mãe, disse Etta.

Quero que fique com você, disse Lucy. É para você. Quando as crianças voltarem, você pode mostrar a elas.

Obrigada, Lucy. Quer que eu te acompanhe até em casa?

Ah, não. É fácil. Faço isso o tempo todo.

Ainda assim, Etta a acompanhou pela maior parte do caminho. Até poder ver o desconjuntado azul e creme da casa de fazenda dos Perkins. Lucy cortou caminho pelo pasto, passando por ovelhas dispersas balindo, grandes em comparação como ela corria.

Etta colocou o pôster na cozinha e mentalmente alinhou suas opções diante dela na mesa. Numa pilha:

Ela poderia voltar para os pais. Voltar à cidade. Passar um tempo lá, se reorientando. Seria bom estar no mesmo lugar que eles novamente. Se sentir em casa da forma mais fácil.

Em outra pilha:

Ela poderia tentar comprar a fazenda dos Perkins. Aquele lugar era seu lar agora. Poderia ficar por perto. Poderia aprender sobre vacas, galinhas e grãos. Seria bom sujar as mãos. Sentir o próprio corpo, como Otto descreveu sentir o dele. E talvez Russell ajudasse.

Em outra pilha:

Ela poderia arrumar um emprego. Algo para ajudar. Numa fábrica, digamos, fazendo coisas que eram necessárias. Usando macacões e botas pesadas como um homem. Fazendo sua parte para reverberar algo a mais no mundo.

Bem, ela disse para a mesa, para as três pilhas, acho que a escolha é fácil então.

Naquela noite, ela ficou acordada até tarde, esperando até o ar ficar tão frio que o forno poderia ser usado sem abafar a casa toda, e fez biscoitos de aveia e passas e bolo de tâmaras.

Querido Otto,

Não sei se isso funciona, enviar comida. De certa forma, sou cética, já que sei que nossa correspondência viaja por muitas mãos e olhos em seu caminho de mim para você ou de você para mim. (Suas cartas são como desajeitados flocos de neve com todos os diferentes padrões vazados.) Mas, na possibilidade de que funcione, deverá encontrar uma pequena seleção de coisas aqui para você. Eu as fiz na noite passada, então você pode se consolar com o fato de que já foram frescas um dia. (Quando eu era pequena, minha irmã mais velha, Alma, fazia a maior parte das coisas melhor do que eu, mas não cozinhar. Ela trabalhava na mesma receita seguidamente, procurando minha mãe para ajudar, mandando-a embora, e sempre terminava com um biscoito seco demais, um bolo meio cru no centro, pão como borracha gasta. Porém, para mim nunca era difícil, eu podia sentir através da colher a consistência, o equilíbrio necessário, como se sabe se uma música está na afinação certa ou se algo é vermelho ou verde.)

Então, se você não consegue encontrar conforto no sono ou segurança, encontre aqui (esperançosamente) na manteiga, no açúcar, na farinha, na fruta. E se esse pouquinho de energia a mais vai fazer com que se mova um pouquinho mais rápido ou pense de um modo um pouquinho mais aguçado para se manter seguro, bem, isso também é bom.

Etta.

P.S. Eles fecharam a escola agora, por não ter alunos. Mas não se preocupe. Tenho um plano.
P.P.S. Meu endereço de correspondência permanecerá o mesmo.

Na manhã seguinte, ela pegou o ônibus para a cidade com Lucy.

Isso é ótimo!, disse Lucy. Ainda podemos ser amigas, no ônibus.

O ônibus as deixou na escola maior, mais quadrada, da cidade, e Etta caminhou de lá para o correio, então para o Centro de Recrutamento de Cidadãs, que havia sido montado na sala dos fundos da casa de Virginia Blanchford. Para chegar a ele, Etta seguiu placas através do quintal da frente, passando por janelas em que podia ver camas e coisas de crianças, seguindo pelo quintal dos fundos, subindo três degraus até a porta onde havia uma pequena placa, na fonte oficial do governo:

CENTRO DE RECRUTAMENTO DE CIDADÃS – AQUI!

Etta podia ver partes da linha pontilhada pela qual você deveria cortar embaixo e dos lados.

Virginia Blanchford estava lá. Tinha um bebê no seio e duas crianças pequenas dormindo num cobertor aos seus pés. Bem-vinda!, ela sussurrou, enquanto Etta entrava, sua chance de fazer a diferença! Ela sorriu. Etta sorriu. Ela passou a Etta um formulário. Dizia,

SOBRENOME?
NOME DE BATISMO/NASCENÇA?
DATA DE NASCIMENTO?
ENDEREÇO DE CORRESPONDÊNCIA?
OPORTUNIDADES NA SUA ÁREA (POR FAVOR, MARQUE A PREFERIDA):
1) Trabalho na fábrica de munições.

Tem uma caneta para emprestar?, Etta sussurrou.
Claro... sim, em algum lugar. Ah! Aqui. Ela apontou sobre suas cabeças para uma lata com alguns lápis apontados encarapitada no alto de uma prateleira. É mais seguro aí, ela sussurrou. Etta se esticou e pegou um.

É só uma opção?, ela disse.
É uma boa opção. É bem na cidade.
Tudo bem, disse Etta. Ela marcou um sinal ao lado.

1) Trabalho na fábrica de munições.

O que acontece agora?
Você me dá esse formulário e se apresenta na fábrica. Sabe onde é? No canto leste da cidade? Depois dos elevadores? Amanhã de manhã, oito e meia. Mas pode ir pegar seu uniforme hoje, se quiser. Pode precisar de algum ajuste, então talvez você queira pegar antes. Qualquer hora antes das seis e meia da noite de hoje.

Ainda era cedo, então, antes de ir para a fábrica, Etta seguiu pelo longo caminho até a casa dos pais. Ajudou a mãe com as tarefas até o pai voltar para casa para o almoço, então todos comeram juntos.

Estão tentando nos fazer comprar uma fazenda, sabe, disse o pai. Como se eu pudesse fazer muita coisa numa fazenda, quase aos sessenta.

Não me importo com a ideia, disse a mãe. Acho que ainda posso levantar e carregar. Estão oferecendo um bom subsídio pela terra.

E quando o fazendeiro original voltar? O pai.
Eles sabem quais não vão voltar. A mãe.
E vendem barato suas coisas.
Vendem a terra. Para que todos possamos comer.

No prato do pai de Etta havia um pão branco com manteiga. Cenouras. Ele não havia pegado ainda nenhum presunto.

Não quero que vocês tenham nenhum problema especial porque estou aqui, Etta disse.

Não é problema, sua mãe disse.

Enfim, não queremos deixar esta casa. Não quero deixar meu trabalho. Quem vai editar os jornais se todos os editores se tornarem fazendeiros?, disse o pai dela.

Hum. Acho que, se vamos ter de passar fome, podemos bem ser capazes de ler sobre isso, disse sua mãe.

Gosto dessa casa também, disse Etta. E sei de alguém que pode estar a fim da fazenda que é oferecida.

Você?, disse o pai, parecendo preocupado.

Você?, disse a mãe, parecendo empolgada.

Não, disse Etta. Eu não. Um garoto que conheço. Um ex-aluno. Um amigo.

Ela pegou seu uniforme, depois de lavar os pratos, e viajou de volta para casa com Lucy no ônibus escolar.

Como foi seu dia?

Tinha tanta gente. Fiquei perdida.

Mas foi legal também? Uma aventura?

Sim... tinha duas outras meninas com meu nome, então somos todas gêmeas. Isso é legal.

Bom, disse Etta.

O uniforme, um macacão azul-marinho com lenço para a cabeça combinando, tinha buracos nos cotovelos e um tecido amarrotado num dos bolsos. Etta remendou os buracos, jogou fora o tecido e colocou-o sobre o vestido para caminhar até os Vogel. A sra. Vogel, do lado de fora, pegando pedras no mato com um dos garotos mais novos, a viu primeiro. Acenou para ela.

Veio nos ajudar com as pedras, Etta? Você parece pronta para isso.

Não, desculpe, sra. Vogel. Estou procurando o Russell. E olá, Emmett. É uma boa quantidade.

Ele está de volta com sua tia. Ela precisa de ajuda agora que o tio se foi.

Oh. Tudo bem, obrigada. Espero poder vir ajudá-la outra hora.

Ela encontrou Russell no celeiro da tia, cantando baixinho para as vacas enquanto verificava seus olhos e línguas.

Você!, ela disse.

Ele se virou, não ouvira ela entrar. Psssiu! As vacas! Então, se corrigindo, mais baixo, as vacas.

Você!, Etta disse novamente, mais baixo desta vez, um sussurro sibilante, não me contou que seu tio havia partido. Por que não me contou?

Por que contaria?

Porque sou sua amiga, Russell. Porque é uma coisa importante. Porque você pode, não, você deve me contar as coisas importantes.

Não é uma coisa importante; todos os homens estão indo, ou já foram.

Você não.

Não. Eu não.

Uma das vacas suspirou, um suspiro profundo com o peso de uma vaca. Russell se aproximou e correu uma das mãos por suas costas. Etta, ele disse, está usando roupas estranhas.

Ah, sim, disse Etta. Eu queria te mostrar. Meu novo uniforme. Estava quente ali com todos os animais, pesado com o ar fechado.

Você é uma garota da fábrica agora?

Uma operária da fábrica. A partir de amanhã. Já que eles fecharam a escola por falta de alunos...

Ah, eu não fazia ideia. Droga. Sinto muito. Os Vogel precisavam de mim, e daí minha tia. Eu teria ido, se soubesse...

Tudo bem, Russell, sério. Não é culpa sua. Todos os alunos estão na mesma situação. Bem, exceto Lucy Perkins.

A mãe dela está vendendo a fazenda, ouvi dizer. Ele acariciou a vaca ao longo do pelo curto e denso.

É, ouvi dizer também. É mais ou menos por isso que vim ver você.

Não apenas para me mostrar seu uniforme e gritar comigo por causa do meu tio?

Não apenas por isso. Além do mais, só soube de seu tio pela sra. Vogel há vinte minutos. Não, é porque eles estão tentando fazer meus pais pegarem uma das fazendas perdidas. Mas meus pais não querem. Bem, meu pai não quer, pelo menos, o que significa que eles não vão aceitar. Então, eu estava pensando, você deveria.

Eu deveria pegá-la?

Você deveria pegá-la! Uma fazenda! Só sua! Você tem idade suficiente, você está aqui! Você quer uma! E está na área, então você ainda poderia ajudar sua tia, os Vogel. Poderia plantar e cultivar estrategicamente para isso.

Eu poderia pegá-la.

Sim!

Mas e quanto à mãe de Lucy Perkins?

Que tem ela? Ela não quer, tenho certeza.

Sim, mas se estão dando terra, como ela vai vender a sua?

Bem... Não sei. Mas não é sua culpa, ou sua responsabilidade.

Ainda assim. Somos tão poucos espalhados por aí agora.

Só por enquanto, Russell. Otto e Winnie e seu tio e todo mundo virão para casa logo mais e vão encher a terra novamente. É só por enquanto. E isso significa que há apenas uma fazenda de graça para você agora, Russell. Você tem de pegá-la.

Acho que tenho.

Você tem.

Tudo bem, eu vou.

Claro que vai! Ela estava dando um largo sorriso agora, com todos os dentes. É empolgante, Russell!

Acho que é. O sorriso dela era tão grande e tão real. Ele se afastou da vaca suspirosa em direção a Etta em seus passos desajeitados, nada sutis. Mas por que você não pega?

Não sou fazendeira, Russell. Sou professora. E operária agora, olhe para mim.

Mas poderia ser.

Acho que não. Ela colocou uma das mãos no ombro dele, nem pesada nem leve, apenas sua mão, e Russell, sem pensar, fechou os olhos. Mas você será ótimo, ela disse. Apertou o ombro dele um pouco, e Russell abriu os olhos novamente. A outra mão de Etta estava atrás da bezerra caramelo; era uma ponte entre os três. E vou te ajudar, se precisar. Deixando as duas mãos caírem ao lado do corpo. O sol no celeiro como uma coisa sólida, bronze sólido.

Tudo bem, disse Russell, enquanto Etta seguia para a porta do celeiro, para voltar para casa, se preparar para dormir e trabalhar no dia seguinte. Ele tinha a própria mão em seu ombro, onde a dela havia estado. Obrigado, Etta.

Se você está feliz, eu estou feliz, Russell, ela disse.

A partir daquele dia, a cada manhã, Etta e Lucy Perkins pegavam o ônibus juntas para a cidade.

Gosto de sua calça, disse Lucy. Eu queria ter calças.

Obrigada, disse Etta. Ela usava o macacão todo dia, pinicando e franzindo, um pouco curto nos tornozelos e pulsos, mas uma parte dela, mais e mais, como uma concha. Talvez você use, um dia.

É. Tomara.

Elas se separavam na escola, e Etta caminhava vinte e cinco minutos para o lado leste da cidade, passando pelos elevadores de grãos, até a fábrica. E a cada manhã, conforme andava, outras mulheres se juntavam a ela, caminhando na mesma direção, nos mesmos macacões marinho. Quanto mais perto chegavam da fábrica, mais e mais se reuniam, até estarem todas juntas, passando pelo gargalo do relógio de ponto e pela estação de remoção de joias como uma água num ponto baixo. A cada manhã, quando era a vez de Etta no posto, ela carimbava seu cartão, e Thomas, o cara da segurança com sobrancelhas como estalactites, perguntava: aliança de casamento? E Etta abria os dedos diante dele, limpos, nus, e ele a deixava passar para os salões gigantes que tinham cheiro de cobre gelado.

Nas noites depois do trabalho, em casa ao lado da escola trancada, Etta cozinhava. Coisas para ela e as outras operárias, para Russell, para Lucy Perkins e sua mãe, e para embrulhar com papel pardo e barbante e mandar a quilômetros e quilômetros de distância para Otto. Ela cantava para si mesma enquanto seu cabelo lentamente deixava ir o cheiro de metal e se encharcava de canela, noz-moscada, baunilha. Suas mãos subiam e desciam pela massa, para cima e para baixo, pressionavam e levantavam, trazendo ar, esmagando; enquanto os pés de Otto subiam e desciam com suas botas, para cima e para baixo, pressionavam e levantavam, trazendo espaço, esmagando.

* * *

Russell caminhou com Glenda Hubert através de uma pista de obstáculos de rochas, buracos, plantas e terra. Ela era a esposa de Rory Hubert, ex-fazendeiro, agora soldado; mãe de cinco crianças crescidas, duas aqui, três longe; avó de quinze, idades de zero a doze; e há um ano, diretora do Comitê do Projeto Regional Gopherlands de Recuperação de Fazendas. Seu macacão cinza tinha C.P.R.G.R.F. bordado à mão nas costas, com as letras ficando menores onde ela havia começado a ficar sem espaço. Olhe para os pés, ela disse, este lugar é como areia movediça de tantos buracos de esquilos.

OK, disse Russell. Obrigado.

Caminharam por vinte e cinco minutos ao redor de um quadrado não muito exato. Tudo certo, disse Glenda, é isso. Vai aceitar?

Russell se endireitou depois de quase tropeçar numa rocha do tamanho de uma pequena ovelha. Sim, ele disse, vou.

Vai ter de prometer arrumá-la e viver nela e fazê-la produzir novamente durante o ano. Vai ter de assinar coisas. Vai ser capaz de fazer isso?

Russell olhou sobre o ombro do macacão cinza de Glenda para o oeste; não havia nada além de terra e plantas e rochas por quilômetros e quilômetros e quilômetros. Sim, ele disse. Sim, vou. O sol quase se pondo iluminava tudo em caramelo, laranja e dourado.

12

E Etta caminhava e caminhava, e James caminhava também, às vezes correndo na frente, às vezes fungando atrás, às vezes ao lado dela. Rochas, lagos, árvores. Rochas, lagos, árvores.

E Otto ficava acordado e produzia e produzia. Uma coruja, uma andorinha, um narval, uma marmota, um casal de guaxinins, uma raposa, um ganso, um esquilo, uma cascavel, um bisão que levou noites e noites, um lince, uma galinha, um coiote, um lobo, uma coleção dos menores e mais delicados gafanhotos.

E Russell estava em algum lugar no norte, e ninguém sabia onde, exceto ele.

Winnie estava morta agora, mas não havia muito tempo não estava. Ligara para eles, Otto e Etta, numa chamada interurbana de Paris, pelo aniversário de Otto.

Vai vir para casa?, ele perguntou, como sempre perguntava.

Esta é minha casa, ela disse, como sempre dizia, voz profunda com as ranhuras de um sotaque que enfraquecia quanto mais ela falava com ele.

Tudo bem, disse Otto. Só queria verificar de novo, só por precaução.

Ah! Em segundo plano, uma língua estrangeira que ele não entendia.

Sessenta e cinco anos, Winnie. Pensou nisso, quando partiu?

Sim, acho que pensei.

Humm...

Ei, Otto, como está Etta?

Ela está... bem a maior parte do tempo. A maior parte do tempo ela está bem.

OK. Otto?

Sim?

Se precisar de mim aí, você sabe que irei. Irei para casa.

Eu sei, obrigado, Winnie. E obrigado pelo presente, o globo.

Chegou em tempo? Não quebrou?

Chegou perfeito. Lindo. Obrigado.

De rien. Joyeux anniversaire, mon vieux.

* * *

Querida Etta Gloria Kinnick

Eu olho cada bala agora e me pergunto se você a olhou também.

Não com frequência, mas ocasionalmente, Otto se deparava com uma noite de folga num lugar grande e com suficiente capacidade de recuperação para ainda ter bares, música e mulheres. Apesar de em casa ele só beber cerveja e uísque de centeio, aqui Otto bebia vinho, manchando língua e lábios de um vermelho profundo. As bebidas eram sempre de graça para os soldados.

Havia uma mulher chamada Giselle que estava sempre por perto. A cidade ou a vila era diferente, mas Giselle estava lá, a mesma Giselle. Seu cabelo era curto e escuro, e ela sempre encontrava Otto antes de ele encontrá-la.

Meu favorito, ela dizia. O garoto de cabelo branco. Está pronto para dançar?

Com quem você dança quando não estou aqui?, perguntava Otto contra acordeões e clarinetes.

Você não é meu único favorito, dizia Giselle. Uma das mãos pressionava as costas dele, a outra em seu cabelo.

Etta,

_____ _____ _____ _____ então achávamos que estávamos nos aproximando deles, mas na verdade eles estavam se aproximando de nós e _____ _____ _____ _____ _____ _____ e eu corremos, não perseguindo, mas escapando, apenas correndo, até que me encontrei _____ _____ e estava escuro e fechado, mas estávamos no escuro há tanto tempo que podíamos ver tudo, e eu pude *vê-lo, esse _____ nas costas, contra a parede, respirando como se estivesse correndo também, e eu sabia que ele podia me ver. Sua mão direita grudada no corpo, a minha também. Eu queria dizer algo, mas não sabíamos as mesmas palavras. Então um _____ _____ e ele começou, saltou e abaixou a mão rapidamente e eu me abaixei atrás de uma estante de livros e busquei com meu braço e atirei e atirei. Tudo num movimento só, como uma respiração, uma palavra. Então saltei para cima e para fora, fora de _____ _____ fora de lá e comecei a correr novamente, e corri e corri, e o pensamento que pulsava em minha cabeça era Escreva Isso, Escreva Isso, e eu sabia que se eu mantivesse esse pensamento na frente de todos os outros pensamentos então eu ficaria bem porque eu teria de ficar seguro no meu corpo e mente tempo o suficiente para voltar para minha caneta e papel para fazer isso.*

E dançando com Giselle, cujo cabelo encaracolava-se em seu rosto apenas um pouco e que tinha cheiro de perfume, a doçura de flores guarnecida com a pungência do álcool que guiava seu nariz e sua boca para lugares em que ela o passara, nos pulsos, atrás das orelhas, entre os seios, até as ligas de suas meias.

Querida Etta,

A cada vez, cada coisa te acerta como água na cara, como gim na garganta, dizendo Isso É Real Isso É Real Isso É Real. Como se tudo lá em casa, mesmo Regina, e Halifax, e o trem, tudo isso tivesse sido só um cenário num palco, e quando você olha para trás, se abre, você vê que era só uma fachada, e que a coisa real é isso, sempre isso, apenas isso.

    Não vai demorar muito até que meu primeiro ano acabe e eles me mandem para casa por alguns dias e, Etta, nem estou certo de que quero ir. Não estou certo de que vou ser capaz de fundir isso com aquilo, que até seja possível. Tenho relido suas cartas e olhado muito para a foto da escola, as crianças e você. Esses pontos conectam isso com aquilo. Lembrando-me de que aquilo ainda existe, que aquilo ainda é alguma coisa.

Etta,

Vou tirar folga e irei para casa em dez dias. O ano tão grande até que acaba, como andar por um campo de trigo completamente crescido. Vai levar outros _____ _____ para atravessar, então três dias para o trem, então devo estar aí _____ _____. Gostaria que estivesse só você na estação. Só naquele momento, voltando para casa. Minha mãe e pai, Russell, irmãs e irmãos, seriam demais; temo pelo que posso sentir ou fazer. Você entende? Vou te procurar lá.

    Sinceramente,
    Otto.

Quanto tempo leva uma travessia? Etta levou biscoitinhos para a nova fazenda de Russell. Ele estava lá fora, repintando a nova velha casa. Branca. O sol quase se pondo.

Hum, acho que Otto levou sete dias quando foi. Mas pode ser mais rápido. Acho que meu tio levou só quatro dias... Entre quatro e oito, eu diria. Ele estava em cima de uma escada, falando. Por quê?

Curiosidade. Ela colocou o prato de biscoitos de lado, longe da escada e dos respingos. Vou deixar isso aqui, tá?

OK, obrigado. Levo o prato de volta para sua casa quando terminar.

Deixe que venho pegar. Meus turnos na fábrica vão ser um pouco imprevisíveis por um tempo, acho.

Tudo bem.

Então, boa noite, Russell, não se esforce demais.

Ele a viu partir, uma boa vista da escada, por todo o campo. Quando ela estava fora de seu campo de visão, ele desceu e pegou um biscoito. Comeu-o com a mão cheia de tinta.

Havia só um trem por dia para a cidade, e geralmente ninguém chegava ou descia; ele só parava quando solicitado, e geralmente os vagões apenas passavam ruidosamente, entre duas e meia e duas e quarenta, todo dia, exceto domingo. Mas em qualquer dia alguém podia descer, havia sempre a possibilidade. Então Etta calculou: Otto poderia estar vindo para casa qualquer dia entre a próxima quinta e a seguinte. Qualquer dia menos domingo. Ela perguntou na fábrica se podia mudar para o turno da noite.

Só por uma semana?

Uma semana e um dia, por favor.

Ela ficou com seus pais para que pudesse caminhar para a fábrica, já que o ônibus da escola não fazia o turno da noite.
Ela contou a eles, apenas,
Estou trabalhando de noite na fábrica.
O que não era mentira. Eles não perguntaram por quê, ou se esse tipo de troca era normal, se eles deveriam esperar que ela precisasse deles com frequência, se eles deveriam manter a velha cama dela feita. Mas eles mantiveram, por precaução.
E ela contou a Lucy Perkins, na quarta anterior, a caminho de casa, elas quase se esbarrando no cascalho, em seus assentos de costume.
Não vou estar no ônibus por um tempo.
Por quanto tempo?
Por oito dias.
Vai lutar.
Não, não.
Tudo bem. Vou guardar seu lugar.
Então, começando naquela primeira quinta, Etta iniciou um novo tipo de ritual, colocando o vestido azul-claro com as mangas casquillo, a cintura justa e a gola passada à uma e quarenta e cinco da tarde, caminhando para a estação em tempo de estar lá pouco depois das duas, parada na plataforma e esperando por doze minutos, a adrenalina se acumulando paralelamente ao som do trem que se aproximava, discernível a quilômetros de distância, e vendo com a respiração suspensa enquanto passava por ela. Então ela limpava a poeira que o trem havia jogado em seu rosto e vestido e, entre duas e catorze e duas e dezesseis, caminhava de volta para a casa dos pais, tirava o vestido e voltava a dormir ou ler, ou ajudar a mãe, ou conversar com o pai, até que era hora de colocar o macacão e caminhar para o trabalho ao pôr do sol.
As meninas do turno da noite eram diferentes. Quando Etta apareceu da primeira vez, uma delas, que havia trocado

seu lenço azul-marinho por um verde com bolinhas amarelas, disse,

Garota nova, alguém a morda.

E outra menina, sem lenço, mas com batom vermelho vivo, agarrou o braço de Etta, levou à boca e gentilmente mordeu seu pulso, deixando leves marcas de dentes e pronunciadas marcas de lábios. Somos vampiras, viu, meninas da noite. Então temos de fazê-la uma de nós.

Mais disso e mais conversa eram permitidos no turno da noite. Evitava que todo mundo dormisse.

Por que a troca?, disse a verde com bolinhas amarelas.

Só queria experimentar, disse Etta.

Sério?, disse a de batom. Ela levantou uma sobrancelha. Experiente, perspicaz.

Na primeira quinta, ninguém saiu ou entrou no trem, e ele apenas passou, constante, rítmico, não-vou-parar-não-vou-parar.

Sexta foi igual.

Sábado, Etta pôde ouvir o *ritardando* chiado do trem às duas e dez. Manteve as mãos nas costas, apertadas. Respirou lufadas profundas da poeira arremessada. Às duas e onze, uma mulher chegou correndo à plataforma, ofegante, segurando duas malas pequenas com alças prateadas. Sorriu para Etta, esfregou a mão dramaticamente na testa. Às duas e treze, ela subiu os três degraus de metal do trem. Às duas e quinze, o trem acelerou novamente e se afastou, inicialmente com esforço, então mais e mais tranquilo enquanto ia embora.

Domingo, Etta pegou o carro do pai para ir até seu chalé de professora, onde regou as plantas e cuidou do jardim, tirou o pó de pradaria que havia se acumulado nas superfícies e nos objetos mais largos e lutou com seu corpo para saber quando dormir.

Segunda, ninguém entrou ou saiu do trem, rítmico, não-vou-parar-não-vou-parar.

Terça, Etta pôde ouvir o trem às duas e sete da tarde. Manteve as mãos nas costas, apertadas. Respirou lufadas profundas da poeira arremessada. Ninguém mais na plataforma às duas e dez ou duas e onze. Etta se lembrou de piscar. Correu a mão pelo cabelo. Podia ver as janelas do trem agora, e elas podiam vê-la.

Às duas e doze, o trem parou. Às duas e treze, as portas do terceiro vagão do trem se abriram, e Otto desceu os três degraus de metal, um, dois, três. Seu cabelo estava tão branco quanto a poeira.

Só tinha uma sacola, verde, macia. Ele a jogou na plataforma enquanto caminhava até Etta.

Otto, ela disse, seu cabelo.

Ele colocou as mãos nos braços dela, sobre o cotovelo, segurou-os, e beijou sua boca e beijou e beijou para que nenhum dos dois pudesse respirar e nenhum dos dois queria.

13

Querida Etta,

Preparei algumas coisas para você, para quando você voltar. Entendo agora, todos os bolos e biscoitos que você me mandava, passados e despedaçados, embrulhados com papel pardo e barbante. Agora você está longe e estou aqui. Então vou preparar coisas e mais coisas, até você voltar, para lembrar a você e a mim mesmo: há razões para voltar para casa.

As pessoas começaram a reparar na coleção de Otto. Passando por lá, você podia vê-la transbordando da casa como uma venda de garagem estendida. O que é isso?, perguntou uma menina da casa vizinha, passando com os pais a caminho das aulas de natação.

Parece... um lobo?, disse o pai.

Ah, e um bisão!, disse a mãe, apontando, e... Não sei dizer, isso é um gato?

Um gambá?

Acho que esses são coelhos.

São de verdade?

Podemos não ir nadar?

Temos de ir nadar.

Achei que gostasse de nadar.

Eu gosto, mas...

Isso é uma baleia?

Durante as horas do dia, o trânsito se tornou pesado na rua de mão única, arrastando-se como uma parada, com os animais de Otto, todos combinando em sua cor creme de farinha, água e impressão de jornal, como uma plateia congelada. Mas Otto nunca notou a parada, dormindo a cada dia agora durante a hora do sol.

Após cinco dias de peixe, James e Etta chegaram aos arredores de uma cidade.

Vou dar a volta e te encontro do outro lado, disse James, que não gostava de cidades. *Vou farejar por você lá.*

Combinado, disse Etta, para quem a perspectiva de pão, açúcar e manteiga era ainda mais urgente do que companhia. Deve ter um mercado nesses subúrbios, não devo demorar muito.

Ela parou na primeira loja que encontrou, um posto de gasolina. Comprou pães doces embalados em plástico, três pacotes de amêndoas, um litro de suco de laranja, seis pedaços de alcaçuz vermelho retorcido e um sanduíche de queijo. Enquanto colocava item por item no balcão para o caixa, ela perguntou: Tem um mercado por perto?

E o atendente virou a cabeça e apontou para uma placa presa na caixa registradora que dizia:

En Français, s'il vous plaît.

Foi assim que Etta percebeu que havia chegado a Quebec. Certo, disse Etta. Tudo bem. Humm... *Pouvez-vous dire moi où je trouverais une shoppe de grocerie?*

Assim é melhor, disse o atendente, em inglês. Só gosto de um pouco de esforço, entende? Tão perto da fronteira, é fácil se sentir esquecido, entende? Então, obrigado, Etta. E, por acaso, há um mercado a não mais de seis quarteirões daqui. Dois quarteirões naquele sentido, ele apontou em direção aos picolés e aperitivos congelados, então quatro quarteirões naquele outro, ele apontou para trás de Etta, para os fundos da loja. Tem uma grande placa vermelha. Chama-se BOUFFE-BONNE. Eles têm belos tomates.

Só quando Etta se viu num quadrado de grama entre duas casas idênticas, comendo seu sanduíche, os pãezinhos doces e bebendo o suco que ela se deu conta do que a havia incomodado no homem do posto. Ele a chamara de Etta. Mas ela nunca o havia visto antes; ela não sabia o nome dele. Tentou se lembrar de seu rosto, seus traços, mas só podia se lembrar de sua mão apontando para esse e aquele lado. Ela tirou do bolso um pedaço de papel cuidadosamente dobrado:

Família:
Marta Gloria Kinnick. Mãe. Dona de casa. (Falecida)
Raymond Peter Kinnick. Pai. Editor. (Falecido)
Alma Gabrielle Kinnick. Irmã. Freira. (Falecida)
James Peter Kinnick. Sobrinho. Criança. (Nunca viveu)
Otto Vogel. Marido. Soldado/Fazendeiro. (Vivo)

Nenhum desses fazia sentido. Mas Russell não estava nessa lista, e ela sabia que conhecia Russell. Pegou uma caneta e escreveu:
Russell Palmer. Amigo. Fazendeiro/Explorador. (Vivo)
abaixo do nome de Otto. Mas não, não, esse garoto não era Russell. Mas havia outros. Outros faltando. Primos? Cunhados e cunhadas? Amigos? Outros? Ela queria que James estivesse lá.

Não foi difícil de achar o BOUFFE-BONNE, como o homem dissera, dois quarteirões numa direção, quatro mais à frente. Então, pensou Etta, ele não é um mentiroso, pelo menos.

Ela encheu completamente sua mochila, então pegou cinco das sacolas plásticas do mercado, encheu uma, guardou as outras quatro para pescar e outras emergências. Isso era o tanto que ela poderia carregar confortavelmente.

Levou tudo para o caixa número quatro, operado por um adolescente cujo uniforme dançava nele.
Bonjour, ela disse.
Etta!, ele disse.
Etta parou de descarregar suas sacolas na esteira. Esse garoto também. Esse estranho jovem magrelo. Ela puxou pelas

lembranças, tentou reunir, organizar. Amigo? Tio? Sobrinho? Franziu as sobrancelhas para se concentrar, para se lembrar. Olhou para suas compras. Por que tanta coisa? E esse tipo de comida? Ela comia esse tipo de comida?

Etta, continuou o garoto, alongando as sílabas, Et-ta. Acho mesmo que você é incrível. Queria mesmo dizer isso. Você é mesmo, mesmo. A voz dele lutando para dizer tanta coisa, tão rápido, numa língua que não era a sua. Sabe de uma coisa? Vou ver se podemos arrumar essas comidas de graça para você. Sério, devemos poder fazer isso. Sim? Não? Não se preocupe, nenhum problema. Espere aqui, eu já volto.

Etta apertou e espremeu os pensamentos. Nada, nada. Ela olhou ao redor atrás de pistas, agora que o menino havia saído. A caixa registradora, sua comida, os outros clientes, as fileiras de comida em caixas e sacolas empilhadas e etiquetadas em duas línguas. *English-French. Français-Anglais.* Ela sabia essas coisas. A parede além das caixas registradoras era principalmente janelas dando para o estacionamento. Janelas e quadros de avisos etiquetados com coisas como ANNONCES LOCALES e CHOSES PERDUES e, mais distante, ao lado das portas automáticas que se abriam e fechavam em chiados sempre que alguém passava, HÉROS D'ICI. E lá, no lado esquerdo de HÉROS D'ICI, entre uma foto de um golden retriever e uma família em traje de banho, estava Etta. A foto recortada de um jornal com um pequeno artigo e um mapa ao lado.

Tenho ótimas notícias! O garoto estava voltando. Ele enrolava as mangas frouxas enquanto se aproximava. Minha gerente diz que é tudo grátis!

Marchando atrás dele havia uma mulher sorridente com cachos grisalhos. *Oui! C'est vrai!*, ela disse.

Onde você encontrou aquela foto?

O caixa e a gerente pararam a marcha e se viraram para o quadro dos HÉROS D'ICI. Estava em todos os jornais, Etta.

E o artigo também. E agora o *National* publica aquele pequeno mapa todo dia, atrás da seção "Life & Times", imaginando onde você está. Nós recortamos e pregamos todo dia. Bem, o Janiel aqui faz isso. Ele é um de seus maiores fãs.

Janiel corou. Bem, ele disse, é só que, é muito legal mesmo, certo? Eu acho...

Ah! E isso significa, interrompeu a gerente, que podemos dar uma localização! Localizamos você, certo! E eles vão nos agradecer na próxima atualização do mapa!

Então, eles não conheciam mesmo Etta. Então, ela não os havia esquecido. Tudo bem. Tudo bem. Mas agora isso. Ela respirou fundo. Só que, ela disse...

Ambos se viraram, para longe do quadro, de volta a ela, ávidos.

... não deveria ser uma grande coisa. Só deveria ser... silencioso.

Claro, disse a gerente, baixando a voz.

Claro, disse Janiel.

Por isso estamos tão empolgados.

Eles ajudaram Etta a guardar suas compras. Já houve muitas... localizações relatadas?, perguntou Etta, enfiando cenouras nas laterais das sacolas onde conseguia encontrar espaço.

Ah, sim, muitas. Mas muitas são inventadas. Como esse cara em Vancouver que disse que viu você num grande parque lá.

E aquela senhora em Nebraska.

E aquele cara lá do norte, aquele cara criador de alces.

Russell?, disse Etta.

Nem sempre eles deixam os nomes, disse Janiel.

Agora as compras estavam todas guardadas e Etta pronta para partir, queria sair, encontrar James e ver o que ele achava disso e o que sabia sobre isso.

Então, com isso em mente, disse a gerente, tudo bem se tirarmos uma foto com você? Podemos pedir a um dos clientes para tirar.

*

Etta ficou cercada por um pequeno grupo de caixas em uniformes vermelhos do BOUFFE-BONNE, com a gerente sorridente ao lado dela, no centro. O cliente-fotógrafo sorriu exageradamente e disse, *Prêt? Un, deux, trois...*
Depois que a gerente e os outros caixas voltaram ao trabalho, Janiel caminhou com Etta até o estacionamento. Ele revirou o bolso. Etta, disse, poderia levar isso com você? Segurou uma garça de papel do tamanho de uma moeda de cinco centavos e um pouco amassada por estar no bolso. Minúscula na longa mão dele.
Sim, claro, disse Etta, pegando-a e colocando no bolso.
Ela encontrou James novamente no lado leste da cidade, onde os subúrbios davam lugar à natureza.
Você demorou.
É tudo muito estranho, James. As pessoas são animais estranhos.

Não farejei ninguém muito perto, disse James, quando ela contou a ele sobre Janiel e a gerente e as localizações. *Mas vou prestar mais atenção agora.*
Quero ficar completamente longe disso tudo, disse Etta.
Nunca poderá, disse James, *mas pode estar longe o suficiente para fingir.*
E quanto a você? E quanto aos coiotes?
É o mesmo para os coiotes, também.
Eles caminharam o mais longe possível da cidade antes mesmo de a luz do crepúsculo ter sumido e estava tudo escuro e eles tiverem de acampar.
Sente cheiro de algo?, perguntou Etta.
Não. Nada, disse James. *Ninguém.*

★ ★ ★

    O trem se afastou sem eles notarem, e estavam sozinhos na plataforma. Bem, disse Etta. As mãos de Otto ainda em seus braços, seu corpo ainda precisando e se lançando em direção a ela. Bem-vindo ao lar.
    Sim, disse Otto. Obrigado. Ele inspirou e olhou ao redor. A textura seca da madeira sob seus pés, o cheiro do ar fino e claro, os horários e recomendações de segurança na parede da estação, o cabelo e as roupas de Etta, como o cabelo e as roupas de todo mundo ali, pulsavam tudo: Lembra? Lembra? Lembra? Ele fechou os olhos. Puxou Etta para si novamente. Apenas uma coisa. Podemos ir para sua casa?, ele disse.
    Otto esperou na plataforma enquanto Etta chamava um táxi. Por favor, certifique-se de que o motorista não é Robert ou David McNally, ele disse a ela. São amigos de Amos, conhecem minha mãe.
    Todas as taxistas são mulheres agora, disse Etta. Mas vou me certificar, só por via das dúvidas.
    A motorista era uma mulher que nenhum dos dois conhecia. Ela não disse nada enquanto dirigia, e eles também não disseram nada, mãos unidas, grudentas de suor.
    A taxista não aceitou pagamento quando chegaram ao chalé de professora, estendendo as mãos, como se para manter longe o dinheiro de Otto e Etta. Não, não, ela disse. Jamais.
    Eles cambalearam pela entrada, passaram pela escola, doendo de familiaridade. Otto respirou-a com a poeira, lembre-se, lembre-se, e segurou a mão de Etta mais forte, enquanto ela tateava com a outra a porta da frente. Ele beijou seu braço, ombro e pescoço, enquanto ela abria a porta e o puxava para dentro.

Caíram no sofá do cômodo da frente; nem chegaram ao quarto, nem fecharam a porta. Por favor, disse Etta, lembre-se.
Sim, disse Otto, olhos ainda fechados. Sim, sim.
Por favor, disse Etta, por favor, por favor.

Otto olhava as vigas no teto sobre o sofá, contando-as numa direção: uma, duas, três, quatro, cinco, então na outra: uma, duas, três, quatro, cinco. Etta estava dormindo ou fingindo dormir, a respiração regular e rítmica, o vestido azul-claro levantado e amarrotado, mas ainda nela. Existem essas mesmas vigas nas salas de aula?, disse para si mesmo ou para ela. Nunca notei essas vigas antes.
Otto, disse Etta, a voz suave, sonolenta. Quer falar sobre as coisas?
Ainda não, disse Otto.
Então ficaram deitados, nem confortáveis, nem desconfortáveis, apenas ali, juntos, até ser hora de Etta colocar o macacão e o lenço na cabeça e ir para a fábrica. Tudo bem se eu ficar aqui até você voltar?, disse Otto. Vou dormir. Não toco em nada.
E quanto à sua família?
Amanhã.
OK. Claro, claro, tudo bem.
Ele caminhou com Etta até a porta, beijou-lhe a testa e a boca, a poeira nos lábios dela. Nos meus também, ele pensou. Então voltou e se sentou no sofá com a cabeça jogada para trás e contou as vigas repetidamente.
Na manhã seguinte, quando Etta chegou em casa, ela o puxou do sofá onde ele havia dormido, até sua cama, seu quarto. Desabotoou-lhe a camisa marrom-poeira e tirou seus braços das mangas. Desceu as meias dele e tirou a camiseta que usava por baixo, pela cabeça. Ela o beijou no peito antes de tirar o próprio macacão e soltar o cabelo.

O que aconteceu com seu cabelo, Otto?
Fiquei assustado. No barco.
Acho que é bom, disse Etta. Acho que é bom que você esteja um pouco diferente agora.
Comeram na cama. O jantar dela, café da manhã dele. Então Otto se lavou, e Etta adormeceu. No banho, ele contou os dedos da mão e do pé, dez de cada, os mesmos, os mesmos de sempre, e se preparou para ir para a fazenda da família. Para casa.

Grace Vogel sempre teve orgulho de sua visão. Não tinha orgulho de muita coisa, e certamente não por natureza, mas mencionasse algo sobre seus olhos e ela o desafiaria. Certo, então, ela diria, qual é a cor daquela faixa no gato do vizinho, ou me diga o que está escrito na frente do jornal naquela porta, no fim do corredor, e do lado, ou quantos biscoitos na mão daquela criança, lá, correndo pela estrada. Ela nunca errava. Os olhos de Grace Vogel eram aguçados, grandes e verdadeiros, e sempre foram assim. Foi por isso que ela soube, mesmo a um quilômetro e meio de distância pelos campos, mesmo com o cabelo todo transformado, que seu filho Otto viera para casa. Ela o viu bem antes de ele vê-la. Quase o derrubou, correndo em direção a ele.

Quando o alcançou, ela abriu bem os braços e o envolveu. Ela não disse,
Por que não nos disse que estava vindo?
E ela não disse,
O que aconteceu com seu belo cabelo?
Ela disse, soltando o abraço,
O jantar está quase pronto. Venha ajudar.
Otto e sua mãe ficaram em silêncio enquanto caminhavam em direção a casa. Mas a cada dez passos, mais ou menos, ela

olhava para ele, só para verificar se ele ainda estava lá. Quando haviam quase chegado, ainda em silêncio, ainda só os dois, Otto disse,
 Onde está todo mundo?
 Sua mãe não parou de andar. Não levantou os olhos. Walter e Wiley foram embora, você sabe. E Gus está em Halifax agora. E Marie foi para a casa de Clara desde que o marido se foi. E Amos está trabalhando no acampamento em Lethbridge. E Russell tem sua própria fazenda. E Winnie...
 Num lugar seguro.
 Você sabe?
 Não. Mas mesmo assim.
 E Winnie está em algum lugar.
 Eles subiram os degraus da casa, dois altos e um, o último, mais baixo, então chegaram à soleira da porta da frente, viraram à esquerda para dentro da cozinha, para o golpe do calor seco do fogão e o cheiro do cabelo e hálito empoeirado dos irmãos. Otto viu Harriet primeiro. Harriet de costas para eles, verificando as mãos dos irmãos e irmãs menores, enfileirados, do pequeno ao menor.
 Harriet, disse a mãe.
 OH! OH! OH!, disse Josie de seis anos, perto do fim da fila, mãos sujas. OTTO!
 Harriet se virou. Seu... seu filho da puta, ela disse.
 Harriet!, disse a mãe.
 Otto!, disse Emmett, oito anos, saindo da fila em direção a ele.
 Você nem disse que... Wiley e Walter nos fizeram contar os dias, mas você nunca disse. Harriet caminhou, passou por Emmett.
 Ot-to! Ot-to!, disseram Ellie e Benji, gêmeos, nove anos, pulando.
 De volta para a fila, se quiserem comer, disse a mãe.

Eu só queria que você tivesse dito, falou Harriet, braços sobre os ombros de Otto – ela era facilmente um pé mais alta – puxando o irmão rudemente para ela.

No finalzinho da fila, Ted, de cinco anos, chorava.

Ei! Pare com isso!, disse Josie, ao lado dele.

Não chore, Ted, disse Harriet.

Ot-to! Ot-to!, repetiam Ellie e Benji, pulando.

Você está chorando também, disse Ted. É por isso que estou.

Onde está o pai?, perguntou Otto.

Lá em cima, disse Emmett.

Agora não, disse a mãe.

Ot-to! Ot-to!, repetiam Ellie e Benji, pulando.

O jantar, quando chegaram a isso, foi sopa com massa, e embora fosse algo que Otto comera várias vezes, desta vez aquela mesmice tinha gosto diferente, melhor.

Depois do jantar, Otto subiu para o segundo andar. Todas as portas estavam fechadas. O quarto dos pais. O quarto das crianças menores. O quarto das meninas maiores. O quarto dos meninos maiores. Otto bateu nesse. Pai?

Otto. Sim, entre. Soando normal, ele mesmo, através da madeira.

Otto abriu a porta, o pulso levantando-a instintivamente no lugar onde o chão empenava.

Olhe para você, nessas roupas. Olhe para você. Nem uma sujeira.

O pai de Otto estava enfiado na velha cama de Wiley. Apenas o pescoço e a cabeça sobre as cobertas. Seu cabelo totalmente branco.

Eu te acordei? Posso voltar depois.

Não! Não. Venha cá, aproxime-se. Só me deixe desligar isso. O pai de Otto olhou para o rádio sobre uma caixa virada perto da cama. Otto nem havia notado seus murmúrios constantes.

Deixe que eu pego.
Então não sei o que devemos esperar – disse o rádio.
Eu não estava realmente ouvindo, de qualquer forma, disse o pai.
Bem, fome – disse o rádio antes que Otto o desligasse. Ele não sabia se deveria abraçar o pai ou apertar a mão dele. Ajoelhar-se a seu nível ou ficar sobre ele em sua cama de adolescente. Ele se ajoelhou e colocou a mão perto de onde esperava que seu pai estivesse, através da colcha.
Eu deveria ter te avisado sobre a coisa do cabelo, disse o pai. É hereditário. Mas você fica ótimo nesse uniforme.
Obrigado, disse Otto.
Matou alguém?
Não sei.
Tudo bem. O pai de Otto fechou os olhos. Tudo bem de uma forma ou de outra, ele disse. Além dos olhos e da boca, ele não se moveu o tempo todo que falavam. Não estou dormindo, ele disse. Não se preocupe. Meus olhos só ficaram cansados de olhar na mesma direção o tempo todo.
Tudo bem, disse Otto.
Você pode olhar, se quiser.
Debaixo dos cobertores?
Sim.
Não preciso.
Vamos lá. Não é tão ruim. Vai se sentir melhor depois disso.
Tem certeza?
Sim.
Tudo bem. Otto dobrou a colcha e o lençol até a cintura do pai. Ele estava de pijamas. Seus braços presos às laterais com pesados cintos. De Amos ou Walter.
É a mesma coisa com as pernas, ele disse. Você pode achar que seria desconfortável, mas eu nem noto.

*

Um dia, alguns meses antes, a mãe de Otto encontrou seu pai imprensado contra as ripas laterais do galinheiro, o padrão marcado em seu rosto e mãos. Eu não queria estar aqui, ele disse, minhas pernas apenas foram e não paravam.

No dia seguinte, os gêmeos o encontraram em uma das árvores quebra-vento, aquela com os galhos mais grossos, as folhas mais densas. Eles só o encontraram porque ele gritou enquanto seus braços escalavam sem sua permissão, e eles estavam perto, em Rocksvalley.

Não importa o quanto ele tentasse, seu corpo não prestava mais atenção a seus comandos, tinha vontade própria. Ele discutiu isso com a esposa enquanto se deitava no chão da cozinha, onde seu corpo o deixou deitado de lado.

Você precisa se esforçar muito, muito, ela disse. Tente levantar o braço.

Ele tentou, mas seu braço ficou caído junto ao corpo.

Tente, ela disse. Esforce-se. Feche os olhos e se esforce. Aperte-os e tente.

Ele fechou os olhos – ainda podia controlar olhos, boca e nariz, esses ainda eram seus –, os apertou, e tentou levantar o braço. Pensou na esposa e em Otto e Wiley e Walter e Winnie e Harriet e Amos e Ted e Emmett e Josie e Ellie e Benji e Clara e Marie e Gus e Addie e tentou e tentou, mas seu braço não se moveu. Em vez disso, as pernas começaram a chutar em câmera lenta, como se ele estivesse nadando.

Tudo bem. Deixa para lá, disse Grace Vogel. Tentamos de novo amanhã.

O pai está enfartando?, Ted e Josie chegaram à cozinha. Josie estava segurando um pintinho de um dia que tentava pular de suas mãos.

Não, disse a mãe.

Não, disse o pai. Não se preocupem. Só estou vendo como é para os camundongos ficarem aqui. Ted, pode achar Harriet? Josie, vamos ver esse pintinho.

Harriet e a mãe conseguiram, juntas, colocar Rupert Vogel de volta de pé, e meio o guiaram, meio o carregaram pela escada, para o quarto dos meninos maiores.

Sinto muito, ele disse.

Não é nada, disse Grace. Você não é tão pesado. Já carreguei bezerros mais pesados.

No entanto, era difícil ouvir direito qualquer coisa, porque os dedos do sr. Vogel começaram a estalar seguidamente, rápido e alto.

Ele ainda fazia o que podia. Um corpo errante não era desculpa para não fazer a sua parte. Durante o dia, o sr. Vogel escutava as notícias no rádio, cada uma delas, o dia todo, ouvindo qualquer coisa que todos devessem saber, ou quaisquer nomes que eles já soubessem. E de noite ele tinha a esposa e Harriet o trazendo para baixo e o acomodando numa cadeira ao lado do galinheiro. Como ele ficava na cama o dia todo, olhando as mesmas partes do quarto, não tinha problema em permanecer acordado de olho em raposas ou coiotes. Com os braços e pernas presos à cadeira, seus olhos vasculhavam tudo, de um lado para outro, para baixo e para cima, absorvendo o máximo que podiam.

Otto caminhou até a entrada da nova casa de Russell. Bateu na porta da frente num ritmo rápido, então esperou. Depois bateu novamente. Então esperou. E mais uma batida, mais ritmo. Então uma contagem até trinta e de volta. Então foi conferir o celeiro.

A porta principal estava do outro lado de um arame farpado para gado, então Otto subiu por uma janela, apoiando-se nos cotovelos e chamando no ar abafado lá de dentro. Russell! Russell? As poucas vacas que perambulavam ali atrás da sombra o olharam preguiçosamente, as mandíbulas movendo-se de um lado para outro. Russell não estava lá.

Otto deixou os cotovelos relaxarem e pulou de volta, afastando-se do celeiro. Olhou ao redor. Algumas pás, uma pilha de rochas, um cavalo no pasto, mais vacas e um gato trotando até ele. Preto com patinhas brancas.

Conhece Russell?, perguntou Otto.

O gato não respondeu. Passou por ele e seguiu, circundando a casa. Otto foi atrás dele. Ele continuou contornando os fundos do prédio, passou por alguns balanços feitos de pneus e corda, desamarrados e numa pilha, até um velho trator com tinta descascada, cantos enferrujados e capô levantado. O gato saltou no assento.

É o lugar mais quente. Ela vai ficar sentada lá o dia todo.

Não sabia que você entendia de mecânica.

Estou aprendendo. Muito. Russell saiu de detrás do capô, esfregando as mãos no macacão. Sua camisa era de flanela xadrez vermelha e preta, quente demais para o dia, com as duas mangas enroladas. Otto, ele disse caminhando ao redor do trator, você é um filho da puta por ser metido na coisa toda, por se meter de volta aqui quieto como uma raposa, mas, seu desgraçado, é bom ver você. Ele abraçou Otto. Parecia maior, mais forte do que Otto se lembrava, e tinha cheiro de sabão de coco, poeira, animais, grãos. Familiar. Como eu, Otto percebeu. Como eu era.

Com que frequência você pensa em morrer?

Eles estavam caminhando pelos limites das terras de Russell, Otto fazendo uma excursão.

Quer dizer lá?, disse Otto, pegando uma pedra maior do que seu punho e lançando-a no campo. Penso mais em viver.

Penso em viver o máximo possível. Deveria ver as danças, Russell. As mulheres.

Há danças aqui também.

Sim, claro. Há apenas... menos contraste.

Eles ficaram em silêncio, chegaram ao fim do campo de centeio e viraram noventa graus. Isso é bem impressionante, disse Otto, o que você tem aqui. Essa fazenda toda, apenas sua, isso é uma coisa e tanto.

Obrigado, disse Russell. É pequena. Uma fazenda em que você pode dar a volta em vinte minutos. Mas vou comprar a dos Perkins também, quando eu tiver dinheiro.

Certifique-se de ter um pouco de terra para mim, quando eu voltar.

Está voltando? Russell se conteve, corrigiu-se, quero dizer, não é bem isso. Quero dizer, vai ficar aqui, quando terminar?

Quando terminar, volto para casa, Russell.

OK. Que bom. Eu só não tinha certeza. É difícil saber daqui.

Chegaram a outro extremo e viraram mais noventa graus. Otto começou a falar e se deteve. Respirou e começou novamente. Eu não tinha certeza, Russell, ele disse. Quando eu estava lá, não tinha certeza se conseguiria, quero dizer, não tinha certeza se conseguiria vir para casa. Não de fato. Pensei que talvez tudo aquilo fosse se sobrepor a tudo isso e nada faria sentido, e estaria vazio, apenas vazio. Como se estivesse mantendo um fantasma. Oco.

Mas não é isso.

Mas basicamente não é isso.

Quando Etta acordou, Otto tinha ido embora. Ela ficou na cama e pensou em cada parte de seu corpo, conferindo para ver se estava diferente. Mais quente, talvez, por dentro. Ela queria falar com Russell. Mas não ia, não podia. Russell talvez ainda nem soubesse que Otto estava em casa. E ela queria falar com sua irmã, Alma. Queria levá-la ao café Holdfast, pagar suas tortas e fazer com que ela escutasse, tranquila e silenciosamente, como ela fez, então respondesse com um conselho simples, sereno. Etta afastou os lençóis e se sentou, pernas balançando na lateral da cama. A pior coisa do turno da noite era ter de tentar dormir durante a parte mais quente do dia. Ela passou por cima do macacão, largado no chão, abriu a segunda gaveta e buscou entre camadas de meias até que os dedos se fecharam em torno de algo frio, sólido e afiado. Ela tirou-o de entre as meias, levou até o ouvido e sussurrou, isso é bom?
Oui, oui, oui, ele sussurrou de volta.

Etta comprou biscoitos *pinwheel*, cobertos de açúcar e leves como renda, para seu último turno da noite.
    Esses são dificílimos de fazer, disse a menina de lenço de bolinhas, pegando uma bola, segurando perto do rosto, fechando um olho e estreitando o outro. Não deveria desperdiçar com a gente.
    É minha última noite, disse Etta, tentando manter a mão firme, sempre firme, como a mulher havia entoado para elas no treinamento, sempre firme, apenas firme. Achei que deveríamos marcar isso de alguma forma.
    O quê? Já? Foi rápido. Então está nos deixando. Não gosta da gente? O reflexo da menina distorcido na caixa.

Não importa se gosto ou não; é por causa do ônibus. O ônibus só faz os turnos de dia.
Então como chegou aqui hoje? Ontem?
Um cavalo. Cavalo emprestado. Amarro atrás do estacionamento no campo de Mickleburgh.
Oh... Acho que você não pode fazer isso.
Não, não posso.
Nunca andei a cavalo. Isso foi da garota com batom vermelho-vivo, no fim da fila, juntando-se à conversa.
Nunca?
Nunca?
Sou da cidade. Pego o bonde. Ou caminho.
Então Etta vai ter de levá-la no dela.
Não é meu na verdade.
Não importa.
Tenho medo de animais.
Todos os animais?
Sim. Especialmente os maiores do que eu.
Vou devolver este cavalo de manhã, disse Etta. Esta noite é sua única chance.
Como sabe com certeza que tem medo de cavalos se nunca andou num?, disse a bolinhas amarelas. Sua vida toda, talvez, você tenha estado errada.
Não acho que estou, disse a batom vermelho-vivo. Estou bem certa de que vou desmaiar assim que vir a coisa.
É hoje ou nunca, disse Etta.
O intervalo é em quinze minutos, disse a bolinhas amarelas.
Hoje ou nunca, disse batom vermelho, quase sussurrando.

14

Etta caminhou, e suas pernas não se cansaram, e seus pés não se cansaram, e suas costas não doeram. Ela fechou os olhos e se viu no uniforme vermelho e branco de um corredor, nas longas linhas pretas de um esquiador cross-country, no uniforme verde e cinza do regimento de Otto. Essas botas são boas, ela disse a James.
Tênis, disse James. Sim, são tênis excelentes.
Ela escreveu uma carta:

Minha querida Etta,

Nesses dias, nós marchamos e marchamos e marchamos e marchamos e marchamos. Apenas, sempre. Mas cantamos enquanto isso, o que me faz lembrar de sua aula, e eu gosto. Botas sobre solo novo, sob novas árvores, armas roçando a pele nua de nossos quadris, em desacordo com nossos pés quentes em meias tricotadas por freiras.

James a puxou da sacola dela enquanto ela dormia e a jogou num lago. A tinta preta sangrou na água escura como a noite e fez os peixes nadarem uns de encontro aos outros até que se diluiu e clareou.

De manhã, ele disse, *Bom-dia,* Etta.
E ela disse: Bom-dia, James.
E continuaram andando; cantando e se afastando de cidades enquanto seus suprimentos ainda estavam bons.
Até que ficaram com pouco novamente. Etta pegou peixe e ferveu água.
Estamos perto de uma cidade agora, disse James. *Posso sentir o cheiro. Todas as pessoas e todos os carros.*

Vou ter de parar, disse Etta.
Eu sei, disse James.
Então eles alteraram o curso levemente, em direção à cidade.

Está quente.
Acho que a estou vendo!
Não seria cedo demais?
Ah, não é ela. É uma motocicleta.
Está quente.
Não trouxe água?
Sim, mas não para nós. Para ela.
Quanto?
Não é para nós.
Está quente.
Acho que é realmente ela agora!
Não consigo ver! Tire o cachorro do caminho...
Oh, uau, oh, uau.
Pegue a câmera!
E a água!
Acha que ela vai parar?
Ela raramente para.
A faixa!
A faixa!
A faixa!
Quase esqueci, pegue-a, rápido!
Minhas mãos estão escorregando, estão suadas.
Segure mais alto!
Aqui, me deixe...
Está tapando meu rosto!
Segure mais alto!
Etta!
É ela!

Etta!
Etta!
Etta!

Etta fez sinal para James ficar atrás dela, mais seguro do outro lado de suas pernas. Ela levantou uma das mãos. Olá. Olá, olá, olá, olá. Um para cada rosto que ela contou. Não posso parar, sinto muito. Ela gritou na frente dela, como um escudo.
Ah, sabemos.
Tudo bem.
Trouxemos água!
(Onde está a água?)
(Você bebeu?)
Aqui, um pouco d'água!
Obrigada, disse Etta. Um flash de câmera enquanto ela estendia a mão para a garrafa. Então outro e outro.
Etta, disse uma mulher com dois carrinhos de bebê, uma criança dormindo, uma acordada, quer isso? Ela esticou a mão para Etta, nela um grampo de cabelo com uma minúscula estrela verde opalescente na ponta. Etta a pegou, apertou a mão da mulher e enfiou o grampo em seu cabelo, atrás da orelha direita.
Etta!, chamou um homem do outro lado dela, jovem, de terno, sapatos pretos perfeitamente engraxados. Por favor, ele disse. Ele deu a ela uma moeda de cinco centavos. É do ano em que eu nasci, ele disse.
O tempo todo Etta não parou de andar, movendo-se pela multidão como se nadasse, enquanto se mexiam e se reuniam ao redor dela.
Então ela estava fora novamente, do lado mais distante, com o cântico,
Etta!
Etta!

Etta!
desaparecendo atrás de si. Tinha comida, água e um grampo de cabelo, um níquel, uma fita verde, um medalhão, um soldadinho de plástico e um seixo perfeitamente redondo. Ela amarrou a fita ao redor do pescoço de James e colocou as outras coisas no bolso.

Tem alguém nos seguindo?, perguntou a James.

Não, ele disse.

E eles voltaram para os campos, lagos, árvores.

Otto abriu espaço em meio a todas as tigelas de farinha, jornais e ferramentas de um lado da mesa e todas as cartas e receitas do outro. Pegou uma de suas melhores canetas pretas e um papel creme. Oats rolou seus olhos vidrados de mármore em direção a ele, mas ficou em silêncio. Ela lambeu a lateral de sua caixa.

Querida Etta,

ele escreveu,

Me ofereceram dinheiro, uma boa quantidade de dinheiro, pela minha coleção. As coisas que estou fazendo para passar o tempo até você voltar. Uma mulher com cabelo misturado de marrom e cinza puxado bem para trás veio aqui em casa. Veio durante o dia, mas eu estava dormindo. Ela me viu, disse, com a cabeça na mesa, então esperou no quintal, vagando entre os animais até o sol se pôr e eu acordar. Quando viu através da janela que minha cabeça não estava mais na mesa, ela bateu e eu a deixei entrar, dei a ela café e bolo, e ela disse que iria chover.

Eu mexi meu café e ofereci a ela uma colher, e ela disse, Não, sério, Otto, deve chover. É verão agora, mas não vai ser para sempre, então deve chover e certamente vai nevar, finalmente, e tudo estará arruinado. Vamos tomar conta de sua coleção, na galeria, poderíamos até pintar as paredes e tudo para fazer parecer com lá fora.

E eu disse, quando chover, Etta já estará em casa. Certamente quando nevar. Então tudo bem se eles se desfizerem.

Não vai ficar tudo bem, ela disse.

Vai sim.

Ela me deu seu cartão, caso eu mudasse de ideia. Estou colocando aqui.

E isso é tudo, aqui.

Queria saber onde você está. Queria saber quanta distância e quanto tempo faltam. O quintal está se enchendo, e o de Russell também. Estou cansado e velho. Eu só queria saber quanto tempo mais.

Vou fazer uma truta hoje à noite. Um cardume, se tiver farinha suficiente.

Seu,
Otto.

✶ ✶ ✶

De manhã, Otto ajudava sua mãe e Harriet. Levantando, carregando, puxando, caminhando, chamando, segurando. Sentia-se bem, sentia-se útil, por estar usando seu corpo assim. À tarde ele ia até Russell e fazia o mesmo. Sentia pena dos soldados que foram para casa em lugares parados e silenciosos em cidades e vilas, pernas balançando em sofás das salas de estar. Depois de Russell, ele ia para o chalé da professora. De Etta. Depois de ela ter trocado o macacão ou pouco antes. Quando se encontravam, davam as mãos direitas mostrando alguns números de dedos, cinco por cinco dias restantes, então quatro, três, pressionando-os, antes de caírem um nos braços do outro. Tirando isso, não mencionavam o inevitável esvaecer dos dias.

Até o dia de apenas dois dedos, quando estavam deitados juntos pouco antes de o sol se pôr no campo atrás da escola, na terra que era tecnicamente dos Perkins e estava crescendo rápido demais e selvagem demais, e Etta disse,

Acho que também deveríamos fazer a contagem positiva.

Suas roupas jogadas faziam uma trilha até a porta da frente do chalé. Os pés nus de Etta chegaram até os de Otto, ainda de meias.

Positiva?

Sim. Estamos contando cada dia a menos, mas acho que também deveríamos contar a mais, fazendo uma contagem de quantos dias pudemos passar juntos. Somando.

Otto pensou sobre isso, então levantou as mãos sobre eles para que bloqueassem o sol que se punha, segurando dois dedos numa e três na outra. Etta fez o mesmo, alinhando suas mãos com a dele para que se sobrepusessem.

No dia seguinte, foi um dedo e quatro. Otto trouxe todas suas cartas. Aquelas que ele havia escrito de longe, que Etta

mandou de volta para ele com correções. Em ordem cronológica, ele desdobrou uma a uma e as leu em voz alta. Após cada uma, ele passava o papel para Etta, que colocava as cartas na gaveta da pequena mesa ao lado da cama, uma a uma. Quando chegou ao final, à última, ela disse,
Continue.
Então ele fez isso, lendo para ela as cartas que não havia escrito, enquanto ela lia suas respostas não escritas.
Ventava lá fora, e o vento soprou poeira contra as janelas, cobrindo-as de tal forma que tudo que se podia ver por dentro era o brilho do sol do final do dia. De lá, eles podiam fingir que não notavam que ele se apagava.

No dia seguinte, Etta almoçou uma hora mais cedo do que o costume, chegando à estação bem a tempo de juntar-se à fila de irmãos, pais e Russell, que se apertou junto a Harriet, para que ela pudesse se encaixar. Eles se arranjaram para sobrar uma ponta no banco onde o pai de Otto pudesse se sentar, pernas e braços presos. Os olhos de Grace Vogel se moviam indo e vindo de Etta enquanto ela se aproximava, mas ela não disse nada.

Voltarei logo, eu sei, disse Otto. Verei cada um de vocês logo, eu sei.

Seja corajoso, disse Ted.

Não chore, não estou chorando, não chore, não estou chorando, você chora toda vez, não choro não, chora sim, disseram Ellie e Benji.

É uma idiotice você ir, disse Emmett.

Tome cuidado, disse Harriet.

Tome muito cuidado, disse Clara.

Tente permanecer bom, disse Marie.

Eu te amo, disse Etta, tão baixinho que Otto mal ouviu.

Lembre-se de nós, disse Russell.

Lembre-se do que eu disse, disse Harriet.

Por favor, disse sua mãe.

Não se perca, disse seu pai.

E Otto beijou cada um na bochecha esquerda, apenas hesitando um segundo para apertar a mão de Etta, e de sua mãe, então pegou sua sacola que estava com Harriet e entrou no trem que esperava por ele, seu único passageiro nessa parada. A bordo, pouco antes de sair, ele escreveu:

Seu
Otto.

de trás para a frente, pelo lado de dentro da janela, sobre a camada de poeira e gordura.

Eles ficaram nessa formação, todos alinhados, depois que o trem partiu, olhando para o espaço em que havia estado, até que o pai de Otto, de seu lugar no banco, disse, Certo. De volta ao trabalho agora, todo mundo. Então eles se dispersaram, Russell dando uma carona para Ellie e Benji em seu cavalo, enquanto os outros Vogel se apertavam no caminhão, crianças menores dentro da cabine, as maiores com o pai atrás, com Grace Vogel na direção. Etta caminhou sozinha de volta para a fábrica, ajeitando o cabelo sob o lenço enquanto ia. Você espera e trabalha, ela sussurrou para si mesma, espera e trabalha. Seu estômago deu reviravoltas, se apertava, chutava.

15

Etta e James caminharam pelo rio, e havia mais e mais cidades e multidões. Etta pegava as coisas que as pessoas pediam que ela pegasse, um botão, uma fotografia, uma ponta de flecha, um anel, e, depois que passavam por elas, sempre perguntava a James a mesma coisa.

Alguém está seguindo a gente?

E ele sempre respondia da mesma forma.

Não.

E eles seguiam de volta para algum lugar selvagem para dormir.

Vamos ter de cruzar esse rio em breve. Está se alargando, tornando-se um oceano.

Eu sei, disse Etta. Só estou esperando pela ponte certa. As pontes até agora foram de concreto e aço e cheias de carros. Isso não é jeito de cruzar a água.

Podíamos nadar, disse James.

Mas as margens eram altas e íngremes. A corrente, desconhecida. *Eu poderia descer lá*, disse James. *Poderia te ajudar.*

Mais dois dias, disse Etta, olhando para o precipício. Se não houver uma ponte boa em dois dias.

Mas havia uma ponte, o tipo certo de ponte, no final do primeiro dia. Madeira escura numa treliça de vigas por todo lado, coberta, de modo que o interior estava sombreado e úmido. Uma velha ponte ferroviária, disse Etta. Vai servir.

Não sei, disse James, *não gosto dela.*

É linda, disse Etta. É boa.

Não, disse James. *Não dá para ver até o fim, há uma escuridão no meio. Não.*

Precisamos, disse Etta.

Vou nadar, disse James.

Lá embaixo?

Sim. É fácil para mim.

E te encontro do outro lado.

Sim. Eu te farejo do outro lado. James saltitou para longe, indo e vindo num largo entrelaçado no desfiladeiro, derrubando pequenas rochas e pétalas de flores na água conforme seguia. Etta bateu um pé na tábua da ponte, para testar se estava podre, então pisou nela.

Ela seguiu assim, lenta e cuidadosamente, testando e pisando, mais e mais longe em direção ao ponto escuro no meio da ponte, enquanto James ziguezagueava abaixo. Ela manteve a mão esticada, movendo-a pelas tábuas que faziam o muro da ponte. Ela se perguntava se conseguiria se agarrar firme o suficiente caso seus pés caíssem. Agarre, teste, pise, agarre, teste, pise, até o meio da ponte, onde era completamente escuro. Agarre, teste, pise. Teste. Agarre, pare. A mão esquerda não havia atingido os veios frios da madeira desta vez, mas, ao contrário, algo quente e macio, de textura regular. Lã. Movendo-se para cima e para baixo bem levemente. Respirando. Um ombro.

Etta, ele disse.

Jesus!, disse Etta.

Sinto muito.

Cristo!

Não se assuste, sou só eu.

Só quem?

Eu, Bryony.

Embora já estivesse um breu, Etta fechou os olhos. Bryony. Isso era um nome? Era um nome familiar?

James?, ela disse.

Não, Bryony. O ombro se moveu. A mão se apoiou no braço esticado de Etta. A repórter, de antes. Lembra?

A sensação do ombro era de lã prensada de um terno cor de vinho. Sim, disse Etta. Claro que lembro. Bryony. Está aqui para outra entrevista?

Não, disse Bryony.

É daqui?

Desta ponte?

Bem, talvez. Esta área.

Não, mal sei falar francês. Estou aqui porque, bem, tenho seguido a história. E a multidão. Estive em meio à multidão todas as vezes, lá no fundo.

Nunca disse oi, disse Etta.

Sinto muito, disse Bryony. Eu estava tomando coragem.

Quer me dar algo para eu carregar?, perguntou Etta.

Sim, disse a repórter, é isso, exatamente isso. Ela se deteve. O ombro de lã prensada se levantou e desceu com um suspiro. Etta, ela disse, estou tão cansada das histórias dos outros.

Você me trouxe histórias?

Não, eu mesma.

Você mesma?

Eu me trouxe a você. Estou pronta para ir com você.

Oh.

Tudo bem?

Tudo bem.

A repórter Bryony caminhou junto ao lado direito da ponte com a mão direita pelo muro, e Etta continuou pelo esquerdo. Elas deram as mãos no meio. Acha que pode se segurar, perguntou Bryony, se uma das tábuas cederem e você me tiver em sua mão?

Provavelmente não, disse Etta. Mas elas continuaram assim de todo modo, atravessando a ponte, apertando os olhos, com a luz do sol do outro lado.

★

Andaram basicamente sem conversar. Havia menos cidades desse lado da água, e as coisas eram mais silenciosas. Toda vez que chegavam a um ponto de virada, um lago ou uma estrada ou um desvio, Etta parava, olhava ao redor, então cuspia no chão e esfregava a saliva na terra com o sapato. Na terceira vez, antes de um penhasco que teriam de contornar de qualquer forma, Bryony disse: Por que você faz isso?

Por James, disse Etta. Para que ele possa nos encontrar.

Mas, três horas depois que cruzaram a ponte, ainda não havia sinal dele. Etta, que estava contando os segundos baixinho, parou novamente. Acha que a correnteza do rio é muito forte lá atrás?, ela perguntou.

O rio que cruzamos? O Saint Lawrence?

Sim.

Não sei. É bem grande.

E fundo?

E fundo.

OK, disse Etta. E continuaram andando.

Antes de acamparem naquela noite, Bryony quis fazer uma fogueira.

Não podemos, disse Etta.

Por que não? Será uma noite fria. Se não agora, logo.

James não gosta delas. Ele tem medo.

Oh, disse Bryony. Tudo bem.

Etta arrancou faixas largas de musgo e colocou o lado verde delas sobre a repórter para mantê-la quente em vez de fazer uma fogueira. Antes de adormecer, envolta no intenso cheiro verde, Bryony disse, Seria impossível, Etta, você descer lá, mesmo se voltássemos.

Eu sei, disse Etta.

Não deveria se sentir mal, disse Bryony.

Eu sei.

OK.

Querido Otto,

Mandei uma pele de caribu junto com a carta. Sinta, apenas sinta. Não é uma coisa e tanto? Não é diferente de cavalo, vaca, gato ou mesmo cachorro? Não é a melhor coisa que você sente há um tempo? Está começando a ficar mais frio aqui. Estou pensando em fazer um casaco. Uma mulher da Netsilik já me deu um chapéu. Ela faz isso. Senta-se em sua casa na rota dos caribus e faz chapéus daqueles que ficam para trás. A casa dela está cheia dessa pele. Para manter quente no outono e no inverno, ela diz. Mas devo voltar antes disso.

Sinceramente,
Russell

Otto tocou a pele no fundo do envelope. Caiu em pequenos tufos, da forma que ele sempre imaginou que seu próprio cabelo iria cair, um dia; apesar de que, aos oitenta e três anos, ele ainda tinha a mesma cabeça branca cheia que tinha desde os dezessete. Ele empurrou os tufos de pelo numa pilha e correu os dedos sobre ela, então pegou e esfregou entre o polegar e o indicador. Mais grosso do que de gato ou veado, mais macio do que de cachorro ou coiote, numa direção não oferecia resistência e era reconfortante, na outra, ficava contra o vinco de suas impressões digitais.

Ele tossia muito ultimamente. Inicialmente, a cada tosse, Oats saltava e se escondia atrás do Oats de papel machê, mas agora ela apenas continuava lambendo, mastigando ou dormindo, sem se interromper ou se incomodar. E principalmente Otto não prestava mais atenção nisso, os pequenos espasmos passando por seu corpo como ondas regulares. Ele só notava mesmo a alguma hora da manhã ou noite ou dia em que decidia tentar dormir, quando, fechando os olhos, ficava agudamente consciente de cada pequena coisa em seu corpo, de cada tosse reverberando como o rufar de tímpanos, de seu coração acelerando intencionalmente consciente como uma batida cadenciada. Ele pegava no sono nos pequenos intervalos. Cinco segundos, dez segundos, dois segundos, coletados e empilhados como os tufos de pelo de Russell, que ele mantinha na bancada ao lado das tigelas de mistura, pronto para seu próximo projeto: um caribu de tamanho real em que ele colaria pelo na cabeça, ao redor dos olhos.

* * *

Otto entrou no trem e sentiu a atração do solo sob seus pés, pelos trilhos, novamente, até o canto do país, então desceu e pegou um barco, que deslizou por dias e noites de exercícios e alarmes falsos e alarmes verdadeiros, tendo seus turnos de tirar as marcas de bota do convés com um esfregão ou um trapo, cantando e rindo, então se jogando no chão, imóvel de encontro às vigas com a chamada do capitão ou alguém mais enquanto algo disparava neles de cima ou abaixo ou ao lado, e ficando grato pelo esfregão, e lá, com a bochecha sentindo a textura do convés, como se ele pudesse, se ouvisse com bastante atenção, escutar seus pais conversando ou dançando bem acima ou abaixo de todos os tiros e gritos. Seu cabelo permaneceu igual, desta vez, enquanto ele saía do barco, pernas desconfiadas do chão firme, e ergueu sua sacola, ainda com a poeira da fazenda de sua mãe nos vincos, para o caminhão verde fosco na pilha de sacolas de todos os outros, que balançavam lado a lado, joelhos se tocando, na parte final de sua jornada.

O caminhão deixou Otto numa pequena vila de pedra e areia alguns quilômetros a leste de onde ele havia deixado seu regimento, apenas duas semanas antes. Isso significa que estamos perdendo ou ganhando?, ele perguntou a Gérard, que lhe mostrava onde ele iria dormir, na sacristia de uma igreja abandonada.

Significa que ainda estamos nos movendo, disse Gérard. Indo e vindo, indo e vindo. Não estamos lutando com esses caras, estamos dançando.

Eram poucos. Havia o gradual escoar dos feridos ou perdidos, e havia três que não voltaram da folga, cujas famílias e esposas juraram que não os viram ou ouviram falar deles. Vamos receber reforços logo, disse Gérard, mastigando um pedaço de pele junto da unha do dedinho. Em alguns dias, logo depois que todos tiverem a chance de se readaptar novamente. Gérard não fora para casa; escolhera ficar, para manter e observar as coisas até que Otto e os outros voltassem. Prefiro imaginar como seria voltar para casa, em vez de saber o que teria sido de fato, ele disse. Eu ficava aqui sentado sozinho, em vigília das oito da noite às oito da manhã, e imaginava estar sentado com minha esposa a noite toda, noite após noite após noite, e *mon Dieu*, ela era linda, e era tão simples e fácil.

Etta caminhou até a casa de Russell. Foi depois do trabalho; ela ainda estava de macacão. Haviam se passado dois dias desde que Otto partira. Russell estava abaixado, arrancando cardos. Etta não tinha luvas, então procurou e arrancou dentes-de-leão. Puxando da base, pegando as raízes. Jogavam tudo que arrancavam numa grande pilha longe do solo bom. Não precisa fazer isso, disse Russell.
Odeio o vazio da minha casa, disse Etta.
Tudo bem, disse Russell.

Alguns dias depois, no ônibus, Lucy Perkins disse para Etta, Você odeia a cidade?
Quer dizer a vila? Onde a escola e a fábrica estão?
É.
Não, acho que não odeio.
Eu odeio, disse Lucy Perkins.

Na manhã seguinte, Lucy Perkins não estava no ônibus. Etta sentou-se ao lado de um garoto que dormia contra a janela.
Depois do trabalho, ela caminhou até Russell. Ele estava mais longe na terra, ainda trabalhando nos cardos. Ela foi até onde ele estava e começou com os dentes-de-leão.
A sra. Perkins veio ontem, disse Russell. Puxou a base de um cardo com uma das mãos. As folhas estremeceram. Colocou ambas as mãos em torno dele, próximo do solo, e puxou novamente, arrancando uma cascata de raízes, duas vezes o comprimento da planta. Ela desistiu de tentar vender; disse que estava apenas cansada. Disse que se sentia velha. Outra planta, ambas as mãos, raízes como cabelo despenteado. Eu disse que ela parecia igual, porque para mim parecia mesmo. Mas ela

balançou a cabeça e disse, Não, Russell, não, não sou a mesma, nem um pouco. Ela disse que, como sua terra é ao lado da minha, eu podia ficar com ela. Ela e Lucy vão morar com sua irmã na cidade, hoje ou amanhã.

Hoje, disse Etta.

Falou com elas?

Lucy não estava no ônibus escolar. Etta tirou as folhas de um talo de dente-de-leão e separou-as para salada. Russell, ela disse, você acha...

Eu sei. A carteira reconheceu a cor do envelope endereçado à sra. Perkins, a sensação do cartão dentro. É a única coisa que ela entrega em formato de telegrama da Western Union, ela disse. É tão horrivelmente óbvio, ela disse. Estava entregando cartas para minha tia pouco antes, apenas uma parada antes, e teve de entrar e se sentar, e pedir café, mas não o bebeu, apenas se sentou à mesa com minha tia, esperando que o tempo pudesse se esticar para trás, então ela não teria de fazer o que tinha de fazer. Ela finalmente partiu, já que o café estava frio e metade de um dia de trabalho não fora feito. Minha tia chamou por mim depois disso. Para ajudá-la a acompanhar. Ela me contou então.

Ontem?

Anteontem.

Etta tirou algumas folhas e rasgou o caule: sangrou um branco espesso em sua mão. Russell, ela disse, ele era daqui. Bem de onde todos somos. Podia ter sido qualquer um deles, qualquer um de nós.

Eu sei. E minha tia sabe, e Grace Vogel sabe, e quem traz a carta sabe. E Otto sabe, e Walter, e Wiley, e meu tio, e o sr. Lancaster, e Winnie sabem também.

Etta limpou a mão na perna e deixou as folhas na pilha de salada. O que você disse? Sobre a fazenda?

Eu disse que cuidaria dela. Que eu manteria a terra produtiva até que eles a quisessem de volta. A sra. Perkins disse que nunca ia querer ver aquilo de novo, mas eu disse, ainda assim, ainda assim, e ela disse, Não, Russell, não mesmo. Ela disse, Você é tudo o que resta, Russell. É só você.
Ela estava errada. Você não é tudo o que resta. Estou aqui. Estou ajudando.
Eu sei.
É terrível, apenas desistir. É horrível.
Eu sei.
Isso me leva a querer fazer coisas e fazer coisas e nunca parar de fazer. Se estamos fazendo, estamos vivendo e, se estamos vivendo, estamos vencendo, certo?
Etta, vamos dançar esta noite.
Sim. Vamos.

* * *

Querida Etta,

Está tudo bem. Cheguei inteiro, o barco ficou de pé e eu fiquei nele. Estamos nesse _____ que parece pacífico até os novos recrutas chegarem para fortalecer nossos postos e espíritos. Enquanto isso, há porções duplas de jantar, e meias em dobro e navalhas e cobertores para todos nós ainda aqui. A comida é bem terrível, mas menos quando você pode de fato comer o suficiente. As coisas estão boas. Exceto que
    sinto saudades da sua pele, Etta, e sinto falta de suas mãos e macacões e pernas nuas e _____ e _____ e _____ e _____ _____ e _____ pra mim. Ao mesmo tempo é mais fácil e mais difícil estar aqui agora.

    Seu, aqui,
    Otto.

16

Dormindo sob o musgo naquela noite com Bryony, Etta deslizou para sonhos aquáticos novamente. Estava próxima da margem, precisava nadar, mas seu uniforme era grande demais, enrolado nos pulsos e tornozelos, e se desenrolava toda vez que dava uma braçada. Podia ver a terra, ver o resto dos meninos lá, reunindo suas coisas e se afastando, em pares, pela praia, mas ela nunca chegaria lá porque tinha de parar e reenrolar pulsos e tornozelos seguidamente. Gérard estava lá também, na praia, esperando por ela, observando-a; ela não estava certa de quanto ele iria esperar.

Acordou com o som de Bryony abrindo um saco de celofane com sementes de girassol. Ah, bom, bom, disse Etta, você ainda está aqui. Obrigada por esperar.

Bryony sorriu. Ofereceu o saco aberto para Etta. Sabor churrasco.

Etta pegou um punhado. Todo mundo se foi?

Somos só nós, disse Bryony. Como na noite passada.

Na noite passada estávamos todos num barco, disse Etta.

Uma ponte, disse Bryony.

Um barco, insistiu Etta.

Tudo bem, concordou Bryony. Devemos começar a andar?

Sim, disse Etta, certamente.

Elas pararam para descansar por volta das nove da manhã. Caminharam silenciosamente juntas até então.

Acha que ele vai voltar?, disse Etta.

Quem?, disse Bryony.

James.

Ah. Não sei, Etta. Espero que sim.

Não tem medo de coiotes?

Há coisas piores.
Tipo o quê?
Ursos... pessoas... tubarões...
Há alguns ursos aqui também, às vezes.
Eu sei.
E gente.
Mas não tubarões.
Não até onde eu sei. Não ainda, pelo menos.
Elas terminaram de beber, se alongar e deixar marcas de cheiro, Etta bem distante, afastada de Bryony. Pronta para ir novamente?, perguntou Bryony. Etta estava sentada numa rocha, olhando para um pequeno pedaço de papel amarrotado.

Você:
Etta Gloria Kinnick da fazenda Deerdale. 83 anos em agosto.

Bryony, disse Etta, quem eu era esta manhã?
Você era você, claro, Etta.
Mas era eu?
Não tenho certeza.
Eu também não.

Elas andaram por florestas baixas e florestas cheias, por depressões cercadas de pedras e largos campos abertos. Tiraram os calçados (tênis de Etta, as botas de couro de cano alto de Bryony) e seguiram por córregos rasos de cascalho e desfiladeiros escorregadios de ardósia. Estavam longe de vilas e de pessoas novamente, e não precisariam parar por alguns dias, pelo menos. Bryony já havia tirado seu blazer vinho e o amarrara firmemente ao redor da cintura. Estava muito quente agora durante a parte do meio de seus dias, e Etta tinha de comer mais, mais açúcar, mais comida rápida para os músculos para se manter desperta e em movimento. Ela aguardava ansiosa os córregos e riachos, a água sobre seus pés descalços.

Estavam passando por um córrego que ia para o norte, formigando abaixo das canelas por causa do frio, encharcadas dos joelhos para cima, por causa do calor, quando Etta disse, Ei, Bryony, quais são suas histórias?

Não tenho nenhuma, essa é a questão. Ela esticava a ponta dos dedos cada vez que trazia o pé para fora do córrego, minimizando as ondulações como uma mergulhadora.

Mas você deve ter.

Não tenho mesmo.

Sob todas essas camadas das histórias dos outros, tenho certeza de que tem. Você apenas se esqueceu, talvez, ou não pode mais chegar a elas porque estão muito encobertas.

Talvez, disse Bryony.

Bem, você pode pensar nisso, disse Etta. E me diga se lembrar de uma.

Certo, disse Bryony. Continuaram por mais alguns passos, Bryony levantando e esticando os pés, Etta arrastando-os para manter o máximo de si possível no córrego.

Caminharam e levantaram e arrastaram e marcharam e caminharam e levantaram e arrastaram e marcharam, se revezando na frente, movendo-se para o norte e para o leste, mantendo distância da fronteira americana. Acamparam fora de Saint-Elzéar-de-Témiscouata, num celeiro abandonado cercado por flores de mostarda.

No sonho daquela noite, Etta estava nadando ou dançando, não conseguia decidir o quê, mas não importava, porque era realmente a mesma coisa, só que nadando a água era seu parceiro, por todo lado, pronta, seguindo, leve, fácil, densa e reconfortante, e lá em seus braços e você nos braços dela, e se você abrisse a boca para cantar junto com a música iria correr para dentro e lhe contar segredos e teria gosto de vinho.

De manhã ela disse, Quero ir para casa.

Bryony já estava de pé, estava sempre de pé primeiro. Casa? Sim, se eles nos deixarem. Estou preocupada. Não consigo parar de pensar em meu pai, minha mãe, minhas irmãs, meus irmãos... Não está preocupado com sua esposa, Gérard? Não é uma idiotice estarmos aqui um com o outro e não lá com eles?

Não, disse Bryony, não é. Não é idiotice, é importante.

Tem certeza?

Sim.

Então continuamos a marcha?

Sim.

E de noite encontraremos um bar e vamos dançar.

Se tivermos sorte.

OK, suspirou Etta. Estava sentada no chão; ainda não havia levantado.

Vamos, disse Bryony. Ela segurou as mãos de Etta e a puxou para ficar de pé.

Sinto tantas saudades deles todos, disse Etta.

Eu sei, disse Bryony.

Otto examinava os cartões de receitas, buscando algo que ele pudesse fazer que ainda não tivesse tentado, algo para o qual tivesse os ingredientes, quando encontrou um cartão escrito pela mão jovem de Etta, numa tinta que havia desbotado para um índigo leve ao longo de sessenta anos. Era de quando ele havia voltado para casa de vez.

Para Otto de noite
dizia, em letras redondas fáceis:

Necessita:

20 flores de linho   1 pilão e 1 almofariz

Instruções:
Pegue as flores azuis, triture e esmague. Espalhe a pasta nas pálpebras dele, uma camada grossa, pressione a pele para baixo. Então o faça dormir. E ele vai dormir fácil e os sonhos vão ficar longe. De manhã, as flores terão ficado secas e leves e se tornado um pó que pode ser limpo tão facilmente quanto cabelo ou poeira.

Ele separou o cartão dos outros e saiu, avançando em meio aos animais, para ver se havia algum botão tardio no linho de Russell. Encontrou quatro, juntando-os cuidadosamente na xícara de café que levara com ele.

De volta à cozinha, arrancou as pétalas do caule e as jogou no almofariz. Enquanto as triturava, suas cores ficaram mais vivas e brilhantes. Uma boa cor para um besouro, ele pensou. Registrou mentalmente fazer besouros em seguida. Era esquisito espalhar a pasta em suas próprias pálpebras, e ainda mais esquisito tatear o caminho para fora da cozinha com os olhos fechados e pesados de massa, seguindo pelo corredor, até o quarto. Mas quando estava lá, deitado de costas, para não manchar a fronha de azul, ele apagou, quase imediatamente.

Otto dormiu e dormiu, até a noite, então pela noite, continuando até a manhã seguinte. Quando acordou, esfregou a mão, sem pensar, pelo rosto, e a poeira cor de ferrugem se espalhou.

Sentia-se maravilhoso. Pela primeira vez num longo tempo, sentia como se seu corpo não quisesse nada dele. Preparou o café da manhã, então começou a projetar e modelar os besouros, e suas mãos não tremeram, e seu coração não acelerou.

Enquanto a primeira camada secava, Otto saiu novamente para o campo, passando por seus animais, para tentar encontrar mais flores. Teve de ir além desta vez, e mais longe, porém, finalmente, encontrou duas flores completas e uma que havia perdido apenas metade das pétalas. Ele as colocou numa xícara de café com um pouco d'água para que estivessem boas e frescas para a noite.

Então fez a pasta.

Então dormiu.

No dia seguinte, ele procurou por todas as fileiras tomadas pela vegetação na terra de Russell, mas não conseguiu encontrar uma única flor. O sol estava quente, e o topo de sua cabeça pulsava.

Naquela noite, seu coração se acelerou, os pulmões se contraíram e saltaram, e ele observou os pontos brilhantes no teto de estuque até ter contado cada um, respirando como um velocista. Então se levantou e caminhou para a cozinha, lavou a grande tigela e começou uma mistura de farinha e água, de pijama e roupão. Suas mãos tremiam, mas não era grande coisa nesse estágio, quando estava apenas misturando. Mais tarde, quando chegasse a hora de modelar e esculpir, ele beberia um pouco de café, ou tomaria ibuprofeno, ou um uísque de centeio, para tentar acalmá-las.

Algumas horas depois de o sol nascer, ele deu partida no caminhão e dirigiu para a venda. Estavam abrindo, colocando as flores em baldes na porta da frente.

Bom dia, disse Otto. Ele caminhou lenta e cuidadosamente do caminhão até a loja, em guarda por conta das crises de tosse que podiam tirar seu equilíbrio e jogá-lo nos baldes de flores.

Quer mais farinha?

Hoje não, Sheryl.

Tinta?

Não, hoje não, Wesley.

Sheryl estava mais próxima da porta, desfazendo ramos de rosa e cravos amarelos. Entre, ela disse, enquanto abaixava as flores e segurava a porta para Otto.

Obrigado, disse Otto.

Já vou te atender, Wesley falou, cortando os cabos das rosas envoltas em celofane.

Dois minutos depois, quando Wesley terminou com as rosas, ele encontrou Otto junto ao quadro de anúncios. Eu só queria colocar esse, por favor, disse Otto. Ele passou a Wesley um cartaz feito à mão. Dizia:

Precisa-se: FLORES DE LINHO
Por favor, entre em contato com OTTO VOGEL se você tiver/ encontrar flores tardias de linho em seu campo ou na natureza.
Urgente.

Claro, disse Wesley. Por quanto tempo?

Otto pensou, calculou. Onde estava Etta? Quebec? Duas semanas, ele disse. Talvez mais.

Os sinos na porta da loja tocaram, e Otto e Wesley se viraram para ver Sheryl entrar com a tesoura de poda e um balde

cheio de pontas de caules. Ela forçou a vista para ler o aviso.
Otto, ela disse, está tendo problema para dormir?
Estou bem, disse Otto.
Porque temos pílulas.
Pílulas não são boas para o coração, disse Otto. Estou bem. Tudo bem.
Vou deixar isso por duas semanas então, disse Wesley. Bem aqui no meio.
Olhe, leve esse para você, disse Sheryl. Ela entregou a Otto um cravo amarelo que era pequeno demais para combinar com os outros.
Em casa, Otto colocou o cravo numa xícara de café, pois todas as jarras eram altas demais para ele. Acariciou a cabeça de Oats, que dormia, e substituiu alguns pedaços de jornal no interior do caixote que ela não estava usando, então verificou se a última demão que havia aplicado no guaxinim secara. Sim. Estava tudo seco ali. Ele pegou-o cuidadosamente e o carregou até o quintal para encontrar um lugar para ele. Seus olhos doíam, quentes. Encontraria um lugar sombreado na sala ou cozinha depois disso e tentaria dormir novamente.
Belo guaxinim, disse uma mulher com cabelo metade marrom, metade grisalho, puxado bem para trás. Ela ficou entre o narval e a truta. Debaixo d'água, pensou Otto, mas não de verdade.
Obrigado, disse Otto. Pensei em colocá-lo lá na ponta, olhando para a truta.
Isso faz sentido, disse a mulher.
Mas não quero vender, disse Otto. Nenhum.
Isso não faz sentido, disse a mulher, mas entendo.
Não deve chover nas próximas duas semanas, isso seria muito – Otto parou para tossir – fora do padrão.
Eu sei, disse a mulher. Apesar de que é capaz. Mas não é por isso que estou aqui. Ela manteve uma das mãos sobre a la-

teral do narval, como se para acariciá-lo, mas a centímetros de distância, não o tocando de fato. Estou aqui porque pensei que você poderia querer conversar sobre o que pode ou deveria acontecer com sua coleção no caso de um acontecimento infeliz imprevisto.
 Otto assentiu, esperando.
 A mulher ficou de pé, observando-o, esperando.
 Otto assentiu novamente, esperando.
 Quero dizer, disse a mulher, quero dizer se você morrer, Otto. Estou aqui para perguntar se você poderia considerar doar para nós, a galeria, se você morrer.
 Oh, disse Otto.
 Ele pensou. Sua mão esquerda tremeu. Ele a colocou com a outra atrás das costas. Então disse, acho que o primeiro problema seria que são basicamente presentes.
 Presentes?
 Sim, presentes. Para Etta e para Russell. Então não sei se seria apropriado doá-los a outra pessoa.
 Bem, disse a mulher, deve haver algo...
 E, disse Otto, o segundo problema é que, francamente, não vejo quem estaria interessado, do público da galeria. Quero dizer, exceto você, claro.
 Sério?, disse a mulher.
 Sério, disse Otto.
 Meu Deus! Otto!, disse a mulher. Olhe. Ela se virou, em direção à estrada, e apontou. Uma procissão de carros e caminhões serpenteavam lentamente, alguns com binóculos saindo das janelas. Otto contou quinze antes de seus olhos começarem a se embaçar. Levantou uma das mãos detrás das costas e acenou. Um braço na janela traseira de uma perua azul acenou de volta.
 Oh..., disse Otto, sério?
 Sério, disse a mulher.

Hum, disse Otto. Então, vou pensar nisso.
Obrigada, disse a mulher. Antes de partir, ela deu a ele outro cartão de visita.
Já tenho um, disse Otto.
Bem, agora você tem dois.
Depois que ela partiu, Otto se sentou na grama ao lado de seu guaxinim e observou os carros passando. Exceto pela tosse, ele ficou bem parado, como uma estátua, as mãos atrás das costas.

* * *

Os recrutas chegaram numa tarde sonolenta de sábado. Alguns dos soldados residentes estavam cochilando em camas emprestadas, sofás ou gramados, alguns estavam jogando pedaços de detritos que encontravam para um cachorro que não pertencia a ninguém. Otto escrevia uma carta, e Gérard estava de pé no telhado da igreja em que estavam instalados, vigiando, mesmo que ele não estivesse de guarda. Então foi Gérard quem viu os primeiros caminhões levantando pedras e pássaros por toda a estrada. Assim, foi Gérard o primeiro a saber que eles estavam vindo, então Otto, que o ouviu gritar,
Caminhões!
então,

Etta, eles estão aqui! Finalmente. Mais em breve.

E então todo mundo, de uma faixa da rua que era o começo e o fim daquilo que algum dia havia sido uma cidade, todos os soldados de uma vez se movendo juntos numa animada onda, rolando, gritando, socando em direção aos caminhões. Os capitães chamaram para que eles ficassem em fila, mas ninguém escutou, e os capitães não se importavam de verdade.

Otto acabou próximo do segundo caminhão. Todos os garotos atuais foram reunidos ao redor dos veículos, gritando, saltando e batendo as mãos contra o metal quente, e todos os garotos novos estavam sentados dentro, com olhos empertigados, vazios, postos à frente. Do banco dianteiro do primeiro caminhão, um capitão assobiou. Então as portas se abriram, e eles todos caíram juntos, misturados.

Ralf MacNeil, disse um garoto com uma auréola de cabelo laranja raspado rente, de Labrador. Sacudiu vigorosamente a mão de Otto. Realmente feliz de estar aqui finalmente, realmente, realmente feliz.

Lauren Ingersson, de FlinFlon, disse o garoto atrás dele, esticando-se para pegar a outra mão de Otto. Espero que se tenha comida melhor aqui do que nos barcos.

Ralf e Lauren foram varridos para o próximo grupo, e Otto se deparou com outro par de novos garotos, um com traços alongados e pálidos e outro com pequenos cachinhos escuros.

Oi, disse o primeiro, sou Adrian, eu...

Owen, disse Otto.

Não, Adrian...

Ai, meu Deus, Owen, disse Otto.

Não, desculpe, é...

Olá, Otto, disse Owen.

Oh, disse Adrian, vocês dois já se conhecem?

Sim, disse Otto.

Sim, disse Owen.

Então a multidão engrossou e avançou, alguém roçou no ombro de Otto, e ele se virou para ver, mas eles já tinham ido e, quando ele se virou de volta, Adrian e Owen também já tinham ido, em seu lugar estavam novos rostos desconhecidos, os corpos retesados pela tensão arrebatadora de algo que está prestes a acontecer. Sobre suas cabeças, Otto pensou que captava flashes do cabelo de Owen a vinte ou trinta garotos de distância, mas Owen não era alto, e a multidão estava sempre se movendo, então ele não podia ter certeza.

Naquela noite, Otto esperou ao lado da porta da câmara municipal que usavam como cantina enquanto todo mundo se enfileirava para o jantar. Owen e Adrian eram quase os últimos; eles não sabiam ainda, pensou Otto, que havia uma quantidade bem limitada de tudo lá. Ele alcançou Adrian e puxou Owen da fila, pelo canto, passando por uma chapelaria não oficial.

Melhor comida aqui?, disse Owen.

O que está fazendo aqui?, disse Otto.
Você acabou de me puxar...
Não, não aqui, *aqui*, Owen. O que está fazendo *aqui*?
A mesma coisa que você.
Não, não está.
Não estou?
Você é jovem demais, Owen. É jovem demais.
Eles não perguntaram isso. Não se importam mais.
Mas eu me importo. E você deveria.
Bem, legal, legal da sua parte, Otto, mas errado.
Errado?
Otto, há outras formas de ser adulto, crescido, além de apenas tempo. Há muitas coisas. Sou uma das pessoas mais velhas que eu conheço. Às vezes, parece que sou o mais velho de todos. E não é necessariamente uma coisa boa. Mas é verdade.

Owen falava calmamente, a voz contida, composta.

Mas obrigado pela preocupação, ele continuou. Significa algo, significa muito.

Estava escuro na chapelaria, praticamente nenhuma luz lá, apenas fragmentos que se espalhavam com o ruído de pratos e vozes da cantina. Otto sentiu a mão embaixo de suas costas, notou sua camisa molhada de suor.

Não quero que você se machuque, disse Otto.

Uma pessoa pode se machucar em qualquer lugar, disse Owen. Ele se inclinou um pouco, apenas um pouco mais perto. Senti saudades, Otto, senti mesmo.

Tudo bem, disse Otto. Ele inspirou e deu um passo para trás, para longe. Soltou o ar. Claro. Senti sua falta também, Owen. Claro que senti. Agora vamos ver se sobrou alguma coisa, tá?

Tá, disse Owen, afastando a mão.

... Então agora Gérard e eu estamos dividindo nosso quarto novamente. Temos _____ novos recrutas que foram mandados enfiar seus sacos de dormir nos espaços entre os nossos. Eles parecem bem legais. Um deles, Patrice, não fala absolutamente nada de inglês, então ele e Gérard se deram bem, e o outro é um garoto tranquilo de bom coração da costa oeste chamado Adrian. Ele diz que alguns dos moleques novos estavam bem tensos no caminho, ficando empolgados em deixar de terem medo, e apenas se empolgando em se empolgar.

É claro, estávamos empolgados de eles chegarem também. Eu estava. É bom ter distrações, e é bom ter as novas esperanças deles.

Porque eu também tenho essa ideia terrível, que sei que não é verdade, que sei que é ridícula. Tenho essa ideia de que todos esses garotos que vieram preencher os espaços dos que perdemos vão ocupar seus espaços exatamente e vão levar tiros ou facadas no escuro ou vão ser explodidos assim como os últimos, exatamente como eles, um a um, e então novos garotos serão mandados para substituí-los, e vão levar tiros ou facadas no escuro ou vão ser explodidos exatamente igual, então mais novos, de novo e de novo. E nós, os outros, vamos apenas assistir e saber e não saber o que dizer ou fazer. Se devemos alertá-los ou apenas deixá-los aproveitar o resto de suas minúsculas vidas. E eu não sei para quem é pior, se para eles ou para nós.

Sei que não é real. Mas às vezes, quando estou tão longe, isso não significa muito.

Cuide de você e, se vi-los, de Russell, Harriet, Josie, Ellie e Benji, e a mãe e o pai, e de você.

Aqui,
Otto.

Etta e Russell iriam dançar toda noite agora. Eles pesquisaram e fizeram uma lista de todos os eventos nas vilas e cidades no distrito. Seguiam nos cavalos de Russell ou no carro do pai de Etta. Apesar da perna ruim, Russell dançava muito bem, apenas na metade do tempo de todos os outros. Etta não se importava, dava a ela mais tempo para fazer viradas. Começaram a reconhecer os músicos e cumprimentavam com o chapéu ao entrar ou sair. A maioria deles era homens mais velhos ou garotas da fazenda. Todo mundo estava exausto do trabalho na fazenda ou na fábrica, com olheiras sob os olhos, calos nas mãos, mas ainda calçavam bons sapatos e vestiam roupas passadas e tocavam e tocavam e dançavam e dançavam e dançavam.

17

Eles haviam acabado de cruzar para New Brunswick, o ar ficando mais denso, mais pesado, com um pouquinho a mais de sal, mas o suficiente para se notar, quando Bryony disse,
Eu tenho um irmão.
Apenas isso. Elas estavam andando em relativo silêncio, quebrado apenas pelo roçar das pernas contra a grama selvagem alta, que deixava marcas de orvalho do dia todo em faixas amorosas em suas pernas.
Isso é algo, disse Etta. É uma história.
Não, disse Bryony, é apenas uma pessoa, não uma história.
Bem, é algo, disse Etta. O que mais a respeito dele?
... bem, ele gostava de estrelas. Ainda gosta, aposto. Astronomia.
Ele é astrônomo?
Não, apenas gosta disso.
OK. Havia uma mulher que tinha um irmão que amava as estrelas. É uma história, não é?
Talvez. Não é muito boa. E não é realmente minha.
Bem, e você está apaixonada pelo quê?
Pelo mar, creio.
Mesmo que nunca tenha estado lá?
Ele nunca esteve nas estrelas. Apesar de querer, quando era pequeno. Ser um astronauta.
E quanto a você, o que você queria ser?
Queria ser ele.
Não uma jornalista?
Isso veio depois.
E onde ele está agora?
Penitenciária de Sua Majestade de St. John. Aquela bem na costa.

Estavam se aproximando do distrito de Ciquart. Etta podia vislumbrar faixas e cartazes empunhados pela pequena multidão esperando por elas. Gritavam: ET-TA! ET-TA! VAI! VAI! VAI!
Oh, disse Etta.
Não, disse Bryony. Não se preocupe com isso... Tem algum irmão? Irmã?
Catorze, disse Etta. Oito irmãos e seis irmãs.
A multidão se movia para encontrá-las. Logo câmeras disparavam, e pessoas gritavam, choravam e entregavam a Etta e Bryony coisas grandes, como um saco de damascos secos, garrafas de cerveja caseira e um bolo de anjo, assim como coisas pequenas, como talos de lavanda seca e uma vela aromática meio derretida e uma colherzinha de prata com o cabo entortado, e logo Etta e Bryony passaram para o outro lado do vilarejo e estavam sozinhas novamente. Passaram o resto do dia caminhando em algo como silêncio.

Duas noites depois, em algum ponto em torno de duas da madrugada pela sensação em seu corpo e a aparência do céu, Bryony acordou. Estavam acampadas sob um trecho de bétulas brancas e amarelas. Ela se examinou: não precisava fazer xixi, não estava com sede ou desconfortável ou com frio ou calor, o blazer ainda estava sobre ela como um cobertor, e não parecia haver nenhum animal ou inseto perto dela. Mas ela estava acordada. Por algum motivo.

Etta?, ela quase sussurrou, virando-se de lado para encarar o lugar de Etta, duas árvores além.

Os olhos de Etta estavam abertos, olhando fixamente para ela, além dela. Oh, ela estava dizendo. Ohohohohoh. Me ajude. Me ajude. Oh, oh. Oh! Meu ouvido. Meu ouvido! Meu ouvido meu ouvido meu ouvido. Oh Deus oh Deus. Ohohoh.

Etta, o que há de errado?
Oh Deus! Oh Deus oh Deus!
Etta! Estou aqui. É Bryony, aqui, o quê...

Estou queimando! Minha cabeça! Por favor!
Etta, por favor, eu não sei...
Estou queimando! Agora Etta estava caída de costas. Os braços e pernas tremiam e se debatiam como se ela estivesse se afogando. Bryony não conseguia se aproximar. Meu ouvido! Meu ouvido! Meu ouvido! Meu Deus! Meu Deus! Meu Deus!
OK, disse Bryony, fique aqui. Apenas fique aqui.

Ela abriu uma das sacolas, a mais próxima, e tirou botões, papel, caneta, um anel, um cavalo de plástico, um sapato de criança, tudo no chão, até chegar à garrafa d'água. Abriu-a, então se virou de volta para Etta, meu ouvido meu ouvido meu ouvido meu, e entornou a água lenta e deliberadamente, no ouvido direito de Etta, deixando-a se empoçar sob sua cabeça. Pronto, ela disse, pronto, pronto, pronto, entornando e entornando, até que a respiração de Etta se tornou regular, e ela parou de se mexer e gritar e apenas olhou para cima, fixamente para cima.

Ele está morto, você sabe, disse Etta.
Shhh, disse Bryony.
Ele está morto.
Escute, vou te contar uma história.
Mal consigo te ouvir.
Vou falar claramente.
Tudo bem.
Então Bryony respirou fundo e então contou uma história:
Tá. Era uma vez uma família. Na periferia de Ontário onde havia muitas famílias, ou há, creio, mas essa família era especial, talvez apenas porque é dessa que vamos falar, mas, bem, isso já é alguma coisa. Havia uma mãe, um pai e um filho, então, poucos anos depois, uma filha também. E o filho passava as noites, antes do jantar, no quintal com a mãe e o telescópio, e a mãe apontava o telescópio para o lugar certo, algum lugar que ela sabia, apenas o lugar certo, e falava para o filho olhar e ele olhava,

fechando um olho e apertando o outro nas lentes, vendo coisas tão distantes que ele só podia entender se pensasse em números e não em pensamentos. Então a mãe apontava, e o filho olhava, e a filha os observava através da janela, noite após noite.

E eu os observava, queria estar com eles, e queria saber o que ele estava vendo, noite após noite, até um dia em que todo mundo estava fazendo outra coisa, tão distraídos, que fui capaz de perambular sem ser notada até o quintal e puxei uma cadeira de plástico verde de jardim, subi nela e olhei para a ocular do telescópio. Tudo que consegui ver foi um vasto borrão de azul. Oh, eu pensei. O Mar. Claro.

Dois anos depois, a mãe morreu, longa, lenta e arrastadamente, seu corpo se consumindo devagar da forma como os corpos frequentemente, muito frequentemente, fazem. E nós apenas assistimos, porque era tudo o que podíamos fazer. Não éramos médicos, e os próprios médicos não podiam fazer nada. Eles se sentavam ao nosso lado em quartos de hospital, e nós todos assistíamos juntos.

Algumas semanas depois que ela morreu, pedi a meu irmão que me mostrasse como usar o telescópio, que o apontasse para mim, mas ele não quis. Ele foi legal em relação a isso. Apenas disse, Não, Bryony, não posso, embora eu ainda o visse olhando através dele, tarde da noite.

O pai era bom e gentil e criou bem os filhos, apesar de estar sozinho, e todo mundo cresceu relativamente feliz, o filho pensando os pensamentos da constelação, de números, a filha pensando os pensamentos cheios de umidade do mar.

Quando fez dezoito anos, o irmão se mudou para a universidade. Engenharia, no leste. Eu sentia uma saudade louca dele. Ainda estava na escola, ainda jovem e em casa. A ausência dele pulsou nas primeiras semanas como fome, então menos, então menos, então a vida seguiu, e continuei como a filha única para um pai sozinho.

Ele não veio para casa no Natal, então escrevi um cartão para ele. As pessoas realmente se tornam astronautas, ainda?, perguntei a ele, dentro. Essa era meio que não acabou?
A resposta dele veio três semanas depois, no fim das férias. Sim, ele disse. As pessoas ainda se tornam.
De volta à escola em janeiro, eu estava conversando com uma menina mais velha, no intervalo entre Administração de Carreira e Vida e Educação Física. Ela mal era minha amiga, Bette Robbins, com cabelo louro ondulado. Contei a ela que o Natal havia sido bacana, mas não ótimo, porque meu irmão não voltara para casa.
Claro que não, ela disse. Eles não iriam simplesmente deixá-lo sair.
Claro que iriam. A irmã de Reuben veio para casa da Universidade de Alberta.
Eles não deixariam, Bryony, porque seu irmão não está na universidade, está na cadeia.
Não, ele está na universidade.
Cadeia.
Universidade.
Cadeia.
A garota esperou uma semana, então perguntou ao pai. E seu pai disse, Sinto muito, Bryony, sinto muito... Então ele disse, Eles têm aulas lá, para eles. Ele pode ter aulas lá. Engenharia. E ele disse, Sinto muito, sinto muito, sinto muito, sinto, eu deveria, eu deveria ter...
E a menina disse: Não, pai, tudo bem. Não, não.
E foi tudo o que disseram sobre isso. Não por quê. Não por quanto tempo.
Então esperei e esperei e esperei, até que meu pai morreu também, e tudo ficou silencioso, nada além do silêncio do leste, e finalmente eu era uma adulta e arrumei um emprego de adulta e te encontrei, caminhando para o leste, para a água, e você

disse, Eu tenho uma irmã, e você também pode vir. Não posso, pensou a mulher, embora ela tivesse um irmão distante também, tão distante, não posso, ela pensou, até que uma noite ela olhou para o céu, e para as estrelas de que ela não sabia ainda os nomes, uma noite, não há muito tempo, nada distante mesmo, e percebeu, sim. Sim, eu posso. Claro que posso. Claro que tenho. Eu vou. Não foi uma grande descoberta. Foi terrível e maravilhosamente pequena. E, e aqui estou, Etta. E aqui estamos.

Etta estava dormindo. Bryony colocou seu casaco sobre ela, então se deitou ao seu lado. Ficou olhando pelas folhas de bétula, contando as estrelas e estrelas e estrelas até que finalmente adormeceu também.

Quando acordou na manhã seguinte, tarde, depois que o sol já estava bem alto, Etta estava de pé, sentada no longo corpo de uma árvore caída. Tinha as mãos sobre o rosto e estava chorando entre elas.

Olá, disse Bryony. Bom-dia.

Etta não levantou o olhar, só continuou chorando.

É seu ouvido?, perguntou Bryony. Ainda está ruim?

É minha culpa, disse Etta. Ela falava entre as mãos, entre soluços, em respirações úmidas, fracas. Ele estava me seguindo.

Quem?

Owen, disse Etta. A pele ao redor de sua orelha tinha manchas vermelhas e brancas; ela a coçava.

Tem certeza, Etta?, disse Bryony. Tem certeza de que era você?

Tenho certeza, disse Etta. Ela estava oscilando um pouquinho, tremendo, do esforço de chorar, a pele toda de um transparente moreno azulado à luz do dia. Ela parecia, pela primeira vez, tão velha quanto era.

Tem certeza mesmo?, insistiu Bryony.

Tenho, disse Etta.

Tudo bem, disse Bryony. Mas ainda temos de comer. Ela abriu uma de suas sacolas e tirou um pacote de biscoitos e damascos. Tome, ela disse, enquanto lhe passava, um de cada vez, um biscoito, um damasco, um biscoito, um damasco. Tome, tome, tome, tome, tome. Então pegou a segunda garrafa d'água, aquela que ela não havia esvaziado na noite passada, abriu-a e passou para Etta. Tome. Etta bebeu e bebeu.

Agora, disse Bryony, precisamos caminhar.

Sem os outros?, disse Etta.

Sem os outros.

Elas caminharam para o oeste, recuando. Bryony guiava, e Etta seguia alguns passos atrás. Chegaram ao Hospital e Clínica de Repouso Grand Falls algumas horas antes de o sol se pôr.

Bryony fez Etta se sentar numa das cadeiras do saguão e se aproximou da mesa da recepção.

Olá, disse o enfermeiro recepcionista. Ele era enorme, talvez dois metros de altura, pele e cabelo escuros. Posso te ajudar?

Ela se perdeu, disse Bryony.

O enfermeiro assentiu. Você é parente?, perguntou.

Não, disse Bryony. Sinto muito.

O enfermeiro deslizou um formulário pela mesa em direção a ela, deixando sua mão sobre ele mais do que o necessário. Um consolo.

Sinto muito mesmo, disse Bryony. Sinto, sinto mesmo.

Eu sei, disse o enfermeiro.

Essas são suas coisas, disse Bryony, para manter com ela. Acenou para a pequena pilha aos pés de Etta. Uma sacola gasta, um casaco e...

Uma arma?, disse o enfermeiro.

Sem balas, e toda enferrujada por dentro e por fora. Só um brinquedo.

OK, disse o enfermeiro, tudo bem. Vou cuidar para que tudo fique com ela.

Quando todos os formulários estavam preenchidos, caminharam com Etta para um pequeno quarto no meio do corredor de quartos similares. Etta se sentou na cama. Bryony se sentou ao lado dela. O enfermeiro se manteve junto à porta.
Vou para St. John agora, Etta, disse Bryony.
Para a cadeia, disse Etta.
Sim, disse Bryony.
Certo, disse Etta.
Vou voltar aqui depois, a caminho de casa, disse Bryony. Ela olhou para Etta, então para o enfermeiro. Ambos assentiram.
Boa sorte com seu irmão, disse Etta. Tenho certeza de que ele está arrependido. Tenho certeza.
Obrigada, disse Bryony.
Adeus, disse Etta.
Adeus, disse Bryony.

Depois que Bryony partiu, o enfermeiro caminhou com Etta pelo corredor até uma porta que era de um verde levemente mais escuro do que as outras. As duchas e privadas, ele disse. Vamos deixar você limpinha. Pode tirar sua própria roupa? Lidar com a água?
Vou ficar bem, disse Etta.
As torneiras são todas de segurança, ele continuou, não dá para se queimar. E as toalhas estão dobradas numa pilha no armário da pia.
Vou ficar bem, disse Etta.
Ótimo. Eu sei. Só para ter certeza. Vou esperar aqui até você terminar. Eu te levo de volta para seu quarto depois.
Acho que posso...
Claro, eu sei. Só que gosto de companhia.

Enquanto empurrava a porta do banheiro, Etta se lembrou, voltou-se para o enfermeiro. Sabe se Gérard está aqui também?
Se ele está bem?
Ele está bem. Foi para casa.
Tem certeza? O garoto com sotaque? As calças arregaçadas?
Tenho certeza.
Tudo bem. Seja bom com ele. Ele parece difícil e mau, mas só está assustado, está bem assustado.
Tudo bem. Vou ser legal, seremos. E, por enquanto, vou esperar aqui. Bem aqui.
Certo, bem aqui.

Naquela noite, Etta dormiu e dormiu. Suas pernas e seus pés e seus quadris todos tão cansados, todos ao mesmo tempo. Ela dormiu para além da meia-noite, quando o enfermeiro veio vê-la, por toda manhã, quando outra enfermeira, Sheila, com cinco filhas crescidas, veio com chá, ovos, suco e torrada, deixando-os na mesa ao lado da cama, à tarde, quando Sheila veio novamente com mais chá, por toda a noite novamente. Estava escuro quando Otto acordou. Ele esticou as pernas e os dedos dos pés sob os lençóis. Havia apenas um pouco de luz numa fina faixa debaixo da porta e um pouco de luz em tons pálidos através das cortinas da janela. Ele olhou ao redor do quarto até seus olhos se adaptarem, então se levantou e esticou as pernas e dedos dos pés novamente, sentindo-se forte, vivo. Seguiu até a porta e para fora no corredor para encontrar o banheiro. Três portas abaixo, porta verde-escura. Apesar de estar bem aceso, não havia mais ninguém no corredor. Tudo quieto.

Na luz viva do único reservado do banheiro, Otto se examinou. Estava usando uma camisola meio de papel, meio de tecido, do mesmo verde-claro da porta de seu quarto, do mesmo verde-claro dos caminhões do regimento. Então eles sabem quem eu sou, pensou Otto. Havia uma atadura em sua orelha.

Ele tocou levemente, ainda dolorida. Correu a mão pelo cabelo e veio com alguns fios soltos, branco brilhante. Quando foi usar a privada, Otto descobriu que estava usando fralda. Ele a tirou e a colocou no lixo perto da caixa da descarga, esvaziou os intestinos e bexiga, deu descarga, lavou as mãos e voltou para o quarto. Uma vez lá, ele se sentou na cama, desperto. Não estava nada cansado. Escutou o farfalhar rítmico de sua camisola de papel movendo-se com a respiração, o tique-taque de um relógio, o subir e descer do vento lá fora, como cantoria. Só que era longo, regular e encorpado demais para ser vento. Sólido demais. Otto foi para a janela, abriu o máximo que podia abrir, seis centímetros, e escutou novamente. Familiar, nostálgico. Tateou cuidadosamente a atadura de sua orelha até encontrar a ponta, então começou a desenrolá-la, até que sentiu o ar e o som nela, duas vezes mais alto, começando baixo, então aumentando, depois diminuindo novamente. Coiotes, disse Otto para o quarto, o relógio, o vento. Como em casa. Ele puxou a única poltrona do quarto até a janela, sentou-se e escutou.

À meia-noite, o primeiro enfermeiro bateu gentilmente na porta, então abriu uma fresta. Verificação da meia-noite, ele sussurrou. Então, notando a cama vazia, Etta, está de pé?

Sim, mas estou bem, disse Otto.

Você arrastou a cadeira.

Sim, mas não estava pesada.

Tudo bem. Me chame da próxima vez. Para ajudar.

Certo, disse Otto, enquanto o enfermeiro fechava a porta e o deixava sozinho novamente.

Otto ainda estava no quintal, ainda ao lado do guaxinim e da truta, quando seus vizinhos, aqueles com a garota do porquinho-da-índia, saíram da lenta fila de veículos em procissão pela via e seguiram para a entrada de sua casa. Reconheceu o carro, azul-escuro, grande e prático. Ele avançou até onde Otto estava sentado, cuidadosamente transpondo as esculturas. A porta de trás se abriu primeiro, e a garotinha saltou. Olá, sr. Vogel!, ela disse, então correu até o guaxinim, acariciou-o até a cauda, então recuou para o lobo, afagou-o cuidadosamente entre as orelhas, então se afastou em direção à tetraz, e daí por diante. Ela já estava com as marmotas antes que seus pais tivessem saído do carro.

Boa-tarde, Otto, disse o pai da garota.
Boa-tarde, Otto, disse a mãe.
Boa-tarde, disse Otto.
O porquinho-da-índia está te tratando bem?
Sim, muito bem. Ela basicamente dorme e lambe.
É, disse o pai.
Nem me fale, disse a mãe.
Não parece que Russell já esteja de volta, hein?, disse o pai.
Não, disse Otto. Ele não voltou. Está lá no norte.
Entendo, disse o pai.
Em todo caso, disse a mãe, eu te trouxe algo. Ela buscou atrás do carro, no banco traseiro. Estão bastante murchas agora, mas, bem, achei que você pudesse querê-las de todo modo. Ela pegou uma lata de café com três flores tristes de linho, com metade das pétalas. Vi seu recado, ela disse. Atrás deles, a filha corria da águia dourada para as raposas e o esquilo vermelho.
Oh, disse Otto. Sim. Sim, obrigado.

Não é muito, mas tudo o que pude encontrar em nossa terra.
Ela procurou a tarde toda, acrescentou o pai.
Sinto muito que não haja mais, disse a mãe.
Não, não, essas estão ótimas, disse Otto. Obrigado. De verdade. Ele olhou as flores, contando mentalmente as pétalas. Elas estremeceram frouxas ao vento. Segurem-se, pensou Otto, só um pouquinho mais, por favor. Bem, ele disse alto, eu adoraria convidá-los para um café, mas...
Não, não, disse o pai. Obrigado, mas precisamos ir rápido. Temos aula de natação na cidade. Ele se virou em direção à filha, que agora se escondia entre gafanhotos. KASIA!, ele gritou. NATAÇÃO! Ela o ignorou. Três passos, toca um gafanhoto, três passos, toca um gafanhoto. O pai encolheu os ombros e foi batendo o pé até ela.
Quando ele se afastou, a mãe se aproximou mais de Otto, a lata de café na mão, e disse, Você está bem, Otto?
Um pouco de dificuldade para dormir, disse Otto. E por ser muito velho.
Eu podia fazer a pasta para você, se quiser, passar aqui depois do jantar.
Não, disse Otto. Gosto de fazer. Tudo bem, estou bem.
Otto, você não se mexeu desde que chegamos aqui, esse tempo todo.
Não?
Não. Me diga, pode ficar de pé.
Agora?
Sim, agora.
Otto hesitou. Não, ele disse. Não posso. Não agora.
Tudo bem, disse a mãe, vou te ajudar. Vamos fazer parecer natural, só andar e conversar.
Não, está tudo bem, disse Otto. Você não precisa...
Sim, eu preciso sim, disse a mãe.

Ela não era uma mulher grande, mas era forte. Pernas sólidas, braços, tronco. De nadar, ela disse. Colocou um braço em volta das costas de Otto, seus dedos se ajustando embaixo das axilas, puxou o peso dele em sua direção e levantou. Ele subiu rápida e facilmente, como uma jarra vazia que ela esperasse estar cheia.

Pode andar?, perguntou.

Não sei, disse Otto.

Tudo bem, vamos tentar então. Ela deu um passo à frente com a perna direita, e Otto seguiu. Direita, isso, bom. Então esquerda, isso, bom. Então direita. Então esquerda.

Estou apenas cansado, disse Otto.

Esquerda, disse a mãe, e direita.

Kasia, tendo agora já tocado cada animal, veio saltando de volta em direção a eles, quando chegavam à porta da frente.

Para onde estão indo?, ela perguntou.

Ver o porquinho-da-índia do Otto, disse a mãe. Ele vai me mostrar.

Oba!, disse Kasia. Eu AMO porquinhos-da-índia!

O pai vinha alguns passos atrás. Captou os olhos da esposa sobre a cabeça da filha. Devo esperar no carro?, ele disse.

Não, não, está tudo bem, sério, disse Otto. Todo mundo pode vir vê-la.

Você tem filhos também? Algum brinquedo?, perguntou Kasia.

Não, disse Otto. Desculpe. Só o porquinho-da-índia.

Bem, que triste, mas tudo bem, acho, disse Kasia. Por enquanto.

Eles se reuniram em volta do caixote laranja de Oats. Ela estava dormindo. Fazem muito isso, disse Kasia. O meu também. Não se preocupe. Ela colocou a mão dentro do caixote e acariciou o Oats de papel machê. Gosto desse, ela disse.

Antes de partirem, a mãe colocou a lata de café com as flores na bancada, logo atrás de onde Otto se apoiava. Pode levantar suas pernas sozinho?, ela sussurrou.
Sim, sussurrou Otto.
Me mostre.
Ele levantou a perna esquerda. Seis centímetros do chão, talvez sete.
Tudo bem, sussurrou a mãe. Tudo bem?
Sim, sussurrou Otto, tudo bem.
Depois que partiram, Otto pegou uma caneta e papel e, mantendo-se de pé, para o caso de sentar-se significar ficar sentado para sempre, escreveu:

Querida Etta,
Temos bons dias e maus dias. Você me disse uma vez para apenas lembrar de respirar. Desde que você possa fazer isso, está fazendo algo Bom, você disse. Livrando-se do velho e deixando o novo entrar. E assim, seguindo em frente. Fazendo progresso. É tudo o que você tem de fazer para seguir em frente, às vezes, você disse, apenas respirar. Então não se preocupe, Etta, no mínimo, eu ainda estou respirando.
Você deve estar quase lá, deve estar perto. Espero que esteja. Espero que esteja vendo tudo.
Só estou escrevendo para te dizer: Estou aqui, não se preocupe. Estou aqui, respirando, esperando.
Otto.

Então ele fez a pasta de linho, espalhou nos olhos e dormiu e dormiu.

Russell estava sobre uma pedra redonda, lisa. Era a coisa mais alta em quilômetros, coberta de um líquen laranja, verde e cinza. A mulher ao lado dele era minúscula, com rugas como fogos de artifício ao redor dos olhos. Usava um casaco de pele e pelo que combinava com seu próprio cabelo branco. Tinha a mão no ombro dele. O REBANHO DEVE VIR DE LÁ HOJE, ela gritou. O vento era tão alto que Russell mal podia ouvi-la. EM ALGUM MOMENTO NAS PRÓXIMAS SEIS HORAS, APOSTO. Ambos se sentaram na rocha, com cuidado para não tirar o líquen. VOCÊ NÃO TEM ESPOSA?, ela gritou.

NÃO, gritou Russell.

VOCÊ É MAIS FELIZ SOZINHO, COMO EU, TALVEZ, ela gritou.

SIM, gritou Russell. SIM, TALVEZ.

★ ★ ★

Ficaram na vila com os novos recrutas por quase uma semana, então, sem lhes darem nenhuma justificativa, Otto e Gérard e todos os outros foram despertados às quatro da madrugada no domingo, ainda com neblina lá fora, ainda frio, para se vestirem rapidamente, mijar e arrumar as coisas e começar a marchar para o oeste.

Owen alcançou Otto na fila. Sabe para onde estamos indo? Você não tem permissão para furar a fila dessa forma, vai levar uma surra ou vai ter de ficar atrás, disse Gérard ao lado de Otto.

Tudo bem. Eu sei. Você sabe? Para onde vamos? Por quê?

Não faço ideia, Owen.

Aucune idée, disse Gérald.

Isso acontece muito? Tudo normal, de repente, sem aviso, levantar-se e ir?

Às vezes, disse Otto.

Olhe, disse Gérard, isso não é ruim. É melhor do que partir porque eles estão varrendo seus vigias e guardas da cidade. Ou invadindo quartos à noite e cortando gargantas. Este é um bom alongamento matinal.

Oh, disse Owen. Isso é...

Mas ainda não é tão ruim, ainda melhor do que quando somos nós que nos infiltramos. Melhor do que ficar de pé junto a uma janela, vendo os pomos de adão de dois estranhos subirem e descerem no sono, sabendo que eles terão a chance de seis, talvez mais sete respirações antes que suas facas deslizem através deles, então eles não terão tempo ou meios de gritar, mal terão tempo de abrir os olhos para ver você, para sentir suas próprias batidas do coração incharem e morrerem em seus pescoços...

Por Deus, Gérard, disse Otto. Virando-se para Owen, nós não, não é tão...
Tudo bem, disse Owen.
E, disse Otto. Mesmo se nós... Então parou, suspirou.
Olhe, disse Gérard, é como xadrez. Às vezes, é nossa vez de ser movido, seja agressiva ou defensivamente. Às vezes, não somos movidos por séculos. Às vezes, somos movidos de volta para um lugar em que acabamos de estar. Parece tudo aleatório daqui, mas de cima, para aqueles que podem ver o quadro inteiro, provavelmente faz sentido. Pode muito bem haver uma estratégia, um plano. A coisa a saber, *mon petit Anglo*, é se você é rainha ou peão.
Owen olhou para Otto, disse: Uma rainha ou um...
Não conheço xadrez, disse Otto.
Marcharam em silêncio. Owen ficou com eles.
Depois de outros trinta e seis passos, ele foi avistado como fora de lugar e levado para o fim da fila.
Não vai levar muito tempo, disse Otto. Estou certo de que estamos prestes a chegar lá.

Depois que Owen partiu, Gérard disse: Prestes a chegar aonde? Tem alguma ideia de onde estamos?
Não, disse Otto. Mas devemos estar em algum lugar.
Ele é engraçado, sabe, disse Gérard. Eu não passaria muito tempo perto dele.
Eu sei, disse Otto. Não se preocupe, eu sei.

Caminharam até escurecer, então por mais algumas horas até ser dado o aviso de parar e acampar. Uma fogueira baixa, fraca, foi feita num lugar coberto, invisível de qualquer ângulo exceto direto da frente, e a comida foi esquentada e distribuída. Todos estavam exaustos, mas ninguém estava pronto para dormir; eles se sentaram ao redor da fogueira em espiral, o mais próximo possível uns dos outros, conversando baixinho em dois ou três sobre nada, porque eles estiveram juntos ao longo da noite e do escuro e tudo entre as duas coisas por tanto tempo que a única coisa que restou para conversar era nada. Então, em algum momento entre jantar e sono, de algum ponto entre dois garotos discutindo sobre nada e três garotos comparando histórias de nada, Owen começou a cantar:

> *As chuvas de abril vêm como um raio*
> *Trazendo as flores que abrem em maio.*

Um tenor leve, rico. Igual ao da escola de Etta. Ele estava olhando direto para Otto. Otto se distraiu de sua conversa.

> *Então se chove, não se aborreça,*
> *São violetas, e não água, que chovem,*
> *Na sua cabeça.*

Finalmente, todos pararam de conversar e escutaram, alguns deles se juntando, alguns em harmonia, e alguns mal encontrando a melodia, e alguns sentando-se em silêncio, observando as músicas como um filme.

> *E quando vê nuvens que vêm sem aviso*
> *Logo verá extensões de narcisos*

> *Então siga buscando um pássaro azul*
> *Siga ouvindo o seu assobio*
> *Que traz consigo as chuvas de abril.*

> *Então apenas siga buscando aquele pássaro azul*
> *Siga ouvindo o seu assobio*
> *Que traz consigo as chuvas de abril.*

Na manhã seguinte, enquanto eles arrumavam suas coisas, a música não saía da cabeça de Otto. E continuou enquanto eles começavam a marchar, e continuou, enquanto avançavam pelos campos quentes e secos de grama alta e pequenas orquídeas, enquanto paravam e acampavam por uma segunda noite, nem fogueiras nem ruídos permitidos dessa vez, direto para a cama após uma refeição silenciosa, de modo que o som da música em sua cabeça se misturou com o som do mar, bem do outro lado da costa íngreme onde se esconderam. Estavam de volta à água; a sensação invisível embalou Otto como uma cantiga de ninar.

A manhã veio antes da manhã. Veio com uma luz que não era o sol e velocidade e ruído e a mão através da barraca de Otto, descendo a lona, caindo sobre ele, prendendo as paredes para baixo numa forma de mão de modo que ele teve de rolar fora do caminho e saltar contra ela, empurrando o peso morto para longe dele, e para fora na resplandecente luz do não sol e do ruído da não manhã, lutando com suas botas e seguindo a onda de todos de pé sobre a ribanceira e para baixo, em direção ao mar, onde, antes da água, havia um mar de homens, em todo canto todo canto, girando, se espalhando de forma que a linha entre mar e terra fosse borrada, se foi, eram apenas corpos, e porque todos gritavam, Otto gritava, e até os tornozelos, os joelhos, os quadris na água, entre! entre! entre! e ponha-os para fora! alguém está gritando todo mundo está gritando, dentro! e fora! e barcos e meninos e homens e meninos, respirando na água, cuspindo a água, e tudo tão alto e tanta cor, mas escurecido e ficando mais escuro e melhor você se abaixar, abaixar, fundo, fundo, fundo, e a água mais quente do que ele esperava, rítmica e, em sua cabeça, a música ainda tocava, e tocava, e a água ainda preta porque é apenas o pôr do sol logo antes e metade dos gritos e metade dos corpos e metade dos uniformes são familiares, que ele aprendeu a conhecer e a outra metade são os outros que ele aprendeu a reconhecer mas por diferentes razões e ambos estão atirando e gritando todos estão atirando e gritando e algo ou alguém está explodindo na água, como as coisas podem explodir na água? E a facada de ruído de luz de aço na lateral de sua cabeça no lado direito de sua orelha em sua orelha e então algo contra seu estômago como um punho, porém maior, mais pesado, um corpo contra o seu, de cabeça para baixo na água, ele tem a mão na sua cabeça, sua orelha, está forçando para ver através da luz que está em todo canto bem em todo canto e usa a outra mão para buscar embaixo, para virar o corpo e as bochechas bufam e tossem água, e é Owen, Owen de casa, e ele é bem pequeno, e ele tosse novamente e água corre em sua boca aberta e talvez ele esteja sangrando no peito, pouco abaixo do peito, bem no centro de si, e Otto tira a mão de sua cabeça e usa ambos os braços para levantar e puxar levantar e puxar Owen para fora da água longe tentar se afastar para algum lugar quieto e escuro grita socorro por favor! Por favor! E seu grito é como uma harmonia para todos os outros gritos, todo mundo está gritando, mesmo aqueles que não estavam cantando, que estavam apenas observando, antes, agora se juntaram e todo mundo está gritando e se ergue junto e preenche o bom ouvido de Otto e o ar e preenche tudo.

Owen está morto antes de Otto poder abaixá-lo. Não há lugar silencioso para colocá-lo. Nenhum lugar limpo nenhum lugar silencioso. Ele o coloca na praia, ao lado dos outros. Seus olhos estão abertos. Otto sabe que deve fechá-los, mas não pode. Deixa os olhos abertos. É minha culpa, ele diz.

E, embora Owen esteja morto, ele diz, Não é.

E Otto diz: É sim.

E Owen diz, *Talvez*.

Então a orelha de Otto passa por sua cabeça e cai sobre seu corpo como um raio esbranquiçado e ele quer beijar Owen, mas não o faz, e em vez disso ele corre, corre de volta para a ribanceira, de volta para onde ele acampou, além de lá, longe e longe e longe.

Otto correu por quarenta minutos; 7.200 passos. Correu até encontrar um caminhão das Forças Armadas Britânicas, estacionado no acostamento de uma estrada vazia. Ele deu partida no tranco, como em tantos tratores, trilhadores, caminhonetes antes, e dirigiu para o interior até a próxima vila grande, onde ele saiu, encontrou o quarto mais escuro que pôde e, mesmo que o sol mal tivesse nascido, pediu uísque de centeio e, mesmo que o sol mal tivesse nascido, eles o serviram. Otto ficou lá o dia todo. Por volta do pôr do sol, Giselle entrou. Envolveu os braços no pescoço dele, e ele correu as mãos nas pernas dela, sem meias, apenas uma linha pintada, acima da linha pintada, e ela sorriu e disse, Sim? E o conduziu para longe, pela rua, pela esquina, até o quarto dela. Otto arrancou as roupas dela como se estivessem queimando em sua orelha. Penetrou-a como se ela fosse a água escura de sangue.

Mais tarde, enquanto ele dormia, Giselle enfaixou a orelha de Otto, enrolando algodão branco limpo em volta e em volta e em volta.

Ele passou as próximas semanas entre aqueles dois cômodos, o bar e o quarto de Giselle. Ele percebeu, brevemente, em algum momento por volta de sábado, que ele não poderia voltar. Ouvira histórias, abaixado junto ao rádio com Russell, de soldados como ele fuzilados sem cerimônia em campos floridos. Então, era o bar e Giselle, indo e vindo, simples, fácil.

Foi no bar, em algum momento por volta do meio da semana, algum momento no começo da noite, quando a mulher

mais bonita que Otto já vira entrou. Meias de náilon de verdade. Ela sorriu para o garçom, familiar, reconhecida, e sentou-se a uma mesa perto dos fundos do salão, sozinha. Otto, no bar, terminou sua bebida, empurrou o copo para longe e foi até ela.
 Meu Deus, ele disse. Winnie.
 Oi, Otto, disse Winnie. Ela ficou de pé para abraçá-lo, ele nem levantou os braços para ela, pesados, pendurados, como uma criança, sua cabeça no ombro dela. Você está com um cheiro terrível, ela disse.
 Eu sei, ele disse. Você está com um cheiro maravilhoso.
 Eu sei, ela disse.
 Eles se sentaram na frente um do outro, ela com vinho tinto, ele com nada. Acham que você está morto, ela disse. Em algum lugar no oceano.
 Eu bem poderia estar.
 Isso é bobagem. E você sabe. Não seja idiota, Otto.
 Eles acham que você pode estar morta também.
 Não é a mesma coisa.
 Eles enviaram uma carta? Para a mãe?
 Ainda não. Há uma espera.
 Como você soube que eu não estava? Morto?
 É meu trabalho saber as coisas. Perguntei por aí.
 Conhece Giselle?
 Claro. É trabalho dela também.
 Oh. E, e você está bem?
 Estou fantástica, Otto. Estou tão melhor do que achei que poderia estar. Você é que não está bem.
 Eles se preocupam, em casa, com você. Muito.
 Não deveriam. Pode dizer isso a eles. Mas nada mais. Enfim, é com você que precisam se preocupar. Giselle vai precisar se mudar em breve. Ela tem uma lista de espera de casos, nunca deveria ter passado tanto tempo com você... Então, onde vai dormir?

Ela não disse que estava indo.
Ela não diz muitas coisas. Olhe, acho que posso arranjar as coisas para você, bem para você voltar sem problemas.
Acho que não posso.
Pode.
Não sei.
Pode. Não vai ter de demorar muito.
Tudo bem.
Tudo bem?
Tá. Obrigado, Winnie.
Ela buscou debaixo da mesa a mão de Otto e apertou-a. Nossa, Otto, ela disse. Claro.

Naquela noite, Otto pegou uma caneta da mesinha de cabeceira de Giselle, e alguns guardanapos do bar de seu bolso, e escreveu:

Minha querida Etta,

Ele escreveu sobre a marcha, escreveu sobre a cantoria, escreveu sobre o acampamento, a manhã, a água, escreveu sobre os barcos, as multidões, a água, o ouvido, a água, Owen, a água, a água, a água.

Etta retirou os braços das mangas compridas do macacão azul-marinho, depois descalçou as pernas. Linhas bronzeadas de brita da fábrica entre seus tornozelos e meias, pulsos e mãos. Através da janela, ela podia ver Russell, em seu cavalo, seguindo trilha abaixo. Cedo.

Ele esperou, em seu cavalo, no quintal, enquanto Etta terminava de se aprontar. Guardando os pratos do jantar, prendendo o cabelo para trás, amarrando as botas. Tem certeza de que não quer entrar?, ela gritou pela porta da frente aberta. Esperar com um cafezinho?

Não, obrigado, disse Russell.

Ele nunca entrava. Sempre vinha cedo.

Etta tinha dois vestidos para dançar, um verde e um azul. Hoje ela vestiu o mais escuro, o verde. A saia de pregas espalhou-se e se assentou enquanto ela subia no cavalo de Russell. Uma pequena dor repentina embaixo do estômago quando ela se acomodou.

Você está bem?, perguntou Russell.

Etta respirou fundo. Bem, ela disse. Vamos.

Depois da dança, Etta e Russell caminharam de volta até onde haviam amarrado o cavalo. Era pouco depois das onze. Russell carregava o chapéu nas mãos. Todos seguiram outros caminhos, fosse de volta para a cidade ou para o terreno onde os caminhões e outros cavalos estacionavam. Russell tinha medo de que alguém pudesse confundir seu cavalo com o dele, então eles sempre o amarravam em outro lugar, algum lugar longe.

Geralmente era Russell que estabelecia o passo nessas caminhadas indo e vindo dos bailes, o que Etta esperava, mas esta noite ela mal podia acompanhá-lo. Ela dava dois passos, parava, respirava, dava dois passos, parava, respirava.

Etta, disse Russell, sério, você está bem?

Não sei, disse Etta.

Estavam caminhando por trás das casas, tudo escuro. Campos do outro lado. Etta parou, se abaixou, colocou ambas as mãos espalmadas no chão para ter apoio. Respire. Respire.

Tudo bem, disse Russell. Tudo bem, tudo bem, tudo bem. Vou pegar o cavalo. Fique bem aí. O mais rápido que eu puder. Certo.

Etta respirou e respirou e assentiu, concordando.

Seus olhos estavam fechados. Escutou até as pegadas de Russell estarem a dez segundos longe dos ouvidos, então usou as mãos para se levantar, e caminhar, dois passos respira, dois passos respira, até uma moita que crescia atrás da cerca de uma das casas escuras. Ela empurrou para o lado os galhos duros e secos e deslizou para trás dela, sua saia prendendo em ramos incômodos. Quando estava lá, totalmente escondida, ela se abaixou novamente, mãos no chão frio, quase úmido. Cada parte dela, de seu corpo, do peito às suas coxas, pulsava e se contraía, puxando-a. Ela se enroscou e apoiou a cabeça no chão. Mal havia espaço entre a base densa da planta e a cerca. O solo contra sua têmpora parecia perfeitamente frio e macio e imóvel. Ela contou as semanas, uma, duas, três, quatro, cinco, seis, sete, quase oito. Quase oito semanas. Cinquenta e cinco dias. Ela as contou de cima a baixo e de cima a baixo. Com cada uma ela mentalmente dobrou e guardou os nomes que ela havia se permitido, silenciosamente, uma semana por vez, para considerar, como coisas de cores vivas que escureceram. Dobrado e guardado. Dobrado e guardado. Seu corpo pulsava e o ponto abaixo dela estava úmido.

Ela ouviu Russell voltar alguns minutos depois, ouviu o remexer do cavalo quando ele desceu. Etta? Etta? Ouviu o ranger de seu joelho quando ele se abaixou, buscando as pegadas de suas botas. Ouviu o cavalo fungar e vagar. Ouviu os galhos estalarem e moverem-se novamente. A respiração aguda dele.

Acalme-se, Russell, está tudo bem. Não estou morta. Enquanto Etta falava, pedacinhos do solo se prendiam à umidade de seus lábios. Estou com dor de estômago e preciso me deitar um pouco, só isso.

Do outro lado da moita, estava o som do cavalo comendo feliz o mato do campo.

Certo. Tudo bem. Quer ficar aqui ou ir para casa?

Vamos ficar aqui um pouquinho.

Tudo bem.

Russell se afastou da moita e ficou do outro lado, com o cavalo, por trinta e seis minutos. Ele batia no cavalo com as mãos, correndo por suas costas e lateral até estar completamente liso e limpo. Tudo bem, tudo bem, ele sussurrava. Após trinta e seis minutos, Etta se desenrolou e disse, em meio aos galhos: Podemos ir para casa agora.

Tem certeza?, disse Russell. Ele não olhou para a saia dela, suas pernas.

Tenho certeza. Estou bem agora. De volta ao normal.

Em casa, depois que Russell a deixou e foi embora, Etta se despiu e jogou tudo na pia. A calcinha, o vestido, as meias, tudo. Tudo virou vermelho e vermelho e vermelho. Impossível de esfregar. Depois de secar, ainda vermelho, ela os juntou num balde de aço no campo atrás de sua casa, onde, junto com uma carta para Otto, escrita mas não enviada, ela queimou tudo, observando as laterais do balde, então tudo mais, virando preto de cinzas.

No dia seguinte havia uma carta de Otto.

Minha querida Etta,

dizia, cheia de buracos retangulares, arrumadinhos como janelas.

Então, por causa de todos os buracos, não dizia nada.

Eles não dançaram por duas semanas.

Na décima quinta noite, Russell cavalgou até Etta. Girou a perna ruim ao redor e para baixo e desceu do cavalo, prendeu-o a uma árvore ao lado da casa da escola e chamou Etta pela porta aberta, Etta, sou eu, quero entrar desta vez.

Etta veio à porta, ainda de macacão, com a carta de Otto no bolso.

A coisa é, ele disse, Otto não está aqui, e eu estou. E vou estar aqui amanhã e no dia seguinte e no dia seguinte e no dia seguinte depois desse. Bem aqui.

Etta saiu e fechou a porta atrás de si. Estendeu a mão. Aqui, ela disse. Sua mão esquerda. Russell pegou-a, na sua direita. Não pode entrar, disse Etta, mas podemos ficar aqui, nos degraus.

Então ficaram nos degraus e ele segurou a mão dela e, quando ficaram cansados, se sentaram nos degraus, e ele segurou a mão dela. E ele a segurou tão forte que Etta podia sentir o sangue pulsando em seu dedo, por sua palma e subindo pelo pulso, mas ela não disse nada. Deveria doer, ela disse a si mesma. Deveria.

Quando Russell partiu, Etta teve de usar a outra mão para puxar seus dedos para fora da posição segurada.

O dia seguinte todo na fábrica, ela os surpreendia se fechando de volta e tinha de puxá-los de novo e de novo.

Ela escreveu de volta,

Otto,

Está mais difícil agora. Eu espero e trabalho e espero e trabalho e trabalho e trabalho e espero e espero e espero e espero e espero.

Na noite seguinte, Russell estava lá novamente, cedo. Tem certeza, ele chamou, de dez metros de distância, em seu cavalo, no quintal, que quer dançar? Que está bem para isso? Sim, Etta gritou de volta, certeza absoluta. Eles dançaram de uma nova forma. Antes, apesar de Etta estar sempre cansada, ela mantinha a cabeça levantada, olhando por sobre o ombro de Russell, mas desta vez, esta noite, ela a deixou cair, deixou-a descansar no lugar quente onde o pescoço e o ombro dele se encontravam, onde ela podia sentir a batida do coração dele em sua bochecha.
Eles deixaram o baile cedo. No campo de mostardas entre o estacionamento e o cavalo, pararam de caminhar e Etta beijou a boca de Russell e Russell beijou o pescoço de Etta, e Etta usou uma das mãos para encontrar o zíper em seu último vestido azul de dança, enquanto a outra mão remexia um lenço em seu bolso para alisar o crânio de peixe lá dentro, dizendo oh, oh, oh, quando encontrava sua pele quente.

Etta desceu do ônibus e caminhou até a entrada de casa. Ela sorria. Russell estaria lá em meia hora.
   A carta oficial, um familiar verde pálido e uniforme, estava na entrada de casa, segura do vento por uma pequena pilha de seixos. Ela quase pisou nela.
   Etta não a pegou. Sentou-se ao lado dela no degrau, quase a tocando. Parou de sorrir. Fechou os olhos.
   Ainda estava assim quando Russell chegou, vinte e seis minutos depois. Ele desceu do cavalo, amarrou-o a uma árvore,

aquela ao redor da qual todos os cães dos alunos costumavam se congregar, e caminhou em direção a ela, primeiro ansiosamente, então, notando a carta, mais e mais lentamente.

Você não a abriu, ele disse.

Não sou esposa dele, disse Etta. Ou da família. Eles não deviam ter mandado para mim. Deve ser um engano.

Russell sentou-se ao lado dela, do lado mais distante da carta. Deixou a mão aberta e próxima para que ela pudesse pegá-la se quisesse, mas ela não pegou. Ainda quero ir dançar esta noite, ela disse. Se você quiser.

Sim, disse Russell.

Pode pegar e levar para dentro e colocar na minha mesa para que não voe para longe?

Russell se esticou sobre Etta e empurrou a pilha de seixos degrau abaixo. Pegou a carta verde-caminhão e subiu cambaleando o degrau que faltava, entrando em casa. Antes de colocar o envelope na mesa de Etta, ele o segurou em seu peito, imprimindo a forma da palma da mão sobre o centro onde o nome e o endereço estavam escritos. Ele sentiu o coração bater através dele. Intenso, rápido e horrível.

Quando ele voltou, disse, Quer trocar de roupa?

Não, disse Etta.

Está com fome?

Não, disse Etta. Ela pegou a mão dele. Vamos, ela disse.

Tudo no salão de dança do ginásio do colégio Kenaston era familiar. Cada pessoa e cada música e cada passo. Etta e Russell dançavam todas as músicas e apenas dançavam um com o outro. O clarinete e o trompete e o piano e a bateria e o violino e seus passos na pista de dança; Etta abriu os ouvidos e fechou os olhos para não ouvir nada mais.

*

Em casa, depois, Russell esperou em seu cavalo no quintal. Vou ficar aqui, ele disse. Pode vir e me pegar ou não.

Etta fechou a porta da frente atrás de si. Através da janela, ela pôde ver o cavalo de Russell comendo dentes-de-leão. Sentou-se à mesa e deslizou o dedo sob o selo de papel grudento, respirou o cheiro. O papel dentro estava dobrado em terços perfeitos.

18

Através da janela de uma casa de repouso a 599 quilômetros do porto de Halifax, 3.379 quilômetros de Davidsdottir, Saskatchewan, um coiote uivava e Otto escutava. Escutava e esperava, enquanto o uivo ficava mais alto e próximo. Escutava e observava, até que pôde vislumbrar a textura de pele irregular, então a silhueta de um rosto triangular, então um hálito quente e úmido. Então o coiote estava lá, debaixo da janela dele.

Etta, disse o coiote. *Aí está você.*

Quem?

Verifique seu bolso, disse James. *O bolso esquerdo de seu casaco.*

Otto afastou-se da janela e olhou pelo quarto. Havia uma pilha de roupas dobradas numa cômoda contra a parede mais distante, perto da porta. Ele caminhou até lá e correu a mão sobre as roupas, uma por vez, de cima a baixo, roupas íntimas, sutiã, meia-calça, vestido, suéter, casaco. Ele tirou o casaco da pilha, com cuidado para manter tudo mais no lugar, e apalpou o bolso. Uma moeda, um anel, um pedaço de papel.

O papel, Etta, disse James.

Ele tirou o papel do bolso, desdobrou-o. Havia faixas negras de terra e estava gasto nas dobras. Levou-o de volta à janela, onde havia certa luz da noite para ler.

Etta Gloria Kinnick da fazenda Deerdale. 83 anos em agosto, disse James, ao mesmo tempo que Etta lia.

Família:
Marta Gloria Kinnick. Mãe. Dona de casa. (Falecida)
Raymond Peter Kinnick. Pai. Editor. (Falecido)
Alma Gabrielle Kinnick. Irmã. Freira. (Falecida)
James Peter Kinnick. Sobrinho. Criança. (Nunca viveu)

Otto Vogel. Marido. Soldado/Fazendeiro. *(Vivo)*
Russell Palmer. Amigo. Fazendeiro/Explorador. *(Vivo)*.

Etta Gloria Kinnick, disse Etta.

Etta, disse James, *vamos nessa*.

Etta tirou a camisola e colocou a calcinha, o sutiã, a meia-calça, o vestido, o suéter, o casaco e os sapatos de corrida. Encontrou a mochila e o rifle e os colocou na janela. Fez a cama e arrumou a camisola de papel-tecido nos pés dela. Buscou no bolso direito, encontrou um crânio de peixe e usou a ponta afiada para cortar um quadrado na tela da janela. Escalou-a, então puxou a mochila e o rifle para fora com ela.

Não estamos tão longe agora, estamos?
Duas semanas, talvez. Nada longe.

Otto dormiu das seis da tarde até as onze da manhã seguinte. Depois de acordar, ainda deitado de costas na cama, levou uma das mãos ao coração. Lento, normal. Eu poderia apenas ficar aqui, ele pensou. Bem assim até ela voltar para casa. E então? Então me levanto e vamos juntos preparar o jardim para o inverno, ou eu me movo e ela poderá deitar também. Ficou lá deitado por meia hora, então começou a tossir, o que fez o coração acelerar, o que o fez precisar mijar e sentir que estava quente demais para as cobertas, mesmo só o lençol. Ele se levantou, colocou o roupão e foi para o banheiro. Água no rosto para limpar o pó de linho. Umedeceu a mão para pentear o cabelo, alisando-o para baixo, repartindo-o. Forçou a vista no espelho, borrando os detalhes.

Então foi para a cozinha para tomar café e encontrou Kasia à mesa, com Oats no colo.

Oi, ela disse. Ela é bem mansinha.

Ela não gosta de ficar acordada durante o dia, disse Otto.

Eu sei, disse Kasia, mas estou sendo bem delicada. Ela ainda está dormindo, só que no meu colo.

Otto abaixou o olhar para Oats, Oats levantou o olhar para Otto, suas garras fazendo pequenas marcas no veludo amarelo de Kasia.

Tudo bem, disse Otto. Como entrou?

Achei que a porta estaria destrancada, então testei e estava. Mamãe me disse para te trazer isso e disse que você poderia estar dormindo, então eu só estava brincando com a Oats até você acordar.

Havia outra lata de café na mesa, com mais duas flores semimortas.

Obrigado, disse Otto. É muito gentil da parte dela. Espero que ela não tenha perdido muito tempo...
Não se preocupe, ela adora uma desculpa para sair.
Para sair?
É o que ela diz. Ela diz, Adoro uma desculpa para sair. Eu também.
Você vai com ela, procurando?
Ah, não, quero dizer aqui. E no seu quintal.
Claro. Há quanto tempo está aqui?
Não sei. Tenho um relógio, mas está sem bateria.
O suficiente para ter fome?
Provavelmente. Que tipo de comida você come?
Principalmente picles, ultimamente.
Parece ótimo.

Kasia estendeu o picles para Oats, que afastou os olhos e o nariz do cheiro. Não está com fome, disse Kasia. Ela teve cuidado para não deixar pingar muito vinagre na cabeça do porquinho-da-índia enquanto comia. Ei, ela disse entre mordidas, sabe qual escultura deveria fazer agora?
Não, disse Otto, qual escultura?
Uma escultura de criança, disse Kasia. Tipo, uma menina ou menino. Uma criança.
O coração de Otto acelerou novamente e o deixou tossindo de forma que seus olhos lacrimejaram e ele teve de se sentar. É?, ele disse depois que passou.
É, disse Kasia.

* * *

Na manhã depois que se encontrou com Winnie, Giselle sacudiu Otto para acordá-lo. O cabelo dela estava preso para trás, e ela estava usando um uniforme de enfermeira do Destacamento de Ajuda Voluntária. Se vamos fazer isso, ela disse, precisamos fazer agora. Chega de dormir. Seu sotaque sumira.

Tudo bem, disse Otto, sentando-se, ficando de pé, vestindo a calça e abotoando a camisa. Tudo bem, obrigado.

Coloque a mão na orelha, como se ainda estivesse zumbindo...

Está...

e seu outro braço ao redor do meu, assim, como se eu o estivesse conduzindo. Bom, é isso, vamos lá.

Eles caminharam na luz plena da manhã, luz que Otto não vira por semanas, descendo ruas e subindo avenidas, até que as pessoas nas calçadas e ruas não eram mais apenas velhas e crianças, mas homens e garotos, americanos, ingleses, australianos, franceses e canadenses, de muletas, com tampões nos olhos, sem braços ou pernas ou narizes e, entre eles, uma agitação de jovens enfermeiras, todas vestidas exatamente como Giselle. Ela conduziu Otto habilmente entre eles, olhando direto à frente. Caminharam até um prédio de pedra. Parece uma igreja, disse Otto.

Não é uma igreja, disse Giselle.

Subiram os degraus e cruzaram a porta da frente, Giselle assentindo rapidamente para a matrona na mesa de recepção antes de continuarem pelo saguão e por portas giratórias num longo corredor. Quarto 106, disse Giselle, à esquerda. Deram uma guinada para um quarto tomado de camas, cinco de cada lado, divididas por cortinas. Garotos, alguns acordados, alguns dormindo, ocupavam todas, exceto a terceira à direita. Aí está, soldado Vogel, disse Giselle, conduzindo Otto para ela. De volta à cama. Quer ajuda com as botas?

Oh, disse Otto. Não, estou bem. Ele soltou o braço dela e se sentou na cama, deixando a outra mão cair de sua orelha. Estava formigando de ficar levantada tanto tempo. Eu me viro. Giselle desabotoou a camisa enquanto ele soltava as botas. Calça também, ela disse, sabe o procedimento.

Os outros soldados, aqueles que estavam acordados, não prestaram nenhuma atenção a eles.

Aí está, já pra dentro, disse Giselle, puxando os lençóis brancos apertados da cama. Ela dobrou a calça e a camisa dele e as colocou com as botas sob a cama. Então Giselle se inclinou sobre a cama, sua respiração na bochecha de Otto.

Adeus, Otto, ela disse. Você realmente foi um dos meus favoritos. Seus dados estão no envelope no pé da cama. Há uma carta da Winnie em sua bota. Você foi mesmo.

Ela se inclinou mais e o beijou, de modo silencioso e rápido, na lateral da boca. Sério.

Então ela se endireitou, puxou o lençol até o pescoço dele e saiu, olhando para a frente.

Quando ela se foi, Otto esperou, contou até cem, depois em ordem decrescente, então se sentou e buscou entre as pernas o envelope que tinha seus dados. Parecia com todos os outros ao pé de todas as outras camas. Dentro estava seu nome, posto, unidade, cidade natal e condição: Ruptura Severa do Tímpano e Trauma/Choque Psicológico. Tinha carimbo com data de três semanas e dois dias atrás. Otto deslizou cuidadosamente de volta ao envelope e buscou as botas. Um papelzinho dobrado na esquerda. Era um antigo bilhete de trem, Saskatoon-Halifax. Atrás, dizia em caneta preta:

Está arrumado. Você vai voltar para casa em breve. Cuide-se até lá. Cuide de todo mundo depois. Meu amor para Etta. Foi bom vê-lo, Otto. Vamos fazer de novo, depois de tudo isso.

Otto redobrou o bilhete nas linhas originais e o colocou de volta na bota, então se esticou sob os lençóis finos, fechou os olhos e foi dormir.

Quando acordou, havia um médico observando-o com uma enfermeira ao lado. Oh, certo, disse o médico, ele será o transferido. Envie a notícia por Western Union, será mais rápido. Ele sai, assim que tudo estiver bom com o ouvido e a cabeça. Fique de olho e me diga. Ele se voltou de novo para Otto. Ei, Vogel.
    Sim?, disse Otto, incerto se deveria se sentar ou não, o que era educado.
    Pode nos arrumar o endereço da sua casa?
    Chalé do professor, Colégio Gopherlands, Gopherlands, Saskatchewan, Canadá, disse Otto, sem se sentar, sem nem ter de pensar.

19

E Etta e James caminhavam. Leste e sul. O cheiro de sal, a sensação de água no vento.

E Otto limpava suas tigelas e colheres e abria espaço na mesa. Misturava farinha e água. Rasgava seus últimos jornais em longas tiras finas.

E Russell bebia café num bar quase vazio onde um homem ainda mais velho do que ele desenhava com o dedo linhas invisíveis na toalha de plástico: esta estrada, e então esta estrada, e então esta estrada, e então você chega ao aeroporto. Dois voos por semana.

★ ★ ★

Fique de pé, disse a enfermeira.

OK, disse Otto. Ele colocou as pernas livres do lençol fora da cama e ficou de pé.

Bom. Pode andar até a parede mais distante e voltar?

Acho que sim, disse Otto. Ele caminhou até a parede mais distante e voltou.

Bom. Pode me dizer seu nome completo?

Otto Vogel.

Sem nome do meio?

Bem, às vezes 7.

Sete?

Deixe para lá. Sem nome do meio.

Bom. Pode tocar os dedos do pé?

Acho que sim, disse Otto. Ele se esticou, curvou-se, olhou para os pés e os sentiu correrem até ele. Sua cabeça estalou para trás, ele caiu na cama.

OK, disse a enfermeira. Tudo bem. Pode ir até a janela e me dizer o que vê?

Não sei, disse Otto.

Tente, disse a enfermeira.

Otto caminhou até a janela mais próxima, ao lado da cama de um garoto de olhos enfaixados. Vejo o céu, disse Otto. Topos das árvores, torres das igrejas.

E lá embaixo?

Não, disse Otto. Não posso.

Não?, disse a enfermeira.

Não, disse Otto.

OK, disse a enfermeira. Tudo bem. Você pode voltar para cá. Pode se sentar, se quiser.

Obrigado, disse Otto.

A enfermeira se sentou de um lado dele e sussurrou, Pode ouvir isso?
Sim, sussurrou Otto.
Então ela se levantou e se sentou do outro lado, o direito dele, e Otto sentiu o suave vento de seu hálito e não ouviu nada.
OK, disse a enfermeira ficando de pé novamente. Tudo bem.

No dia seguinte, tanto o médico quanto a enfermeira o observaram na cama novamente. Ei, Vogel, disse o médico, já guardou tudo o que você precisa? Algum objeto pessoal fora essas roupas?
Não, disse Otto.
OK, disse o médico, bom.

A enfermeira caminhou com Otto para a estação de trem. Seu braço sobre o dele, como o de Giselle. Se ficar alto demais, ela disse, lembre-se. Ergueu a mão, aquela que não o estava conduzindo, até sua própria orelha, e pressionou, fechando os olhos e franzindo.
Sim, disse Otto, obrigado.
Antes de deixá-lo, ela disse: Seu cabelo sempre foi branco assim?
Sim, disse Otto.

Otto comprou um sanduíche e um café na estação e os levou para comer e beber fora, na plataforma, onde o vento dos trens era mais frio e fácil de respirar. Seu trem estava marcado para chegar em trinta minutos, indo para o oeste.

Havia apenas uma folha de papel e nela três linhas. Não tinha nenhum buraco nela, nenhum. Etta correu os dedos pelas dobras, alisando-as até que mal fossem visíveis. Dizia,

Soldado Otto Vogel foi liberado com ferimentos.
Vai estar a bordo do HMS Nova Scotia com destino ao Canadá, previsto para 14 de setembro.
Ele solicitou que fosse informada disso.

Etta caminhou até a janela da cozinha e pressionou a carta contra o vidro. Russell puxou as rédeas, conduziu o cavalo para longe dos dentes-de-leão, em direção à janela. Ele leu as três linhas, então levantou o olhar para Etta. Através do vidro, sua pele parecia irregular, velha.

Oh, ele balbuciou.
Sim, ela balbuciou de volta.
Oh, graças a Deus, ele balbuciou.
Sim, ela balbuciou de volta.

20

Ela podia ouvir a banda de metais a alguns quilômetros de distância. Podia vislumbrar os estandartes e bandeiras. *Estão ainda mais empolgados em vê-la do que nunca*, disse James.
Vou dar a volta, disse Etta. Eu os encontro ao retornar.
Ela seguiu beirando a península, água de um lado, as costas das casas do outro. De cima das casas, ela podia ouvir a banda tocando "Make We Joy". Estava fora de sincronia com as ondas. Etta cantarolou junto.
Halifax é bem legal, disse James.

Otto verificou o cabelo da garotinha para ver se estava seco.

Parece seco, disse Kasia.

Sim, está seco, disse Otto. Está pronto.

Eles a carregaram cuidadosamente pela porta da frente para o quintal, Otto segurando os ombros, Kasia ajudando com os pés.

Bem aqui, eu acho, disse Kasia. Então fica sendo o mais perto da casa.

Certo, disse Otto.

Eles posicionaram a estátua bem ali, então se sentaram juntos nos degraus da frente.

É uma grande coleção, disse Kasia.

Obrigado, disse Otto.

Posso ficar com ela se você morrer?

Pode, disse Otto.

* * *

O HMS *Nova Scotia* era um belo navio. Não é belo?, disse Otto para o soldado ao lado dele na fila, de muletas.
Parece com os outros, disse o soldado.

Otto teve problemas para manter o equilíbrio no convés, mas passou a maior parte do tempo lá mesmo assim, agarrado ao corrimão. O ar úmido lambia seu cabelo para baixo e condensava-se em gotas pesadas no pescoço.

Etta passou o vestido azul e prendeu o cabelo longe do rosto, deixando-o encaracolar-se pouco acima dos ombros. Por não ter sapatos melhores, ela lustrou as botas até que parecessem quase novas.

Quando chegaram à ponta da península, Etta subiu pela cerca de segurança e James deslizou por debaixo dela, saindo num leito de pedras lisas cinza que mergulhava na água.

Vou ficar aqui, disse James do topo das rochas. *Tome cuidado.*

Claro, disse Etta. Ela deixou a sacola e o rifle numa pedra ao lado dele.

Depois que Kasia foi para casa, Otto lavou os pratos até que tudo o que restava no balcão era a lata de café. Ele tirou as pétalas das flores, seis pétalas ao todo, e as colocou em seu pilão.

★ ★ ★

Otto pegou dois trens, um de Halifax e um de Regina. Sentava-se à janela com uma carta aberta na mesinha em frente a ele.

Apenas lembre-se de respirar.

dizia.

Russell emprestou a Etta seu cavalo para chegar à estação na cidade.
Você está bonita, ele disse.
Deveria vir também, disse Etta.
Não, disse Russell.

Num lugar onde as grandes pedras ficavam pequenas e encontravam a água, Etta tirou todas as coisas de seu bolso, uma garça de papel, um grampo de cabelo, um níquel, uma fita verde, um medalhão, um soldadinho de plástico, um seixo perfeitamente redondo, um botão, uma fotografia, uma ponta de flecha, um anel, um talo de lavanda seca, metade de uma vela aromática derretida e uma colherzinha de prata com o cabo entortado, e as colocou numa fila. Observou enquanto uma onda as empurrava e puxava de volta. Então ela tirou os sapatos, meias e vestido e entrou na água.

Otto espalhou a pasta em suas pálpebras e tateou pelo corredor, até o quarto, até a cama. Flexionou os pés com meias contra os cobertores e então os deixou relaxar.

Respirou fácil e profundo seis vezes num lento *ritardando*.

Então parou.

Então estava debaixo d'água.

Água cinza, mas não fria e não alta. Otto podia ver os pés de Etta e tornozelos e joelhos, mais próximo da praia. Ele nadou em direção a eles. Quando estava perto o suficiente para que ela o notasse, ela afundou para encontrá-lo. Eles se sentaram juntos debaixo d'água no chão pedregoso de areia.
 Senti saudades, disse Otto.
 Eu sei, disse Etta. Sinto muito. Ela empurrou os dedos na areia molhada. Vou sentir saudades suas.
 Eu sei, disse Otto. Sinto muito.
 Mas vou ficar bem.
 Tem certeza?
 Sim. É um círculo, Otto. É apenas um longo círculo.
 A água borrava seus rostos, então poderiam ter qualquer idade.

Ficaram sentados assim até Etta ter de respirar. Ela se virou e beijou Otto, sua boca cheia de água do mar. Ela apertou a mão dele duas vezes,
 uma,
 duas,
 então soltou e apertou os olhos e emergiu.

Estava virada para o outro lado, para longe da terra. Tudo era cinza e verde e se movia até onde ela podia ver.

O trem de Otto estava previsto para dali a sete minutos. Etta estava na plataforma e esperava pelo vento que ele iria trazer.

Obrigada

A Ione e Rick e Erin e Chris Hooper, minhas montanhas
A Charlie Williams, meu equilíbrio
e
À infinitamente prestativa Cathryn Mary Summerhayes,
Annemarie Blumenhagen e Claudia Ballard da WME
Às editoras inspiradoras e corteses, Juliet Annan,
Nicole Winstanley e Marysue Rucci
e
A Bren Simmers e Claire Podulka pelos
pensamentos e palavras
Isabelle Casier pelo francês
e
A tio Peter pelos livros
tia Gloria pelas receitas
e
Ao Vermont Studio Center pelo tempo e lugar e pessoas
Ao Canada Council for the Arts pela oportunidade
e
é claro
A Caroline e Ted Old e, com eles,
o fardo feliz da história, conectividade
e Saskatchewan.

Este livro foi impresso na Editora JPA Ltda.
Av. Brasil, 10.600 – Rio de Janeiro – RJ
para a Editora Rocco Ltda.